동아시아
모빌리티, 인간,
그리고 길

이 책은 2019년 대한민국 교육부와 한국연구재단의 지원을 받아 수행된 연구임
(NRF-2019S1A5C2A04082394)

동아시아 모빌리티, 인간, 그리고 길

서주영 지음

學古房

우리는 이 세계에 던져진 존재다. 우리는 아무것도 모르는 상태에서 출발해서 인생을 살아가며 무언가를 계속해서 채워 넣고 있지만, 세계는 우리의 한계보다 훨씬 더 많은 것을 던져주고 있으므로, 어쩌면 우리는 이미 실패가 전제된 존재일 수 있다. 그래서, 우리의 삶은 어쩌면 의미 없는 행위로 하루하루를 살아가고 있을지도 모른다. 하지만, 넋만 놓고 바라볼 수만은 없는 것은, 우리가 이 순간, 이 세계를 살아가야만 하는 존재이기 때문이다.

이미 불친절했던 세계는 스스로 확장을 거듭해서 세계화 시대로 접어들었다. 과거 중국의 전국시대를 살았던 사람들은 하나로 통일된 가치관으로 조직된 통일 제국을 마주했고, 이 새롭게 출현한 거대한 국가 조직 앞에서 갑갑함을 느꼈을 것이다. 현재 우리는 세계화라는 그 어느 때보다 거대한 흐름을 만나고 있다. 이 거역할 수 없는 흐름 앞에서 갑갑하고 두려운 느낌과 상실되는 자신을 바라보며 한없이 작아지는 나의 존재를 느낀다.

우리는 이런 환경에서 무엇에 의지해서 무엇을 바라보며 살아야 할까? 이 문제는 우리가 현재 가질 수 있는 가장 확실한 것은 무엇이며, 어디가 우리의 미래인지를 생각하는 것에서부터 시작해야 할 것이다. 과거와 현재, 그리고 미래가 이미 확실하게 제시되는 종교 체계에 의지하지 않는다면, 현재를 과거의 연속성 속에서 이해하도록 노력하며, 미래를 현재의 문제가 해결된 세계라고 믿고 지향하는 것이 필요할 것이다.

끊임없이 변화하는 세계 속에서 내가 가진 감각과 인식을 소중히 간직하고 키워나가기 위해서, 또, 변화된 가치관 속에서 흔들리지 않는 자신의 근본적 가치가 어디인지 이해하기 위해서, 이 세계의 끝이 존재하는 곳과 나의 인생의 의미를 찾기 위해서, 변화의 소용돌이 속에서 자신의 가치를 실현했거나 실패했던 사건은 좋은 본보기가 될 수 있을 것이다.

이 책은 동아시아 모빌리티라는 주제로 변화하는 세계를 바라보는 시각을 함께 나누고자 기획된 것이다. 모빌리티는 세계를 이동하는 현상으로 바라보는 것이다. 현대사회에서 모빌리티는 과거 어느 시대보다 강력한 영향력을 우리에게 행사하고, 또 미래에도 그 힘을 행사할 것이기 때문이다. 일례로 현재 우리가 경험하는 코로나바이러스 (CIVD-19) 사태는 현대사회의 극대화된 모빌리티 현상을 그대로 전해주고 있다. 이 현상을 우리와 상관없는 외국의 어떤 지역에서 발생한 문제가 우리에게 억울하게 전파되었다고 인식하는 것은 현대사회가 모빌리티 사회라는 것을 이해하지 못한 것이다. 우리는 국경이 자국 국내로 유입되는 모든 존재에 대한 여과가 불가능한 시대를 살고 있다. 코로나바이러스 사태는 우리가 이제 정신적인 영역뿐만 아니라 질병의 영역에서도 세계와 서로 영향을 주고받는 존재가 되었다는 사실을 피부로 느끼게 해준 사건이다.

이 책은 중국을 중심으로 동아시아 사회의 모빌리티를 접근하는 방식을 선택했다. 그 이유는 중국이 과거 동아시아 사회의 중심 문화를 형성했고, 동아시아 각국은 자국 문화의 기초 위에 중국의 문화를 받아들여 자신의 독자적 문화를 발전하고 이룩했다고 생각하기 때문이다. 따라서, 중국에 대한 이해는 비단 중국에 대한 새로운 시각을 가져올 수 있을 뿐만 아니라, 우리의 과거와 현재를 이해하는 눈이 될 수 있다.

이 책은 중국의 역사를 고대와 근대로 이분했을 때 모빌리티를 가장 선명하게 보여주는 두 가지를 꼽았다. 전근대의 경우에 동서가 교류했던 통로인 실크로드(Silk Road)를 선택했고, 근대는 대항해시대를 기점으로 촉발된 '서세동점(西勢東漸)'의 순간을 선택했다. 중국을 중심에 놓고 이 두 사건을 바라볼 때, 전자가 중국이 주도했던 동서 교역이라면, 후자는 중국이 수탈의 대상이 된 시기라고 할 수 있다. 이 두 사건은 실로 커다란 사건이고, 내용도 매우 광범위하지만, 본 교재는 역사적 사실에 대한 고찰과 문학 작품에 대한 감상을 통해 이 문제에 접근했다. 그리고, 후반부에서는 비교적 우리에게 친숙한 매체인 영화를 통해 동아시아 모빌리티로 범위를 확대해서 현대사회와 근대의 조우를 기차 매개로 살펴보았다. 기계와 철로 만들어진 기차는 서구에서는 전근대와의 매정한 이별을 의미했지만, 동양에서는 원치 않은 이별을 강제하는 존재였다.

이 책은 총 12개의 장으로 구성되어 있다. 첫 번째 장은 '모빌리티'에 대한 소개와 모빌리티로 인해 일어나는 변화를 간략하게 설명하였다. 두 번째 장은 실크로드 역사를 중국을 중심으로 소개하고 양잠과 관련된 중국 문화를 소개했다. 세 번째는 근대를 상징하는 기차와 관련된 인식을 서양을 중심으로 살펴보았다. 네 번째 장과 다섯 번째 장에서는 실크로드와 관련이 있는 중국의 전설, 시, 소설을 통해 실크로드에 대한 중국인의 감성과 생각을 살펴보았다. 여섯 번째 장에서는 서세동점의 시기에 나타난 서구에 대한 중국 민중의 대응을 의화단(義和團)을 통해 살펴보았다. 일곱 번째 장에서 열두 번째 장까지는 동아시아 각국의 영화에 나타난 근대성을 기차를 중심으로 살펴보고, 영화가 전하는 내용에 대해 이해를 시도했다. 소개된 영화는 중국 영화 『오, 시앙쉬에』, 한국 영화 『부산행』, 체코 영화 『가까이서 본 기차』, 일본 영화 『은하철도 999』다. 『가까이서 본 기차』는 체코 영화지만 독일 점령 하의 체코를 다루고 있는 작품으로, 우리에게는 낯섦과 친숙함이 공존하는 영화다.

당대 번성을 구가했던 실크로드와 내우외한(內憂外患)의 처절한 암흑기인 중국의 근대라는 주제는 실로 광범위하므로 이 책에서 다루는 내용은 극히 피상적인 일부에 불과하다. 관련 주제에 대한 지식과 관련 문학·예술 작품에 대한 감상을 통해 피할 수 없는 어떤 흐름이 닥쳐 왔을 때 이것을 나의 생명을 발전시킬 기회로 삼고자 했던 그 시대 사람들의 생각과 마음을 조금이나마 전해주고 싶다는 생각으로 글을 썼다.

부족한 글을 한 자 한 자 보아 주신 양종근 선생님, 따뜻한 겨울옷을 선물해주신 이미경 선생님, 좋은 의견을 나누었던 학생들, 출판할 수 있게 해주신 모든 분께 깊은 감사를 드린다. 그리고, 일생을 삼남매를 위해 헌신하셨던 부모님, 새벽에서 새벽까지 홀로 두 아이를 돌보며 기도하고 있는 아내, 학문의 길과 인간의 길을 생각하게 해주신 여러 은사님께 이 책을 바친다.

2020년 6월

서 주 영

제1장

모빌리티와 인간, 그리고 길

모빌리티

'모빌리티(mobility)'란 무엇일까? 이 개념은 자율주행, 인공지능(AI) 등과 같은 근대적 교통 수단과 IT의 결합을 언급하면서 자주 인용된다. 사실 모빌리티가 포괄하는 범위는 '이동'에 필요한 기본 요소인 이동하는 사람과 이동 장소, 그리고 이동 거리와 이동 수단과 같은 물리적 이동 요소에서부터, 어떤 대상이 이동하는 이유와 목적, 그리고, 이동 중에 형성되는 인식과 감각과 같은 모빌리티와 인간의 인식 변화, 그리

존 어리(1946-2016)는 모빌리티 이론을 통해 사회과학의 새로운 해석적 패러다임을 제시했다고 평가받는 세계적 석학이다.

고, 이런 개체적 이동이 형성하는 권력과 저항, 젠더, 인종, 난민, 이동을 통제하고 허용하는 시스템 등 제반 영역을 포괄하고 있다.[1]

이처럼 광범위한 세계를 관찰하는 '모빌리티'를 학술적 패러다임으로 확립하고 제시했던 선구적 학자는 존 어리(John Urry)다. 그는

---

[1] 피터 애디 저, 최일만 역, 『모빌리티 이론』서울, 앨피, 2019, 21-51쪽 참고.

저서 『모빌리티』에서 "마치 온 세상이 이동 중인 것처럼 보인다.[2]"라고 하였다. 이 말의 의미는 세계를 '이동'으로 이해하며, '이동'으로 '세계'를 관찰한다는 뜻이다.

> 모빌리티 '렌즈'를 통해 생각하면 다양한 이론, 방법, 질문, 해결을 만들어내는 특별한 사회과학을 끌어낼 수 있다.[3]

그렇다면, 모빌리티가 문명을 이해하는 새로운 패러다임으로 여겨지는 이유는 무엇일까? 우선 역사적으로 생각해보면, 인류의 문화는 근대 이전까지 정주(定住)를 기반으로 발전해왔기 때문에, '유목(遊牧)' 문화가 열등한 문화로 인식되어왔던 점도 모빌리티를 획기적으로 인식하게 한다. 또, 거대해지는 이동에 대해 사회적 수용과 배제의 기능을 관찰하고 문제 해결의 방법과 지향점을 제시해야 하는 사회학의 입장에서는 이런 모빌리티가 무시할 수 없는 큰 주제임에는 틀림이 없다. 존 어리는 '이동'에 참여하는 사람의 종류와 그 행동을 언급하면서 다음과 같이 말했다.

> 조기 은퇴자, 국제 유학생, 테러리스트, 디아스포라, 행락객, 사업가, 노예, 스포츠 스타, 망명 신청자, 난민, 배낭족, 통근자, 젊은 모바일 전문직 종사자, 매춘부 등을 포함한 수많은 사람에게 현대 세계는 무한한 기회의 원천 또는 적어도 운명인 것 같다.……, 이런 여러 집단이 전 지구를 가로지르며 교통·통신의 허브에서 간간이 마주치고, 현실에서 또는 전자 데이터베이스에서 다음에 올 고속버스, 메시지, 비행기, 트럭 짐칸, 문자, 버스, 승강기, 페리, 기차, 자동차, 웹 사이트, 와이

---

2) 존 어리 저, 강현수 역, 『모빌리티』, 서울, 아카넷, 2014, 23쪽.
3) 존 어리 저, 강현수 역, 위의 책, 50쪽.

파이 핫 스폿 등을 찾고 검색한다.[4]

위에서 존 어리가 구분하고 묘사하는 단어는 대부분 근·현대적 삶의 종류와 그 이동방법이다. 즉, 현대인은 복잡한 이동 시스템 속에서 자신의 이동을 계획하고 실천하고 있으며, 앞으로 이러한 이동이 더 분화되고 더 많이 출현한다는 것이다.

이처럼 근대 이후 인적·물적 이동이 글로벌한 범위에서 대량으로 형성되기 시작하면서, 이동의 이유, 이동의 관계, 그리고 이 이동으로 인한 변화와 그 결과 등등이 중요한 의미를 가지게 되었으며, 이것을 해석할 필요가 생겨난 것이다. 이런 점에서, '모빌리티'는 현대 사회에서 중요한 변화를 일으키는 세계적 현상을 설명해 줄 수 있는 새로운 이해의 패러다임이 될 수 있다.

모빌리티와 인간

모빌리티가 세계적으로 중요한 현상에 대한 해석적 틀을 제공할 수는 있지만, 본질적으로는 경험론이라는 한계를 가지고 있다. 즉, 모빌리티적 인식은 가시적인 사회 현상들, 다양한 인간의 다양한 이동에 대한 '경험적 인식'을 강조한다. 또한, 모빌리티 사회학은 복잡하고 거대해지고 있는 '이동 시스템', 그리고 이것을 관리하는 '조직과 권력'과 같은 구체적이며 실제적인 현상에 관심을 둔다.

근현대 사회를 이해하는 경험론적 사고는 현상에 대한 지식과 인

---

4) 존 어리 저, 강현수 역, 위의 책, 23쪽.

식을 다양하게 확장할 수 있지만, 구체적으로 드러나는 복잡한 다양
성을 하나의 체계로 구성하는 것이 어려울 수 있다. 이는 모빌리티가
근대 합리론적 인간상을 부정하고, 경험에 기반한 '이동'을 가장 근원
적 인식으로 삼기 때문이다.

> 모빌리티 전환(Mobility turn)은 탈육체화된 코기토, 특히 물질세계
> 로부터 독립된 방식으로 생각하고 행동할 수 있는 인간 주체를 제시하
> 는 인본주의를 비판한다.5)

이 말은 모빌리티에서 육체와 정신은 분리될 수 없는 개념이며,
나아가 '이동'의 상위에 존재하는 정신적 가치를 부정하는 말이다.
하지만, 감각적 경험을 부정하는 데카르트(Descartes)적 인간은 경험
에 기반한 '모빌리티'에 회의적이다. 인간이 자신과 이동을 구분할
수 없다면, 인간의 이동에 대한 인식은 경험에 머물게 된다. 이런 이
동에 대한 경험적 이론 체계는 특수하며 구체적인 상황에 따라 상대
성이 존재하며, 끝없이 확장되고 분화되어 어떤 형이상학적 체계를
통해 다양한 현상에 대한 통섭이 힘들다.
한편, 모빌리티가 바라보는 인간상은 유용한 가치를 선택하고 이것
을 합리적으로 이용하는 인간이다.

> 우리는 결코 단순하게 '인간적'이지 않다. ……, 즉 단순히 '가까이-
> 현존한(present-at-hand)'것과 상반되는 '가까이 - 유용한(ready-to-hand)'
> 다양한 객체가 존재한다.6)

---

5) 존 어리 저, 강현수 역, 위의 책, 99쪽.
6) 존 어리 저, 강현수 역, 위의 책, 98쪽.

'가까이 - 현존한(present-at-hand)'이란 단어는 '이미 주어진 것', '이미 가지고 있는 것', '사용하는 것'이란 고정적 이미지이며, '가까이 - 유용한(ready-to-hand)'이란 '아직 주어지지 않은 것', '어떤 방법을 통해 얻을 수 있는 것', '유용성이 감추어진 것'의 이미지이며, '나'와 '이것' 사이에 존재하는 '거리'가 이것에 대한 인간의 '유용성 판단과 선택'의 장벽으로 존재한다. 즉, 모빌리티적 인간은 '나'와 '이것'을 가로막고 있는 장벽을 넘어 전달되는 정보를 인식하고, 그 유용성을 판단하며, 효과적인 수단을 통해 '사용이 준비된(ready)' 상태에 있는 사물에 '이동'하는 존재다. 쉽게 말해서 '모빌리티'의 인간은 '이동'을 통해 유용한 것을 취하는 존재다.

그러나 모빌리티적 인간이 '이동'을 통해 '가까이 - 유용한(ready-to-hand)' 것을 성취하는 존재라는 말은 합리성과 편리성을 추구하는 근대 인간을 설명해 줄 수는 있지만, 정신 자체의 각성이나 변화를 부정한다는 한계뿐만 아니라 인간의 비합리적이며 불편한 육체적 감각에 대한 욕구를 부정하는 부분이 있다. 즉, 모든 인간의 욕망이 단축된 시공의 이동을 추구하는 것은 아니다. 인간은 그가 어떤 순간 행복하거나 불행하다면 '근대적 모빌리티'를 거부하고, 그 시간과 공간이 원시적 상태에 존재하기를 원하기 때문이다. 시험을 망친 학생은 결과가 늦게 나오기를 원하고, 두 연인은 함께하는 시간이 너무 빨리 흐른다고 원망할 것이며, 사랑하는 사람과 헤어질 때는 집이 너무 가까이 있음을 원망할 것이다. '모빌리티'가 근현대의 중요한 현상일 수는 있지만, 인간의 이동에 대한 유일한 설명의 도구는 될 수 없을 것이다.

모빌리티와 길

인간과 문화는 길을 통해 이동하고, 이 이동은 사회에 변화를 가져온다. 한 사회에 새로운 사물이 들어오게 되면, 이 사회는 이 새로운 사물을 받아들이는 과정에서 새로운 제도의 탄생을 요청한다. 그리고, 이 새로운 제도는 그 운용에 있어 새로운 사상의 탄생을 요청한다. 즉, 새로운 사물의 유입은 근본적이며 혁신적인 일체화 과정을 통해 한 사회를 변화시킬 수 있다.

변화는 새로움을 가져오지만, 인간은 이 새로운 변화에 대해 두려움과 기대의 감정으로 갈등하게 된다. 쇼펜하우어의 "인간은 자기 시야의 한계를 세계의 한계로 믿는다."라는 말처럼, 경험은 한계를 불러온다. 하지만, 길은 이 한계를 초월하는 통로로 작용하고, 새로운 길 앞에서 사회는 생존과 멸망이란 선택을 강요받게 된다.

안정된 사회는 그 속의 구성원에게 예측 가능한 삶이란 안락함을 부여하지만, 동시에 고착화라는 자기 퇴보의 위험성을 부여한다. 하지만, 길은 안정을 위협하지만 고착된 사회적 한계를 부수는 새로운 변화의 힘을 전해 줄 수 있다. 이 '변화의 힘'이란 안정된 삶을 지향하는 사회에서는 지극히 위험한 '미지'의 것이지만, 현재라는 한계를 극복하고 보다 나은 미래를 꿈꾸는 사회에서는 더없이 중요한 힘이다. 따라서, 길은 미지와 변화의 코드를 가진다.

동양 철학에서 인간의 마땅한 행위를 설명할 때, 혹은 인생의 법칙을 설명할 때 '도(道)'라는 글자를 빌려 사용한다. 도는 '길'이다. 이 길은 욕망의 실현과 좌절 속에서 고통받는 인간이 자신의 불안정한 삶 속에서 하나의 확정을 통해 마음의 편안함과 행복을 얻는 길이다. 그러나, 아무리 확정적 길이라 하더라도 그 길을 처음 걷는 사람에 있어서는 예정된 정보를 상상할 수 있을 뿐, 그 체험은 여전히 미지의 것으로 남아있다.

　인간은 새로운 것과의 조우 속에서 이미 주어진 환경에서는 얻을 수 없었던 새로운 삶의 지점을 향하는 기회를 얻고, 이 기회 속에서 기쁨, 분노, 슬픔, 쾌락, 고통과 같은 감정을 경험하게 된다. 이 생생한 경험을 통해 역사는 변화된 삶을 기록하고, 문학은 변화된 인간의 삶을 노래하고, 철학은 변화를 체계화할 것이다.

제2장

실크로드와 양잠

실크로드Silk Road

실크로드란 문명이 교류했던 통로를 의미하고, 동·서를 잇는 여러 루트를 총괄하는 개념이다. 우리는 일반적으로 '실크로드'를 언급하면 중국과 서역(西域)이 교류하던 오아시스 길(oasis road)을 따라 낙타를 타고 이동하는 상인의 행렬을 떠올린다. 하지만, 이 길이 실크로드의 중심이 되는 길이기는 하지만, 실크로드의 전부는 아니다.[1]

정수일은 실크로드의 시작을 문명교류란 의미에서 바라보고, 그 시작을 인류의 대이동이 시작된 1만 년 전으로 소급한다.[2]

지금으로부터 약 1만 년 전에 홍적세(洪積世)가 시작되면서 일어난 인류의 대이동에 의해 유라시아 대륙에 몇 갈래의 길이 생겼는데, 이

---

1) 서역이라는 명칭은 서역도호부(西域都護府)를 양관(陽關) 서쪽 오루성(烏壘城)에 설치하고, 정길(鄭吉)을 서역도호로 임명한 선제(宣帝) 신작(神爵) 2년(B.C60)에 처음 사용된다. 서역은 대체로 오늘날의 중국 신장성(新疆省) 타림분지(동투르키스탄)에 해당하지만, 안식·대월지·강거·대원 같은 중앙아시아 서투르키스탄 일부에 해당하는 지역도 포함하고 있다. 정수일, 『실크로드 사전』, 파주, 창비, 2013.(ebook. ebook은 페이지를 따로 표시하지 않음)
2) 정수일, 위의 책.

것이 실크로드의 시작이다. …… 기원전 7000년경에 메소포타미아 지방에서 발생한 농경과 목축업 및 토기와 방적기술 등 원시문명이 이 길을 따라 각지에 전파되었으며, 서아시아와 동아시아에서 각각 기원전 6000년경과 4000년경에 발생한 채도(彩陶)도 이 길을 따라 동서로 광범위하게 전파되었다.[3]

이처럼 '교류'라는 개념에 따라 실크로드의 시작 시기를 선사시대까지 확대한다면 그 범위가 지나치게 광범위해져서 개념이 모호해지는 느낌이 있다. 인류 문명의 '교류'란 관점에서 유의미한 실크로드의 시작은 국가 단위에서 새로운 문화에 대한 문화적 대응과 수용이 발생하고, 이로부터 새로운 문화의 창출이 일어났던 기원전 7세기에서 기원전 8세기 사이다.[4] 즉, 문화 교류와 신문화 창조에 있어 자연(自然)에서 인위(人爲)로의 변화가 일어난 시기다.

일반적으로 실크로드라고 했을 때는 중국과 중앙아시아를 잇는 길을 떠올린다. 하지만, 이 명칭은 근대에 와서 붙여진 이름이며, 실크로드란 말이 유행하기 전에는 이 길을 사마르칸트(Samarkand)로 가는 길, 혹은 타클라마칸 사막(TaklaMakan Desert)의 북로(北路) 혹은 남로(南路)라고 불렀다.[5]

이 길을 실크로드로 불렀던 최초의 사람은 독일 지리학자 페르디난트 폰 리히트호펜(Ferdinand von Richthofen, 1833-1905)이다. 그는 1869년부터 1872년까지 4년간 중국의 석탄 매립지와 항구를 잇는 철로 설계를 위해 중국의 지질을 탐사했고, 『중국(China)』이라는 5권의 지리

---

3) 정수일, 위의 책.
4) 정수일은 위의 개념을 광의의 실크로드, 이 개념을 협의의 실크로드라고 명명했다.(정수일, 위의 책.)
5) 정수일, 위의 책.

서를 출간했다. 그는 이 책에서 동서 교류사를 개괄하면서, 중국에서 시르다리야(SyrDarya)와 아무다리야(AmuDarya)라는 강 사이의 트란스옥시아나(Transoxiana) 지역과 서북 인도에 수출되었던 주요 물품이 비단이었던 것에 착안하여, 비단이란 뜻의 "자이덴 (Seiden)"과 길이란 "슈트라센(Straße)"을 합쳐 '실크로드'라고 명명했다.[6] 이후 실크로드라는 단어는 점차 국제적으로 퍼져나갔으며, 영국의 신문에 실린 상식 퀴즈에 실크로드의 처음과 끝을 묻는 문제도 나올 정도로 상당히 대중적 지식으로 안착하였다.[7]

페르디난트 폰 리히트호펜 남작. 그는 자신의 저서 『차이나』 2권에 조선에 대한 기록도 남겼다

트란스옥시아나 지역. 과거 당나라는 파미르고원을 넘어 트란스옥시아나에 22개 도호부(都護府)를 설치했다. 하지만 당나라 고선지(高仙芝)의 부대가 탈라스(Talas) 전투(751)에서 패하면서 이 지역에 대한 지배권을 상실하고 만다.

6) 정수일, 위의 책.
7) 이 퀴즈의 정답은 '중국 국경에서 다양한 경로를 통해 유럽까지'였다. 발레리 한센 저, 류형식 역, 『실크로드 7개의 도시』, 서울, 소와당, 2015. 23쪽.

리흐트호펜 이후, 동서 교역로에 관한 연구는 대단히 활발하게 진행 되었다. 1910년, 독일의 동양학 학자인 알베르트 헤르만(Albert Herrmann, 1886-1945)은 실크로드를 연구하다가, 시리아(Syria) 팔미라(Palmyra)에서 대량의 중국 비단을 발견하고, 리히트호펜의 중국과 인도의 교역 통로를 시리아까지 연장했다. 그는 리히트호펜이 '실크로드'라고 부른 이 길이 중앙아시아에 분포하고 있는 여러 오아시스를 연결하여 이루어진 길이라는 점에 착안하여, '오아시스로(Oasis Road)'라고 명명하였다.[8]

제2차 세계대전 이후, 동서 교역에 관한 학자들의 연구가 활발해지면서, 동서 교역로는 계속해서 연장되었다. 이 길은 중국을 중심으로 서쪽으로는 중앙아시아와 서아시아를 지나 터키의 이스탄불과 이탈리아의 로마까지, 다시 동쪽으로는 한국과 일본에 이르는 길이 되어, 1만 2천km에 달하게 되었다.[9]

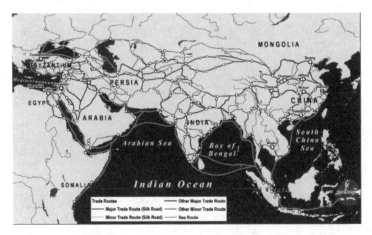

11-12C의 실크로드와 해로(『The Geography of Transport Systems』)

8) 정수일, 위의 책.
9) 정수일, 위의 책.

현재 실크로드는 크게 3대 간선과 5대 지선으로 분류된다. '3대 간선'은 기존의 오아시스로, 유라시아 대륙의 북방 초원지대를 지나는 초원로(Stepp Road), 지중해에서 출발해서 홍해·아라비아 해·인도양을 거쳐서 중국의 남해에 이르는 해로(海路)가 있고, '5대 지선'에는 각각 마역로(馬易路), 라마로(喇嘛路), 불타로(佛陀路), 호박로(琥珀路), 메소포타미아로가 있다.[10]

양잠

누에를 길러 실크를 만드는 양잠(養蠶) 기술이 처음 시작된 곳은 중국이다. 하지만, 중국에서 이 양잠을 언제, 어디서, 누가 시작했는지는 분명하지 않다. 양잠의 기원에 대해서 중국 문헌에서는 복희(伏羲)가 양잠을 통해 비단을 얻었다는 설과 황제가 시작했다는 설이 있다.[11] 현재는 두 학설을 시대구분을 통해 해석한다. 즉, 복희는 구석기시대의 사람이며, 황제는 신석기 시대인데, 복희는 야생 누에를 통해 실을 뽑았으며, 황제는 야생 누에가 아니라 인공적으로 누에를 길러서 실을 생산한 것이라는 것이다.

B.C2100년 이전, 즉, 중국 하(夏)나라 시대 이전은 비단 생산 초기시대로, 이 시대 사람들은 이미 누에고치를 통해 실을 뽑아서 견직물

---

10) 정수일은 과거에 사용된 '남해로'라는 명칭은 현재 미국까지 연장된 해로에 적합하지 않다고 주장하고 '남해로'를 '해로(海路)'라고 부를 것을 주장하고 있다. 정수일, 위의 책, 465쪽.

11) 중국에는 전설적인 지도자인 삼황(三皇)이 있는데, 이들이 복희(伏羲)·신농(神農)·황제(黃帝)다.

절강성(浙江省) 하모도(河姆渡) 유적에서 발굴된 신석기 시대 누에 문양 토기(『중국대백과전서』)

을 만들었다고 알려져 있다. 실제로, 하남(河南)·산서(山西)와 절강(浙江) 지역에서는 신석기 시대 누에와 관련된 문물이 출토되고 있다.[12]

실크가 언급된 최초의 문헌은 중국 최초의 역사서라고 할 수 있는 『상서(尙書)』다. 이 책의 〈하서·우공(夏書·禹貢)〉편은 B.C 2천여 년 전의 국가인 하(夏)나라 시기의 지리서라고 할 수 있다. 이 장에는 전국에서 바치는 공물을 기록하고 있는데, 산동(山東) 지역에서 뽕나무로 누에를 길렀다고 기록하고 있다.[13] 이것은 지방에서 생산된 실크가 공물로 중앙에 바쳐졌음을 의미한다. 또, 주(周)나라 예절에 관한 해설서인 『예기(禮記)』 가운데, 매달(음력) 해야 할 일을 기록한 〈월령(月令)〉편에는 음력 3월에 뽕나무 벌목을 금지하고, 양잠을 권하는 기록이 있다.[14] 무엇보다, 은(殷)나라 문자인 갑골문(甲骨文) 가운데 누에가 뱉는 실을 뜻하는 '絲(실 사)'자는 여러 가닥의 실 양쪽 끝에 매듭을 지은 모양으로 되어있는데,[15] 이것은 인간이 비단을 만들 때 노동을 투자했다는 의미이며, 은나라 시대에는 실크가 생활에 상당히 밀착된 문

갑골문 '실사(絲)'자. 누에가 뱉은 실을 의미한다. 糸(사)자를 두 개 모은 회의자(會意字)에 속한다.

---

12) 중국에서는 5천 년 전 혹은 7천 년 전으로 소급하기도 한다. 衛斯, 〈中國絲織技術起始時代初探 - 兼論中國養蠶起始時代問題〉, 『浙江理工大學學報』03期, 1993.

13) 『尙書·禹貢』: 雷夏旣澤, 雍、沮會同, 桑土旣蠶。

14) 『禮記·月令』: 季春之月……, 是月也, 命野虞無伐桑柘。……, 以勸蠶事。

15) 羅振玉, 『增訂殷虛書契考釋』: 象束絲形, 兩端則束餘之緒也。

화로 존재했다는 것을 의미한다. 이후 전국시대(戰國時代, B.C2100~B.C221)에 이르면 비단 생산이 이전 보다 발전해서 기술적 진보가 이루어져서 다양한 실크가 생산되었고, 세계적으로 전파되어 점차 중국 문물 가운데 중국을 대표하는 상품이 되었다.

정수일에 의하면 실크는 기원전 5세기 무렵 이미 육로를 통해 이란에서 로마제국으로 전파되었다. 기원전 4세기 페르시아의 문헌에 이미 양잠의 기록이 있고, 또, 기원전 327년 동정(東征)에 나선 알렉산더(Alexander) 대왕의 부장인 네아르코스(Nearchos)는 인도 펀자브 지방을 공격할 때, 세리카(Serica)라는 가벼운 견직물을 목격했다고 했는데, '세리카'는 바로 중국을 의미한다. 인도 월호대왕의 신하인 카우틸랴(Chanakya)의 『정사론(正射論, Arthasastra)』에는 중국산의 '꼰비단실'인 사권(紗卷)을 '시나파타(cinapatta)'라고 했는데, 이 글자는 'cina'(중국)와 'patta'(띠, 땋은 끈)의 합성어다. 3세기 로마에서 중국을 라틴어로 '세레스(Sēres)'라고 했는데, 이 말의 뜻은 '비단이 전해진 나라'란 뜻이다. 이것이 중국(china) 세레나설이다.[16] 비록 'china'라는 어원이 무엇인지는 일치된 견해가 없지만, 비단이 그 학설 가운데 하나라는 것은 중국 비단에 대한 서양의 큰 관심을 충분히 설명해주고 있다.

---

16) 현재 중국을 뜻하는 'China'의 어원인 'Cina'에 관해서는 세 가지 주장이 있다. 하나는 진시황의 진(秦)나라를 음역해서 'Cina'가 되었다는 설, 그리고 위에서 언급한 실크에서 비롯되었다는 설, 또 하나는 6세기 테오필락토스(Theophylactos)의 연대기에 기록된 타우카스트(Taugast)에서 비롯되었다는 설이다. 이 가운데 정설로 확정된 것은 아직 없다. 정수일, 위의 책.

양잠과 고대문화

중국에서 양잠은 신성한 일이었다.
『잠서(蠶書)』라는 책에는 "누에는 용
의 정령이다."라고 기록하고 있는데,[17]
이것은 누에를 신성하게 본 것이다. 더
욱이 양잠의 신을 위한 제사도 있었다.
역사적 기록에 의하면 양잠을 국가적
사업으로 만든 것은 유조(嫘祖)라는
여인이다.[18] 그녀는 중국의 전설적 존

양잠을 통해 실크를 얻는 과정은 매우
복잡하고 손이 많이 가는 작업이다. 일
반적으로 봄에 누에를 사육하기 때문
에 과거에는 춘잠(春蠶)이라고 불렀다.

재인 삼황오제(三皇五帝) 가운데 오제(五帝)의 첫 번째인 황제(黃
帝)의 아내였다. 이 신화가 역사적 사실이든 아니든 중국 역대 왕조
는 최초로 양잠을 시작한 그녀를 '선잠(先蠶)'이라 칭하고, 왕의 아내
가 양과 돼지를 바쳐 제사를 지내게 했다.[19] 이것은 중국에서 실크가
오래전부터 시작되어 국가적으로 매우 중요한 생산품으로 여겨져 줄
곧 신성시되었다는 것을 의미한다. 신화에 나타난 실크의 시조가 여
성으로 상징되어있다는 것과, 실크의 시조에 대한 제사를 왕비가 주
재했다는 것을 통해, 실크가 여성 노동력에 의한 가공품이란 것도 알
수 있다.

---

17) 『夏官·馬質』注引『蠶書』云 : "蠶爲龍精。"
18) 『史記·五帝本紀』: 黃帝居軒轅之丘, 而娶於西陵之女, 是爲嫘祖。朱熹, 『通
鑒綱目·前編』: 西陵氏之女嫘祖爲帝元妃, 始敎民育蠶, 治絲繭以供衣服。
19) 『周禮·內宰』: 詔王後蠶於北郊, 齋戒享先蠶。『後漢書·禮儀志上』: 祠先
蠶, 禮以少牢。자세한 내용은 袁珂『山海经校注』(上海古籍出版社, ebook)를
참고.

초기의 실크는 귀족의 전유물이었다. 『시경(詩經)』은 주나라 시대 15 지역의 민간 가요를 모은 시가집으로, 당시 시대상을 짐작할 수 있는 자료가 된다. 이 책은 비단 견직물을 생산하고 소비하는 것을 귀족층의 일로 기록하고 있다.

于以采蘩?	산흰쑥 뜯어 어디로 가나요?
于沼於沚。	못가와 시냇가로 가지요
于以用之?	무엇에 쓰는 것일까?
公侯之事。	높으신 나리님의 일에 쓰지요

- 『시경·소남(召南)·채번(采蘩)』

이 시에 대한 해석은 '높으신 나리님의 일'이 무엇을 뜻하는지가 관건이다. 이것을 전통적으로는 제사로 해석하기도 하지만, 산흰쑥을 뜯어서 귀족 부인들이 주관하는 양잠을 돕는 시로 해석하기도 한다.[20] 또한 『첨앙(瞻卬)』이란 시에는 다음과 같은 글귀도 있다.

哲夫成城,	능력 있는 남자는 나라를 세우고,
哲婦傾城。	능력 있는 여자는 나라를 넘어뜨린다.
…	
伊胡爲慝?	왜 이 여인을 각별해 여기시나?
…	
婦無公事,	부녀자는 정치를 하지 말아야지,
休其蠶織。	누에치고 길쌈하는 일 그만두었네.

- 『시경·대아(大雅)·첨앙(瞻卬)』

---

20) 程俊英, 『詩經譯注』, 北京, 中華書局, 1991, 31쪽.

여성에 대한 정치 참여 제한을 주장하는 이 시가 지칭하는 여인은 주(周)나라의 마지막 왕인 유왕(幽王)의 애인 '포사(褒姒)'라는 여인이다. 사마천(司馬遷)의 『사기(史記)』에는 포사가 여간해서 웃지 않아서, 유왕(幽王)이 그녀의 웃음을 보고자 봉화를 거짓으로 올렸는데, 포사가 유왕의 거짓 봉화에 속아서 군대를 몰고 온 제후들을 보고 깔깔 웃었다고 한다. 여기에 재미 들린 유왕은 여러 번 봉화를 올렸고, 이 때문에 정작 위급할 때 제후들이 모이지 않았다는 것이다.[21] 하지만, 이 시대에는 이미 제후들의 세력이 주나라를 넘어섰던 시기였기 때문에, 이 거짓 봉화 사건은 주나라 왕권의 레임덕 현상을 상징한다. 여자 때문에 나라를 망쳤다는 이야기는 본래 주나라의 시조인 무왕(武王)이 은나라 주(紂)를 토벌할 때 써먹었던 핑곗거리였는데, 춘추시대 제후들은 그의 수법을 그에게 돌려주는 방식으로, 주나라 왕의 명령을 듣지 않아도 되는 합리적인 스토리 텔링을 주나라 역사에서 찾아냈다. 이 시에서 '누에치고 길쌈하는 일 그만두었네'라는 말은 국가 수장의 아내가 본업인 양잠에는 관심이 없고 국가 대사에 간섭하여서 전국의 부녀자들이 양잠에 소홀하다는 의미다. 이 말을 통해 국가 수장의 부인은 양잠에 대한 관리가 중요한 일이었다는 것을 알 수 있다.

『시경』 가운데 섬서(陝西) 봉상현(鳳翔縣) 일대의 민간 가요를 기록한 〈소남(召南)〉』에는 '고양(羔羊)'이란 시가 있다.

羔羊之皮,   어린 양의 가죽옷,
素絲五紽。   흰 비단실로 아름답게 바느질되었네

---

21) 司馬遷, 『史記·周本紀』

退食自公,　　　　나라 밥 먹고 관청에서 나와 집에 가는 모습,
委蛇委蛇。　　　　참으로 유유자적 하구나.

– 『시경·소남·고양』

제목인 '고양(羔羊)'은 고급 옷감인 어린 양의 가죽으로 만든 고급 옷이다. 둘째 구의 의미는 이 좋은 옷이 흰 비단실로 예쁘게 바느질이 되었다는 것이다. 전통적 해석으로는 덕이 깨끗한 군자를 형용한 것이라고 하지만, 전체적으로 아무 하는 일 없이 관청의 밥을 축내는 사람을 풍자하는 것만 같다.[22] 어쨌든 이 시기 고위층 남성은 비단실로 바느질한 옷을 입고 다녔고, 그것이 그 사람을 지칭할 만한 귀중하고 보기 드문 것이었음을 알 수 있다. 이처럼 비단은 고위층이 관리하고 향유하는 고부가가치 수공업이었다.

이 '양잠'이란 작업은 다양한 의미 공간을 창출시켰다. 우리는 나도향의 단편소설 『뽕』과 이두용 감독의 영화를 통해 뽕나무밭을 여성과 남성의 부적절한 관계가 일어나는 장소로 인식하고 있다. 그런데, 이 뽕나무밭은 기원전 수백 년 전에도 비슷한 상징성을 지니고 있었다.

爰采唐矣 ?　　　　실새삼 캐러 어디로 갔나?
沫之鄕矣。　　　　매고을 교외로 갔었지.
雲誰之思,　　　　누굴 생각하고 갔을까?
美孟薑矣。　　　　예쁜 강씨네 여인이지.
期我乎桑中,　　　나를 뽕밭으로 오라 하더니,
要我乎上宮,　　　방으로 가자고 하고는,
送我乎淇之上矣。　기수까지 나를 전송하네

---

22) 王秀梅,『中華經典名著全本全注全譯叢書 : 詩經』, 中華書局, 2015.(ebook)

爰采麥矣？	보리를 캐러 어디로 갔나?
沫之北矣。	매고을 북쪽로 갔었지.
雲誰之思？	누굴 생각하고 갔을까?
美孟弋矣。	예쁜 익씨네 여인이지.
期我乎桑中,	뽕밭으로 오라 하더니,
要我乎上宮,	방으로 가자고 하고는,
送我乎淇之上矣。	기수까지 나를 전송하네.

爰采葑矣？	순무를 캐러 어디로 갔나?
沫之東矣。	매고을 동쪽엘 갔었지
雲誰之思？	누굴 생각하고 갔을까?
美孟庸矣。	예쁜 용씨네 여인이지.
期我乎桑中,	뽕밭으로 오라 하더니,
要我乎上宮,	방으로 가자고 하고는,
送我乎淇之上矣。	기수까지 나를 전송하네.

－『시경·용풍(鄘風)·상중(桑中)』

이 시는 한 남성이 여러 유부녀와 뽕밭에서 만났던 내용이다. 그는 이 여성들이 자신을 좋아해서 적극적으로 자신과 약속하고, 주도적으로 운우(雲雨)의 정을 나누었으며, 더욱이 이별이 아쉬워 물가까지 나와 자기를 전송했다고 자랑하고 있다. 이걸 자랑삼아 이야기하는 남성적 시각이 불편할 수 있지만, 뽕나무밭이 왜 만남의 장소가 되었는지를 짐작하게 한다. 고대 여성은 외부 출입이 극도로 제한되어 있었지만, 누에를 치기 위해 뽕나무 잎을 가져오는 일은 외부로 움직일 수 있는 탈출구가 될 수 있었다. 즉, 뽕나무밭이 밀월의 장소가 된 것은 여성의 양잠 노동사와 관련이 있다.

뽕밭과 남녀관계 모티브는 계속해서 창작이 이루어졌는데, 관련 주제를 다룬 한대 작품인 『맥상상(陌上桑)』은 풍자와 해학을 통해 한대 민간의 건강하고 활달한 정신세계를 보여주고 있다.

秦氏有好女,	진씨에겐 아리따운 딸이 있는데,
自名爲羅敷。	이름을 나부(羅敷)라 하네.
羅敷善蠶桑,	나부는 누에를 잘 치는데,
采桑城南隅。	성 남쪽 모퉁이에서 뽕잎을 따네.
…	
行者見羅敷,	길 가는 사람은 나부를 보면,
下擔捋髭須。	짐을 내려놓고 수염을 만지고,
…	
來歸相怨怒,	집에 돌아와 아내와 성내고 다투는 까닭은,
但坐觀羅敷。	나부를 멍하니 보았기 때문이네.
使君從南來,	태수께서 남쪽에서 와서는,
五馬立踟躕。	다섯 말 세워 놓고 서성이네.
…	
羅敷前致詞:	나부가 앞으로 나와 말을 하네.
使君一何愚。	태수께선 어찌 그리 어리석소?
使君自有婦,	태수께 부인이 계시듯,
羅敷自有夫。	나부 또한 남편 있답니다.
東方千餘騎,	동쪽 천여 기의 기병 가운데
夫婿居上頭。	남편이 대장급이에요
…	
坐中數千人,	앉아 있는 수천 명이
皆言夫婿殊。	모두 말하기를 남편이 제일이랍니다.

- 한나라 악부(樂府)『맥상상(陌上桑)』

'악부시(樂府詩)'는 한(漢)나라 시대 악부(樂府)라는 음악을 관장하는 중앙 관청에서 채집한 민가이며, 하층계급 무명작가들이 참여한 민간 가요다. 제목인 "맥상상(陌上桑)"이란 '두렁 위의 뽕나무밭'이란 의미다. 그리고, 인물에서 드러나는 생생한 묘사, 활발한 대화체, 특히 다른 악부시와 달리 다섯 글자로 균형을 잡은 형식을 통해 이 작품이 악부시 가운데 비교적 후대에 출현한 작품이란 것을 알 수 있다.

이 작품은 그 구성에 있어 상당한 짜임새를 가지고 있다. 주인공은 '나부(羅敷)'라는 젊은 일반 여성으로, 누에를 잘 치고 길쌈도 잘하는 능력 있는 여성이다. 게다가 모습도 아름다워서 길가는 사람도 걸음을 멈추고 바라보고, 멍하니 그녀를 바라보는 남편 때문에 부부싸움도 일어난다. 이런 설정은 현대 로맨틱 코미디의 소재로도 종종 등장한다.

이 작품에서 나부의 삶에 커다란 위기감을 조성하는 사람은 권력자인 지방관이다. 게다가 이야기가 일어나는 장소가 전통적으로 남녀의 밀회가 일어나는 뽕나무밭이기 때문에, 여성의 순결을 위협하는 곳이 된다. 하지만, 이 시는 사건을 리얼리즘 비극으로 끌고 가는 대신, 아리따운 여인이 흑심을 품은 지방관에게 무안을 주는 훈훈한 결말을 가지고 있다. 그녀가 자기 남편이 지방관보다 훨씬 높은 실력과 지위, 특히 군인이라고 하는 말은 진실일 수도 있지만, 지방관의 지위에 의지한 오만함을 꺾어버리기 위한 거짓일 확률이 더 높다. 이처럼 권력자를 희롱하고 무안을 주는 나부에 대한 묘사는 당시 부녀자들의 깨끗하고 쾌활하며 재치있는 모습을 생동감 있게 전달하고 있다.

한대 초기에는 양잠을 통해 부를 이룬 평민계급도 존재했다. 사마천은 『사기』에서 제나라와 노나라 지역, 즉 산동 지역에 뽕나무를 기를 0.6km²의 밭이 있으면 농부라도 인생을 즐기면서 살 수 있고, 당시에는 이런 사람들을 '소봉(素封)'이라고 불렀다고 했다.[23] '소(素)'는 본

---

23) 司馬遷, 『史記·貨殖列傳』: 今有無秩祿之奉, 爵邑之入, 而樂與之比者, 命曰'素封'.

래 '희다'라는 뜻으로 여기서는 관직이 없는 평민이란 의미이며, 본래 국가로부터 땅을 받아 세금을 거두는 것을 의미하는 '봉(封)'은 이들이 향유하는 경제적·사회적 수준을 의미한다. 즉 양잠을 통해 실크를 어느 정도 생산할 수 있으면 마치 관리가 된 것처럼 생활할 수 있다는 뜻이다. 사마천은 이런 사람을 "1,000호의 영지를 가진 제후와 같다"24)고 했다. 사마천의 이들에 대한 평가는 상당히 객관적이다.

> 이런 재산을 소유한 사람은 시장을 기웃거릴 필요가 없고 타향으로 바삐 뛰어다닐 필요 없이, 가만히 앉아서 수입을 기다리기만 하면 된다. 따라서 몸은 처사의 도의를 지키지만, 수입은 풍부해진다.25)

즉, 자신의 몸과 가치관을 비굴하게 굽히지 않으면서도 경제적 어려움이 없는 삶을 살게 되는 것이다. 이것이 사마천이 생각한 부의 소극적 가치라고 한다면, 그가 생각한 부의 적극적 가치도 있다. 우선 그가 관찰한 부와 인간세상의 도리를 살펴보자.

> 다른 사람이 자기보다 열 배 부자이면 그를 헐뜯고, 백 배가 되면 그를 두려워하며, 천 배가 되면 그의 일을 해주고, 만 배가 되면 그의 하인이 되니, 이것은 사물의 이치다.26)

실로 할 말이 없게 만드는 명쾌한 설명이 아닐 수 없다. 그러나,

---

24) 司馬遷, 『史記·貨殖列傳』: 此其人皆與千戶侯等。
25) 司馬遷, 『史記·貨殖列傳』: 然是富給之資也, 不窺市井, 不行異邑, 坐而待收, 身有處士之義而取給焉。
26) 司馬遷, 『史記·貨殖列傳』: 凡編戶之民, 富相什則卑下之, 伯則畏憚之, 千則役, 萬則仆, 物之理也。

이런 세태에 대한 관찰을 넘어서, 그는 이런 경제의 위력이 인의(仁義)를 펼치는 도구로 사용되어야 한다고 생각했다. 그는 "사람은 부유해야만 비로소 인의(仁義)를 행하는 것이다"라고 했고, 공자가 유명하게 된 것도 공자의 제자 가운데 엄청난 부자였던 자공의 힘이 컸다고 주장했다.

> 자공이 사두마차를 타고 비단 뭉치 등의 선물을 들고 제후들을 방문하였으므로, 그가 가는 곳마다 뜰의 양쪽으로 내려서서 자공과 대등한 예를 행하지 않는 왕이 없었다. 무릇 공자의 이름이 천하에 골고루 알려지게 된 것은, 자공이 그를 앞뒤로 모시고 도왔기 때문이다.27)

아무 힘이 없으면서 인의(仁義)만 주장하는 지식인에 대한 그의 아래와 같은 비판은 생각해 볼 가치가 있다.

> 세상을 등지고 깊은 산에 살거나 빈천함에 오랫동안 거하지도 못하면서, 말로만 인의(仁義) 운운하는 것은 매우 부끄러운 일이다.28)

그에게 있어서 인의(仁義)는 말이 아닌 실천이었다. 즉, 경제력이란 사회를 바르게 만드는 이상 실현을 위한 것이었고, 만약 이런 사회적 실천이 불가능할 경우, 최소한 자신의 도덕 원칙을 버리거나 굽히지 않아도 굶어 죽지 않는 최소한의 인격을 위한 것이었다. 이런 고대 역사가의 시각은 오늘날에도 분명한 가치를 지니고 있다.

---

27) 司馬遷, 『史記·貨殖列傳』: 子貢結駟連騎, 束帛之幣以聘享諸侯, 所至, 國君無不分庭與之抗禮。夫使孔子名布揚於天下者, 子貢先後之也。

28) 司馬遷, 『史記·貨殖列傳』: 無岩處奇士之行而長貧賤, 好語仁義, 亦足羞也。

오아시스로의 흥망성쇠興亡盛衰[29)]

오아시스로는 중국과 서방이 교역한 길이다. 오아시스로라고 불리는 까닭은 중앙아시아 사막 지역에 점점이 존재하는 오아시스를 연결하여 이루어진 통로이기 때문이다. 오아시스는 사막지대에 항상 물이 존재하는 곳이기 때문에 초목이 자랄 수 있다. 그래서 사람들이 모여들게 되고, 도시가 성장하고, 교통이 발전하게 되면서 교역로의 기능을 활발하게 수행하게 된다. 중앙아시아 도시국가들은 이 길에 의지해 동서를 오가는 문화를 받아들이고, 중국과 로마로 이국의 문화를 전파했기 때문에, 해로가 활발하게 운영되는 15세기 무렵의 대항해시대(大航海時代) 이전의 문명 교류를 주도했다.

파미르고원을 기준으로 서쪽 지역에 해당하는 서아시아에는 이미

대표적인 오아시스인 깐쑤성(甘肅省) 돈황시(敦煌市)에 있는 명사산(鳴沙山) 월아천(月牙泉). '명사산'은 '울음 우는 모래산'이란 뜻이고, '월아천'은 '달의 새싹(月芽)', 즉 '초승달 모양의 호수'란 뜻이다. 현재 관광객이 너무 몰려서 호수가 줄어버렸고, 출입 인원을 엄격히 관리하고 있다.

---

29) 이하 내용은 정수일의 『실크로드 사전』(위의 책)과 다른 자료를 참고하여 요약 정리한 것임.

이집트 콤엘데카 지역(Kom al-Dikka)에 있는 로마 원형극장은 알렉산더의 알렉산드리아
(Alexandria) 유적이다.

기원전 6세기에 정비된 교통로가 존재했다. 페르시아 아케메네스 왕
조(Achaemenid Empire)의 다리우스 1세(Darius I, 재위 522-486) 시대
에 인도 서북부에서 이집트, 소그디아나(Soghdiana)에 이르는 지역에
서는 문화의 이동이 상당히 활발했다. 알렉산더는 동방원정(기원전
334년부터 323년까지 11년)기간 동안 그리스 마케도니아(Macedonia)
를 출발해서, 터키·시리아를 거쳐 인더스강까지 진격했다. 이것은 그
리스 - 인도를 연결하는 지역에 정치적 안정화를 가져왔고, 로마 문
화가 파미르고원 서쪽에 도달하도록 만들었다.

　서한(西漢, B.C202-A.D.8)은 진시황의 진나라를 무너뜨리고 유방
(劉邦)이 세운 나라다. 이 서한의 7대 황제 무제(武帝, B.C156~B.C87)
는 중국에서 파미르고원에 이르는 오아시스로의 동쪽을 개척한 황제
다. 이 길을 개척하게 된 계기는 유목 국가인 흉노(匈奴)가 몽골 고비
사막에서 성장하여 주변국을 복속시키고 초원길을 장악했기 때문이다.

　본래 초원길은 가장 오래된 동서 교역 길로, '스텝(steppe) 기후'가

서한 무제 유철(劉徹). 그는 중국에서 가장 뛰어난 군주 가운데 한 명으로, 문화적으로는 유가를 중국 통치 이데올로기로 정착시켰고, 국제적으로는 의욕적인 확장정책을 펼쳐서 한나라를 동아시아 최대 강대국으로 만들었다.

지배하는 곳이다. 즉, 연평균 강수량이 250-500mm로, 수목이 자라기에 적합하지 않아서, 건기에는 불모지가, 우기에는 초목이 우거지는 극단적 변화가 일어나는 자연환경을 가진다. 하지만, 일반적으로 이 지역은 건기를 제외하면, 지형과 기후에 큰 영향을 받지 않고 자유롭게 이동할 수 있었기 때문에, 유목민족이 살기에 적합한 곳이다.

흉노는 기원전 4세기 말에 몽골 고원에서 급부상한 종족이다. 흉노는 본래 유목 생활을 하는 민족이었지만, 전통적인 기마유목민족 문화에 한족의 문화를 융합한 호한문화(胡漢文化)를 형성하여 비약적인 발전을 이룩했고, 초원로를 따라 안식(安息, 이란) 왕국과 비단무역을 통해 커다란 부를 축적하게 된다.

이렇게 흉노의 국세가 성장하자, 서한과의 충돌은 피할 수 없었다. 하지만, 당시 한나라는 북방의 흉노를 제압할 방법이 없었다. 한(漢)나라를 건국한 유방(劉邦)은 흉노와의 전투에서 패배하여 굴욕적인 화의를 맺는다(BC 198).[30] 이런 상황은 무제 시기가 되어서도 변함이 없었다. 전전긍긍하던 무제에게 기쁜 소식이 하나 들어온다. 흉노로부터 도망친 사람으로부터 흉노와 월지국(月氏國, 아프카니스탄 중

---

30) 유방은 산시성(山西省) 북부에 침입한 흉노와 전투를 벌리다가 패배하고, 화의의 조건으로 흉노와 한나라 황실의 결혼과 매년 많은 공물을 바치는 조건으로 화의(和議)를 맺는다.

서부) 사이에 분쟁이 있다는 사실을 알게 된 것이다. 이에, 무제는 월지국과 친교를 맺는 외교정책을 통해 흉노를 고립시키려고 했다. 하지만, 월지국으로 가는 초원길은 이미 흉노가 장악한 상태였기 때문에 이 길을 통하기 위해서는 흉노의 수장인 선우(單于)의 통행증이 필요했다.

흉노의 영향을 받지 않고 외교 관계를 수립하기 위해서는 이전에 아무도 간 적이 없는 새로운 루트를 개척할 필요가 있었다. 무제는 위험천만한 이 길을 가려는 사람을 구하기 어려웠을 것이다. 하지만, 당시 무제의 측근 무사였던 낭관(郎官) 장건(張騫)이 이 프로젝트에 자원하면서 실크로드의 서막이 오른다. 장건은 월지국과의 외교 교섭을 위해 서북쪽 상황에 대해 잘 알고 있던 흉노족 출신인 감보(甘父)라는 인물을 대동하고, 100여 명의 인원으로 출발하게 된다. 인원이 많지 않은 것으로 보아, 무제 역시 이 프로젝트에 대해 그다지 믿음이 있었던 것 같지는 않다.

건원(乾元) 2년(B.C139년) 부푼 꿈을 안고 농서(隴西, 현 감숙성)를 나선 장건은 하서회랑(河西回廊)에 도착하자마자 이 지역을 장악하고 있던 흉노에게 붙잡힌다. 장건의 목적을 알게 된 군신선우(軍臣單于)는 이렇게 말했다.

> 월지는 우리의 북쪽에 있는데 한나라가 어찌 사신을 보낼 수 있겠느냐? 내가 월(越)나라로 사신을 보내고자 한다면 한나라가 허락하겠느냐?[31]

---

31) 司馬遷 『史記·大宛列傳』: 月氏在吾北, 汉何以得往使？吾欲使越, 汉肯听我乎？

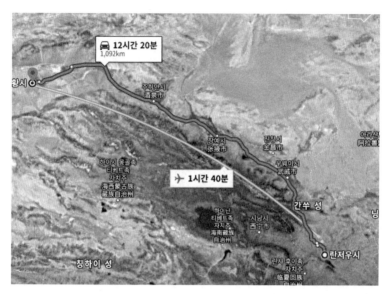

장건이 첫 번째로 만난 고난의 지역인 하서회랑(河西回廊). 남쪽은 기련산맥(祁連山脈)이 있고, 북쪽은 고비 사막이 있다.

즉, 자기 국가에 불리한 일을 하러 가는데 어떻게 통과시켜줄 수 있겠느냐는 것이다. 장건은 대답할 변명이 없었다. 그는 흉노의 선우에게 매우 융숭한 대접을 받았는데, 그는 흉노 여인과 결혼까지 했다. 하지만 그는 한 나라 사신임을 증명하는 부절(符節)을 버리지 않았다. 어쩌면 이러한 그의 놀라운 의지가 이 무모한 개척에 지원했던 동력 가운데 하나였을 것이다.

기회를 엿보던 장건은 흉노를 벗어나 대월지(大月氏, 사마르칸트, Samarkand)로 향했다. 그는 현 우즈베키스탄 일대의 왕국인 대완(大宛)에 도착하고, 다시 대완의 원조를 받아 대월지에 도착한다. 하지만 대월지의 정세는 10여 년 전 한 무제가 접했던 소식과 많은 차이가 있었다. 흉노에게 죽은 왕의 아들이 왕이 되었지만, 안정된 물자 생산과 비옥한 토양에 안착한 이들은 안주를 원했기 때문에, 흉노와의 전쟁에는 미온적이었다. 장건은 이곳에서 1년을 거주하였지만, 융숭한 대접 외에는 외교적 성과가 없었기에, 다시 서한으로 출발지만, 흉노에게 또 잡히게 된다. 이전과 다른 점은 군신선우(君臣單于)가 죽자 좌녹려왕(左谷蠡王)이 태자를 몰아내고 스스로 왕이 되었다는 것이다.

그는 자신에게 별 관심을 두지 않는 것을 알고는 아내와 감보를 데리고 한나라로 돌아온다. 비록 목적은 달성하지 못했지만, 그는 그가 직접 보고 들은 내용을 한나라에 전했고, 이로써 최초의 오아시스로가 형성된다. 이 상식으로 이해할 수 없는 장건의 경험에 대해 『사기』는 '장건은 사람됨이 의지가 굳세고 마음이 너그럽고 남에게 성실하였으므로 만이(蠻夷)들도 모두 그를 좋아하였다.'라는 장건의 인간적 매력으로 해설했다.

역사서에는 장건이 "대하에 있을 때 사천성(四川省)의 공(邛)이란 지역에서 생산되는 대나무 지팡이(竹杖)

감숙성 박물관에 있는 동분마(銅奔馬 - 달리는 청동마). '마답비연(馬踏飛燕, 나는 제비를 밟은 말)'이라고도 한다. 일반적으로 이 말을 장건이 대완(大宛)에서 얻어온 천마(天馬)를 본뜬 작품으로 간주한다. 장건의 천마는 한나라 군사력을 크게 강화시켰기 때문에 흉노와의 전쟁에서 승리를 가져온 주된 요인으로 언급된다.

와 사천의 촉(蜀)에서 나는 비단을 보았다"라고 하고, 이 물건이 인도를 통해 흘러온 것이라고 기록하고 있다. 대하(大夏)는 박트리아(Bactria)이며, 이 나라는 마케도니아 왕국 알렉산드로스 3세의 동방 경략 지역인 그리스에 속한 국가다. 즉, 장건은 이 시기 그리스 문명과 접하면서 중국 사천에서 만들어진 죽장과 실크 생산품을 이국땅에서 만나게 된 것이다. 이것은 중국과 인도, 그리고 인도와

박트리아에 이르는 교역 통로의 존재를 증명하고 있는 기록이다.

장건은 사막의 오아시스에 대한 위치 정보를 정확히 알고 있었기 때문에 흉노와의 전쟁에 교위의 신분으로 종군했다. 이 과정에서 그의 서북쪽 지리에 대한 지식은 매우 요긴하게 사용되었다. 군대가 어려움을 겪지 않게 되었고, 이 공으로 그는 원삭(元朔) 6년(B.C123)에 박망후(博望侯)에 봉해진다.

원수(元狩) 4년(B.C119)에 그는 다시 사신의 신분으로 서역을 향해 출발하여, 대완·강거(康居, 트란스옥시아나)·대월지·대하(大夏, 아프카니스탄 북부)·안식·신독(身毒, 인도)·우전(于闐, 위구르 허텐 지역)·우미(扞彌, 위구르 위텐)으로 가게 되는데, 사실상 최초의 국가적 교역로서의 실크로드라고 할 수 있다. 또한, 한무제는 황하 서쪽인 산서·협서의 경계를 넘어선 서쪽 지역에 하서사군(河西四郡)을 만들고, 하서장성을 쌓아 염택(鹽澤, 위구르 로프노르 Lop Nor)까지 정치력을 넓혔으며, 오손(烏孫, 위구르 일리강 유역 국가)과 혼인관계를 맺고, 주민을 이동시켜 서역 지역 개발에 박차를 가했다.

서한 무제 이후 선제(宣帝, B.C74-B.C49) 때 신장(新疆) 룬타이(輪台)에 서역도호부(西域都护府)를 설치해서 타림분지 지역을 관리했는데, 이로부터 동서 교역로는 서한의 정치적 영향력 속에서 비교적 안정된 교역로가 된다. 서한의 마지막 황제 애제(哀帝)가 죽고 왕망이 왕위를 찬탈한 시기(A.D.9-23)에 잠시 이 교역이 주춤했지만, 동한(東漢) 시대(A.D.25-220)가 시작하면서 상당히 번성했는데, 『후한서·서역전』의 한 대목이 이를 증명한다.

명을 받고 역을 달리는 말이 끊임이 없었고, 서역 상인과 소상인들

서한시대의 오아시스로 남도 및 북도(정수일 『실크로드 사전』 48쪽)

은 날마다 변경에서 머물렀다.[32]

이처럼 오아시스로가 활기를 띠면서, 새로운 노선도 개척되었다. 동한을 세운 광무제(光武帝, B.C6-A.D.57)를 이어 등극한 명제(明帝) 영평(永平) 16년(73)에 한나라는 이오(伊吾, 합밀 哈密)를 공략하고, 여기에 선화도위(宣禾都尉)를 설치한 것을 계기로, 돈황에서 이오를 거쳐, 천산산맥 남쪽의 고창(高昌, 투루판)에 이르는 새로운 길이 개척되었다. 그 결과 서역으로 가는 길이 북도(北道), 중도(中道), 남도(南道)의 세 길이 생기게 되었다. 즉, 북도는 새롭게 생긴 길인 이오를 통해 고창(투루판)에 이르는 길이고, 중도는 천산산맥 남쪽, 타림분지 북쪽으로 나있는 기존의 오아시스로 북도이며, 남로는 타림분지 남쪽, 곤륜산맥 북쪽을 통하는 길이 된다.

실크로드를 소개하는 지도마다 세부 형태는 조금씩 다르지만, 대체로 타림분지 북쪽과 남쪽을 둥글게 도는 형태라고 이해하면 된다. 전체 3대 노선에 대해 개괄을 하면, 서한에서 출발한 여정은 돈황에

---

32) 『後漢書·西域傳』：不絕於時日, 商胡販客, 日欵於塞下。

이르러 세 갈래로 구분된다. 그래서 돈황은 실크로드의 인후(咽喉
-목구멍)라 불린다. 세 갈래 길이 나뉘는 이유는 천산산맥과 타림분
지에 놓인 타클라마칸 사막, 그리고 곤륜산맥 때문이다. 즉, 북로는
천산산맥 북쪽을 타고 지중해를 향해 서북쪽으로 가며, 중로는 천산
산맥 남쪽과 타림분지 북쪽을 타고 파미르고원을 지나 서쪽으로, 그
리고 남로는 타림분지와 곤륜산맥 북쪽을 타고 파미르고원을 넘어
남쪽으로 가는 루트다.[33]

동한시대에는 로마에 사신을 보냈다는 기록이 있다. 그 주인공은
'붓을 던져버리고 군대에 입대한다'는 '투필종융(投筆從戎)'의 고사
로 유명한 후한의 반초(班超, 32-102)다. 그는 선선(누란)을 필두로
오아시스로에 있는 50여 국가를 한나라에 복속시키고, 페르시아만까

---

[33] 자세하게 보면, 북도는 돈황(敦煌)의 천산(天山)산맥의 남쪽 기슭을 따라 타림분
지의 북쪽을 통과하는 길이다. 이 길은 돈황의 서북쪽 옥문관(玉門關) 또는 서남
쪽 양관(陽關)을 나서서, 서북쪽에 있는 차사전왕정(車師前王廷, Turfan)·언기
(焉耆, Karashar)·위리(尉犂, Koral)·오루(烏壘, Chādir)·구자(龜玆, Kucha)·
소륵(疏勒, Kashgar)에 도착해 파미르고원을 넘고, 대완(大宛, 페르가나)에 도
착한다. 대완에서 길이 다시 서북쪽과 서남쪽의 두 길로 나뉜다. 서북쪽으로
가면 강거, 암채(庵蔡, Alān)를 지나 시르다리야(Syr Darya) 강 연안을 따라
북해(北海, Aral Sea) 북단에 이른다. 서남쪽 길은 대월지, 안식(安息 Parthia)에
도착하게 되며, 더 길을 가게 되면 아나톨리아(Anatolian, 터키)에 이르게 된다.
남도는 곤륜(崑崙)산맥의 북쪽 기슭을 따라 타림분지의 남쪽으로 가는 길이다.
이 길 역시 돈황(敦煌)의 옥문관 또는 양관을 출발하여, 서남쪽에 있는 선선(鄯
善, 누란), 약강(若羌), 차말(且末, 신장 키에모), 우기(于闐, 신장 허톈)에 이르
고, 다시 피산(皮山, 신장 피산)에 이르면 다시 두 갈래로 나뉘는데, 하나는
서쪽으로 사차(莎車, Yārkand)를 거쳐 파미르고원을 넘어 중앙아시아의 대하와
대월지 및 서아시아의 안식에 이른다. 다른 한 길은 서남쪽으로 진행되는데
피산에서 계빈(罽賓, Gandhara)를 지나 오익산리(烏弋山離, Kandahr)에 이르
고, 조지(條支, Syria)에 이른다. 정수일, 위의 책.

서안(西安) 미앙구(未央區)에서 발견된 소그드인 안가(安伽, 517–579)의 무덤에서 발굴된 석판화. 그는 북위 시대의 살보였다.

지 갔다가 돌아왔으며, 감영(甘英)이라고 부르는 그의 수하 장수를 특사로 로마에까지 파견했는데, 이 공로로 정원후(定遠侯)가 된다. 하지만, 이것은 국가적 교섭은 아니었다. 로마와 한의 첫 공식적인 교섭은 일남(日南, 현 베트남)을 통해 이루어졌다. 서기 166년(桓帝 延熹 9년)에 대진(大秦, 로마) 16대 황제 안돈(安敦)의 사절이 상아·서각(犀角, 무소의 뿔)·대모(玳瑁, 바다거북)를 헌상하였다는 것이 『후한서』에 기록되어 있다.34) '안돈'은 로마 황제 마르쿠스 아우렐리우스 안토니우스(Marcus Aurelius Antoninus, 161~180)로 추정된다. 하지만, 이때 헌상품에 로마에서 제작된 물건이 포함되어 있지 않은 것으로 보아 베트남 상단이 로마의 황제의 이름으로 한에 왔을 가능성이 있다.

이 한대에 개척된 오아시스로는 위진남북조(魏晉南北朝) 시대(4-5C)에 이르면 더욱 번창했다. 남북조 시대 국가인 북주(北周) 시대에는 서역을 통해 들어온 서역인을 관리하기 위해 조로아스터교(Zoroastrianism, 배화교, 천교)를 관리하는 중앙부처인 살보부(薩宝府) 세우고 이들을 관리했고, 그 관리자를 서역인으로 임명했는데, 이들을 살보(薩寶, Sābā)라고 불렀다.

수(隋)나라가 중국을 통일하면서 오아시스로는 더욱 번창했다. 수

---

34) 『後漢書·南蠻西南夷傳』

남조 양나라 소역(蕭繹, 508-554)의 『직공도(職貢圖)』의 송대 모본. 본래 25명의 외국 사신을 그렸지만, 현재 남아 있는 그림에는 12명이 전부다. 위의 그림은 이 그림의 일부이며, 오른쪽에서 왼쪽으로 첫 번째가 에프탈(Hephthalites), 두 번째가 페르시아, 세 번째가 백제이고, 네 번째가 쿠차, 다섯 번째가 일본이다.(북경중국국가박물관 소장)

나라 지리학자 배구(裴矩, 547-627)가 지은 『서역도기(西域圖記)』에는 기존의 세 길 가운데, 돈황에서 이오(伊吾), 차사(車師, 투루판)이르는 기존의 북로에서, 천산산맥 북쪽에 있는 포류해(蒲类海, 현재 신강성 바리쿤 호수), 철륵부(铁勒部)를 지나,[35] 사르다리야강을 건너 아랄해와 카스피해 북안을 거쳐 볼름국(拂菻國, 시리아)과 서해(西海, 지중해)에 이르는 새로운 길인 북도(北道)를 기록하고 있다. 중도는 파사(波斯, 페르시아)를 지나 서해에 이르고, 남도는 파미르 고원을 넘어 호밀(護密, 와한계곡, 伽倍)·토화라(吐火羅, 아무다리야강 유역의 토하리 스탄, 아프가니스탄 북부)·읍달(挹怛, 에프탈, 아프가니스탄 북부의 군토즈 지방)·범연(帆延, 바미안)·조국(漕國)·북파라문(北波羅門, 간다라 지방)을 거쳐 서해에 이른다. 이 3갈래의 길은 17세기 해로(海路)가 개통되기 전까지 동서양을 오가는 가장 활발한 길이었다. 즉, 오아시스로는 한대에 경영이 시작되어 위진남

---

35) 철륵은 돌궐어를 사용하는 유목 부락을 의미한다. 여러 철륵 부족이 605년에 위구르 부족인 계필부(契苾部)의 수령을 공동의 수장으로 추대하고, 탐한산(貪汗山, 보그다산)에 거했다.

타림분지의 위성사진. 이 지역은 타클라마칸 사막과 곤륜산맥, 그리고 천산산맥으로 둘러싸여 있다.

북조와 수나라에 이르러 길이 완비되었다.

당대(618~907)에 와서는 당나라가 타림분지에 대한 지배권을 확립하고, 파미르고원을 넘어 그 서쪽에 22개의 도호부(都護部)를 설치하는 등 오아시스로에 대한 지배권을 강화하였으나, 당나라 고선지(高仙芝)의 부대가 이슬람 연합국에 의해 탈라스(Talas, 현 카자흐스탄의 잠불)전투에서 패배하면서(751) 파미르고원 서쪽 지역에 대한 지배권은 상실된다.[36]

당나라는 건국 후 천산산맥 서부 북쪽 기슭을 근거지로 한 서돌궐(西突厥)의 세력을 누르기 위해 적극적으로 서역과 교류하였다. 이 무렵 로프노르 일대의 건조화가 진행되어 서역 남로의 이용도가 줄어들었고, 서역 북로는 돈황에서 북상하여 이오(伊吾, 하미)로 나와 고창(高昌)에서 소륵으로 향하는 코스(천산남로)와 천산산맥 북쪽 기슭에서 나아가는 코스(천산북로)가 이용되었다.

당나라의 정복 활동은 북도를 따라 이루어졌다. 7세기 중엽 타림분지 전역을 제압한 당나라는 구자(龜玆, 쿠차)에 설치한 안서도호부

---

36) 고선지(?~755)는 고구려 유민(遺民)의 후손이다. 유년 시기를 대부분 구자(龜玆)에서 보냈던 그는 당나라 군대에 입대한 이후 승승장구 한다. 그는 총 5차에 걸친 서역 원정을 벌렸는데, 탈라스 전투는 그의 마지막 전투였고, 5일 만에 이슬람 연합국에 의해 크게 패배한다. 이 전쟁의 결과로 2만여 명의 포로가 중앙아시아와 서아시아 이슬람제국으로 잡혀갔다. 포로 가운데 제지 기술자가 있어서 사마르칸트에 제지소가 생겨났고, 이 종이를 '사마르칸트지'라고 불렀다. 정수일, 위의 책.

(安西都護府)를 중심으로 교류에 힘썼기 때문에 동서무역이 번창했다. 이곳에서는 사마르칸트를 중심으로 한 제라프샨강 유역의 소그디아나를 본거지로 하는 소그드(Sogd)인 상인이 활동 활발하게 활동했다. 그러나 탈라스강 전투(751)에서 고선지(高仙芝)가 패전함으로 당은 파미르고원 서쪽 지역을 거의 잃었다. 그리고 안사(安史)의 난(755-763)으로 당의 세력이 쇠퇴해가자 9세기 중엽 북아시아에서 이주하여 타림분지의 투르크화를 추진한 위구르인과 서쪽에서 진출해 온 이슬람 상인이 차츰 그들을 대신하여 갔다. 8세기 초엽부터 아랍－이슬람군이 중앙아시아 지대에 진출하여 당 세력을 축출하면서 중앙아시아의 이슬람화가 이루어졌으며, 이 지대는 아랍－이슬람 세력의 활동무대가 되었다.

1206년 몽골 초원의 여러 부족을 평정하고 대칸(大汗)으로 추대된 칭기즈칸과 그 자손들은 대대적인 대외정복 활동을 통해 대제국을 건설하고 중세 국제관계를 변화시켰다. 칭기즈칸 사망 후, 그의 자손들에 의해 원(元)을 비롯한 4개 칸국이 유라시아의 광대한 지역을 지배함으로써 몽골 제국은 가장 넓은 실크로드 지역을 지배하는 대제국이 되었다. 이를 통해 동서가 직접 접할 수 있는 계기를 마련하였고, 실크로드는 더욱 번창했다. 하지만, 15세기 유럽에서 대항해시대가 도래하면서, 오아시스로를 통하는 실크로드는 점점 쇠퇴하게 된다. 18세기에 이르면 실크로드 가운데 초원로와 오아시스로는 그 기능을 상실한다. 근대적 교통수단의 발명으로 인해 생명을 담보로 해야 하는 길을 갈 이유가 사라졌고, 또, 민족국가의 발달로 인해서 지역 이동이 어려워졌기 때문이다.

실크로드의 의의

실크로드는 인류 문화를 거대하게 이동시켰다. 이 이동은 문화에 생명력을 불어넣어 한 지역의 문화가 지속해서 자신의 존재를 확장하고 변화시키도록 했다. 즉, 지역 문화는 실크로드를 통해 지역이 조성한 정치적 한계를 넘어 자신의 존재가치를 부단히 이어갈 수 있었다. 또, 실크로드는 역사의 흐름도 변화시켰다. 당나라에 회복할 수 없는 타격을 입힌 '안사(安史)의 난'의 주인공 안록산(安祿山)은 바로 사마르칸트 지역 강국(康國)출신이다. 안록산의 본성은 강(康)씨인데, 어머니가 안(安)씨였기 때문에 성을 바꾼 것이다. 강씨와 안씨는 모두 소무9성(昭武九姓) 가운데 하나로,37) 강씨는 사마르칸트 출신을, 안씨는 부하라(Bukhara) 출신의 서역인이 사용하는 성씨다. '록산' 역시 '광휘'를 의미하는 'rokhshan'의 가차다.38)

실크로드를 통해 교역된 문물 가운데에는 비단뿐만 아니라, 종이, 차, 향료를 비롯한 여러 물건이 오고 갔고, 음악, 문학, 미술과 같은 문화적인 문물도 이동했다. 하지만 유독 '실크'가 강조되는 것은 무엇 때문일까? 정수일은 "비단의 일방적인 대서방 수출로 인해 이름이 지어졌고, 비단이 로마제국에서 큰 인기를 모은 귀중품으로써, 그 진가를 기리기 위해서"라고 했다. 이어서 그는 "이 명칭은 분명히 유럽 중심주의 문명 사관에서 비롯된 것이며 진정한 문명교류 차원에서 유래한 것이 아님을 알 수 있다."39)라고 했다. 즉 '실크'가 인류 동서

---

37) 소무구성(昭武九姓)은 위진남북조와 수당시기 중앙아시아 국가의 왕이 모두 '소무(昭武)'를 성씨로 삼았기 때문에, 중앙아시아 지역민을 지칭하는 용어가 된다.

38) 김호동, 『(아틀라스)중앙유라시아사』, 파주, 사계절출판사, 2016, 87-88쪽

문명의 교류를 상징하는 물건이 될 수 없지만, 유럽에서 귀중한 물건으로 여겼기 때문에 이 교역로의 이름이 실크로드가 되었고, 이것을 동양에서는 별 거부감이 없이 받아들였다고 본 것이다. 하지만, 이 길은 각기 다른 종족의 사람이, 각기 다른 목적과 이유로 인해, 끝없이 펼쳐질 것만 같은 고비 사막을 뚫고, 37만 km²의 사막이 펼쳐지는 타클라마칸 사막을 건넜다. 이 길은 황량하고 뜨거운 태양과 돌·모래가 바람에 구르고 날아다니는 죽음의 자연환경을 목숨과 바꿔가며 만들어낸 길이다. 만약 아름다운 색으로 물들어진 부드럽고, 빛나는 기다란 비단이 이 길을 통해 성공적으로 부를 획득한 사람의 영광을 상징할 뿐만 아니라, 이름 없이 이 길 위에 백골로 사라진 사람들의 영혼을 위한 수사(修辭)적 수의가 될 수 있다면, 비록 유럽 중심 문명주의라는 비판을 받을 수는 있지만, '실크로드'라고 칭하는 것도 그리 나쁘지만은 않을 것이다.

39) 정수일, 같은 책.

제3장

기차와 모빌리티

만약 대구에서 서울에 소재한 대학에서 개최되는 전국 대학생 모임에 참석하고 다시 대구로 돌아와야 할 때, 우리는 이용 가능한 이동 수단인 비행기, 기차, 고속버스, 자동차 가운데 하나를 선택해야 할 것이다. 만약 전염병이나 지진 같은

KTX-I. 이 기차는 프랑스 알스톰 사의 기술로 개발된 한국 최초의 KTX다.

비일상적 위험이 없다는 가정 하에서, 현대인은 경제적·시간적 여유, 편리성, 이동 간의 체력 소모 등을 고려해서, 자신에게 가장 적합한 이동 수단을 선택할 것이다. 이 가운데, 기차는 어쩌면 가장 많은 선택을 받는 이동 수단이 될 것이다.

KTX는 2004년 개통될 당시 최고속도 300km(일반적 최고속도는 270km이다)였지만, 지금은 이 속도가 KTX의 평균속도다. 그리고, KTX는 대한민국 인구의 44% 이상이 이용하는 이동 수단이 되었다.[1]

---

1) 『KBS뉴스』: 세계에서 가장 빠른 고속철도는? KTX 평가 살펴보니…
(http://news.kbs.co.kr/news/view.do?ncd=4021267)2018.08.08.

2010년대 중반 이후, 열차로 이동하는 연간 인구는 1억 3천 명을 넘어섰고, 2018년에는 1억5천 명이 넘는다.[2] 물론 2018년의 비행기 승객 수송양도 이와 비슷한 1억 5천 명을 넘어섰지만, 국내이동만 따진다면 6,400명에 이를 뿐으로, 열차 수송의 절반 이하에 해당하는 여객 인구가 비행기를 이용했을 뿐이다.[3]

이처럼 현대 사회에서 육로를 통한 장거리 이동의 경우 철도는 대중교통 수단으로서 상당한 매력을 갖추고 있다. 하지만, 처음으로 기차가 여객 수송을 담당했던 19세기의 기차는 사람들에게 현대처럼 편리한 교통수단으로 여겨지지는 않았다.

기차의 탄생

근대를 드러내는 특징 가운데 하나는 '대량'과 '기계'다. "대량생산"을 위해 인간은 거대한 기계가 돌아가는 작업장 속에서 마치 기계의 부속품처럼 같은 작업을 반복한다. 이렇게 되자, 같은 행동, 같은 표정, 같은 감정을 가지는 것이 당연한 듯한 세계 속에서 살게 되었다. 근대적 이동 역시 마찬가지다. 과거의 이동은 대체로 개인적인 활동이었지만, 근대의 이동은 집단적 이동이 되었고, 모든 사람이 같은 자세로 앉아서, 같은 곳을 바라보며, 같은 행동을 하면서 이동하고

---

2) 2018년 철도청 통계연보(http://info.korail.com/mbs/www/jsp/board/view.jsp?spage=1&boardId=9863289&boardSeq=14830639&mcategoryId=&id=www_0607020 00000)

3) 한국공항공사 통계(https://www.airport.co.kr/www/extra/stats/airportStats/layOut.do?menuId=397)

있다. 누군가가 이런 동일한 행위를 거부한다면, 그 사람은 그 이동 수단을 이용하는 모든 사람의 적이 되고, 소수(비행기 기내식 땅콩이 마음에 들지 않을 수 있는)를 제외한 대다수의 경우 그 이동 수단에서 격리될 수 있다.

인류 역사에서, 근대적 '대량 이동성'은 쇠로 만든 기계인 '기차'가 그 출발이 되기 때문에, 기차는 근대 이동성을 상징한다. 대량의 인구를 보다 적은 시간에 먼 거리로 이동시키는 이념을 가진 기차는 그 근원으로 거슬러 올라가면 증기기관에 이르게 된다. 하지만, 증기기관을 동력으로 삼는 기차가 인간의 이동과 거리가 먼 석탄 갱도에서 탄생했다는 점은 생각해볼 문제다. 다시 말해, 증기력이 무거운 물체를 대량으로 멀리 이동시키는 근대 모빌리티를 실현하는 동력으로서 가장 최초로 실천한 일은 채굴된 석탄을 수요가 높은 도시로 옮기는 일이었다. 이 사실은 우리가 '기차'를 타면서 형성되는 불편한 감각이 유래하는 근원에 대해 어느 정도 합리적 설명을 해줄 수 있다.

증기력

서구에서 '증기력'을 통해 모빌리티를 실현하고자 하는 시도는 2천 년의 역사를 지니고 있다. 고대 그리스 수학자이자 발명가 헤론 (Heron, A.D10?-A.D70?)은 가열한 증기의 힘으로 구체를 이동시키는 '아에올리스의 공 (Aeolipile)'을 구상했다. 물그릇의 물을 끓이면 기체가 관을 타고 올라가서, 구체에 나 있는

헤론의 아에올리스의 공

굽은 빨대처럼 생긴 관으로 뿜어져 나오게 되는데, 이 힘이 공을 회전시키는 것이다. 이 어린이나 좋아할 법한 별 쓸모없어 보이는 그의 생각은 18세기에 증기기관(steam engine)이란 산업 혁명의 심장을 최초로 뛰게 만들었던 발명의 원형이 된다.

18세기 유럽에서 증기기관이 발명된 것은 당시 사회 상황과 밀접한 관련이 있다. 중세 이래 유럽은 인구가 폭발적으로 늘어났고, 도시 사람들은 땔감과 집을 짓기 위해 산에서 벌목을 엄청나게 많이했다. 그 결과, 숲의 면적이 심각하게 줄어들어 버렸고, 결국, 16세기 영국 의회는 벌목 금지법안을 통과시켰다. 이제 불법으로 목재를 채취하면 형벌을 받거나 도시에서 쫓겨나는 벌을 받게 된 것이다.[4] 이렇게 되자, 런던에 사는 사람들은 가면 갈수록 생활을 석탄에 의존할 수밖에 없게 되었다.

18세기, 런던으로 석탄을 공급하는 도시는 뉴캐슬(NewCastle)이었다.[5] 뉴캐슬의 석탄은 끊임없이 석탄을 런던으로 실어 날랐다. 늘어가는 런던 인구의 수요를 맞추기 위해 갱도는 더욱 깊어져 갔다. 이 시기 채굴된 석탄의 운반은 대부분 낮은 임금으로 고용할 수 있는 하층민 여성과 어린이가 맡았다. 이들의 노동이 얼마나 비인간적이고 고된 일이었는지는 당시 삽화와 사진을 통해 직관적으로 알 수 있다. 하지만, 여성과 어린이의 값싼 노동력을 아무리 착취한다고 하더라도 증대되어가는 수요를 맞추기에는 공급이 턱없이 부족하게 되는 지점에 이르자 자본가는 인력에 의해 석탄 운반을 하는 것이 비효율적이

---

4) 『아틀라스 : 산업의 시대』(http://www.atlasnews.co.kr/news/articleView.html?idxno=1368)

5) 『아틀라스 : 산업의 시대』, 위의 링크.

석탄 채굴장에서 일하는 아이들. 당시 자본가들은 고아들을 수용하던 구빈원에서 데려와 일을 시켰다. 열악한 노동 환경에서 임금 삭감과 야간 노동은 비일비재한 일이었다.(19세기, 영국)

사다리를 타고 석탄을 옮기는 노동자 (1842, 스코틀랜드)

석탄을 끄는 소녀(1842, 영국)

라는 사실을 인식하고 기계로 눈을 돌리게 된다..

1705년, 토머스 뉴커먼(Thomas Newcomen, 1664-1729)이 초보적 공업용 증기기관을 만들어 채굴된 석탄을 끌어 올리는 기계를 만들고, 또, 1765년 제임스 와트(James Watt, 1736-1819)가 뉴커먼의 증기기관을 계량하여 성능을 비약적으로 업그레이드한 석탄 운반 기계를 만들어 낸 것에는 이런 사회적 맥락이 있다. 런던의 세인트폴 성당에 있는 제임스 와트 상(像) 옆에는 이렇게 되어있다. "독창적 천재성의 힘을 발휘하여 증기기관을 개선해

제임스 와트

조국의 자산을 확장하고 인간의 힘을 향상했으며, 가장 영광스러운 과학의 꽃들 가운데에서도 탁월한 위치에 올랐다. 그는 세상을 진정으로 이롭게 했다." 그가 증기 동력이란 심장을 후대의 문화유산으로 남긴 점은 분명하고, 또, 그의 발명에 대해 찬사를 보내지만, 자본가의 욕망과 도시의 욕망이 근대 증기기관의 모태였다는 점은 기차가 가진 인간적 불편함의 근원이다.

기차의 발명

'철도의 아버지'라 불리는 조지 스티븐슨(George Stephenson, 1781-1848)의 아버지는 광산 채굴 운반에 사용되는 증기기관에 석탄을 집어넣는 화부(火夫)였다. 스티븐슨은 집이 가난해서 학교도 다니지 못하고, 아버지와 함께 탄광에서 일하는 빈민층 아이였다. 하지만, 아버지의 직업 때문에 그는 어린 시절부터 증기기관에 관심을 가졌다. 1814년, 그는 석탄 운반용 기관차를 탄광에서 항구까지 달리게 했다. 즉, 증기력을 사용해서 갱도에서 채굴한 석탄을 위로 끌어올리는 상하 작업만 하던 기계가 이제 지면의 앞뒤로 움직이게 된 것이다.

지면을 달리는 최초의 증기 동력 기계는 뉴캐슬(Newcastle)의 탄광에서 나온 석탄을 운반했다. 이 기계는 영국의 북부 지방 도시인 스톡턴과 달링턴 노선을 달렸고, 이름을 로코모션 1호(Locomotion No 1)라고 불렸다.

철도를 대중 교통수단으로 만들려는 계획은 19세기, 대략 1820년에 시작된다. 그 이유를 쫓아가 보면, 이동 수단인 말을 먹일 곡물의

조지 스티븐슨의 로코모션 1호(Locomotion No 1)

가격과 임금이 점점 비싸졌고, 말이나 마차를 사용한 이동이 점점 한
계에 도달했기 때문에, 기차가 사람과 화물의 운송에 있어서 가축을
대체할 도구로 부상한 것이다.[6]

　사람은 철도를 이용해 먼 거리를 보다 적은 시간에 이동할 수 있게
되었고, 우편과 화물의 이동 역시 획기적으로 변했다. 그래서, 철도를
이용한 교통의 탄생은 '교통 혁명(Philip Bagwell)'이라 불리기도 한다[7]

　철도의 물리적 이동이 가지는 성격을 규정해 본다면 경제성·규칙
성을 들 수 있다. 기차는 철로 위만을 움직일 수 있으므로 초기자본이
막대하게 들어가지만, 일단 형성된 이후에는 말처럼 곡물을 먹을 필
요가 없고, 쏟아지는 석탄으로 불만 꺼지지 않게만 만들면 휴식 없이
일정한 속도로 움직인다. 무엇보다 철도는 같은 거리를 마차의 1/3의

---

6) 볼프강 쉬벨부쉬 저·박진희 역, 『철도 여행의 역사』, 파주, 궁리, 1999, 17쪽.
7) 볼프강 쉬벨부쉬, 같은 책, 17쪽.

속도로 도착해 버린다. 또, 일정한 속도로 정해진 목적지에 거의 오차 없이 움직인다는 성격은 우편과 화물의 이동을 획기적으로 변화시켰다. 이전의 마차 이동은 철도에 비해 느릴 뿐만 아니라, 이동의 질과 양도 일정하지 않았다. 즉, 말마다 이동할 수 있는 거리나 옮길 수 있는 무게도 다르고, 같은 말이라도 하루하루 달라서, 어떤 날에는 말이 빨리 지칠 때도 있었을 것이다. 또, 말을 부리는 마부가 초보라면 길을 잘못 드는 일도 있었다. 따라서, 말을 사용한 여행은 예측할 수 없는 자연적 성질에 가까운 이동이었던 반면, 기차는 이런 이동을 균일하고 예측할 수 있게 만들었다.[8]

어떻게 보면 기차는 자연으로부터 인간의 독립선언과도 닮아있다. 말을 이용한 이동은 말의 이동 능력과 마부의 숙련도를 훈련을 통해 일정한 것으로 만들 수는 있겠지만, 이동 시에 만나게 되는 날씨, 거쳐야 하는 지점의 지리적 변화, 말이나 마부의 갑작스러운 건강 악화 등과 같은 자연 변수는 통제될 수 없다. 이에 비해 철도는 먼 거리를 마차보다 훨씬 짧은 시간에 도착할 수 있으며, 날씨의 변화에도 큰 무리 없이 이동할 수 있고, 조작의 훈련도 말 보다 쉬운 편이다. 그리고, 기차는 감정의 변화가 없으며, 갑자기 쇠약해지거나, 말을 듣지 않는 가능성을 최소화할 수 있다. 다시 말해서, 인간은 기차를 통해 자신의 예측 범위 안에서 이동을 예상할 수 있게 되었다. 이것은 우편과 화물이 얼마나, 그리고 언제 도달할 것이라는 예측을 가능하도록 했다. 즉, 기차는 이동에 대한 권리를 자연과 함께 나누고 있던 전근대 모빌리티에서 벗어나 이동을 인간의 통제 안으로 끌어들인 근대 모빌리티를 상징하고 있다.

---

8) 볼프강 쉬벨부쉬, 같은 책, 51쪽.

기차와 인간

기차가 가진 근대적 모빌리티의 특징은 자연이 부여했던 시간과 공간의 한계를 돌파하여 근대적 시공공간을 창출했다는 점이다. 자연이 부여했던 시간과 공간의 한계를 돌파하여 근대적 시공공간을 창출했다. 이러한 새로운 근대적 시공간에 대한 인간의 최초 반응은 극명하게 엇갈렸다. 찬양자는 자연에 저항하여 자연의 속박으로부터 인간을 해방하는 힘, 즉, 자연의 폭력에 대항하는 인공 에너지로 인식했다. 하지만, 반대 입장에 서있던 사람은 인간과 자연의 생생한 연관성을 상실하게 만들어버린 존재로 이해했다.

> 옛날 우편 마차에 앉아 있었을 때는 속도를 확인하기 위해서 우리 자신의 감각 이외에 다른 것은 필요 없었다. …… 우리 자신의 감각에 대한 생생한 경험은 속도에 대해 어떤 의심도 허용하지 않았다. 우리는 속도를 들었고, 보았고, 고조된 흥분 상태를 통해 그것을 느낄 수 있었다. 이 속도는 우리와 전혀 조화를 이루지 않는, 감각이라고는 전혀 없는 장님 상태의 힘들이 만들어내는 산물이 아니라, 마차를 끄는 고귀한 말의 시뻘게진 눈동자에, 벌어진 콧구멍에, 근육의 동작에, 그리고 우레와 같은 소리를 내는 발굽에 살아 있는 무엇이었다.[9]

위의 글은 전통적 이동 형태의 상실로 인해 나타나는 기존에 느껴왔던 이동 느낌의 상실을 표현하고 있다. 즉, 과거의 인간은 동물의 피로도나 동작 등을 통해 이동 속도와 거리, 시간을 파악했다. 하지만, 이동 수단이 혁명적으로 변화하게 되면서 인간은 과거의 이동감

---

9) 볼프강 쉬벨부쉬, 같은 책, 19쪽.

을 상실하게 된다.[10] 또, 위의 글에서 '살아있는 무엇'·'장님 상태'란 말은 생명이 없는, 살아있지 않은 물건을 탄다는 것에 대한 거부감을 표현하고 있고, '고귀한 말'이란 표현 속에서 전근대의 이동 수단에 대한 가치부여를 표현하고 있다. 즉, 이 글은 자연 이동(말)이 가진 인간과 자연 사이의 교감을 긍정하고, 이런 교감이 존재하지 않는 근대적 이동 수단에 대한 거부감을 표현하고 있다.

하지만, 근대적 모빌리티의 전개는 피할 수 없는 역사적 흐름이다. 이 흐름 속에서 이러한 자연과의 교감은 사라지고, 이 향수마저 사라지게 되면, 사람들은 과거를 포기하고 기계에 대한 인간화 작업을 진행한다. 즉 무생물인 기차를 '철마(鐵馬, 철로 만든 말)'라고 부르는 것은 복잡하고 이해하기 어려운 기계에 대한 긴장해소다. 영화 『트랜스포머』는 마치 기계가 인류를 구원해줄 것처럼 묘사한다. 동물과의 교류 같은 교감을 할 수 없는 기계에 생명과 인격을 부여함으로써 기계와 특별한 교감을 가진다는 상상은 기계에 종속된 상태를 예찬하는 것이며, 그 목적은 이런 상황에 처한 인간의 불안감을 상상으로 해소하는 것에 있다.

트랜스포머 범블비. 영화 대사 가운데 '차가 사람을 선택한다'는 말은 말과 인간의 관계에 대한 신비적 설정을 기계로 옮겨간 것이다.

---

10) 볼프강 쉬벨부쉬, 같은 책, 19쪽.

인간이 기계에 종속되면서 느끼는 가장 큰 불안감은 기계를 통제하지 못하는 지점에 있다. 즉, 인간은 인력을 통해 통제 불가능한 자연력에서 해방되었지만, 자신이 만든 시스템에 또다시 종속되고 만 것이다. 가장 쉽게 생각해보면 기차의 선로 수리 과정에서 발생하는 인명 사고다. 현대 기차의 이동 속도는 인간이 위험을 인지한다고 하더라도 피할 수 없다. 이런 관점은 기차가 생성되던 시기부터 존재했다.[11]

기차의 등장을 환영하는 견해는 상위계급에서 나타났다. 이들은 기차가 마차보다 안전하다고 생각했다. 1825년 작가 미상의 『예민한 혹은 신경이 날카로운 사람』에는 다음과 같은 내용이 있다.[12]

> 그렇게 오래지 않아 신경이 날카로운 인간은 기관차가 끄는 객차에 올라타 지금보다 훨씬 안전한 기분을 느끼게 될 것이다. 왜냐하면, 그는 지금은 서로 힘도 다르고, 소도 다르고, 약하디약한 살을 지녔을 뿐만 아니라 변덕스러워서 다루기도 힘든 네 마리 말이 끄는 마차로 여행을 했기 때문이다.
>
> 손가락 하나나 발로 움직이거나 정지시키거나 방향을 바꿀 수 있는 혼이 없는 힘은 여행객에게 가축보다 훨씬 안전감을 줄 것이다. 가축들의 연약함이나 변덕스러움은 그것을 다루는 데 우리를 계속해서 정신적·육체적으로 바짝 긴장시키도록 하기 때문이다.(The Fingerpost; or Direct Road from John-O`Groat`s to the Land`s End(3판), London, 1825, 24-25쪽.)

---

11) 토마스 크리비(Thomas Creevy)가 철도의 아버지 스트븐슨의 기관차를 타고나서 쓴 보고서에는 다음과 같이 기록된다. "이건 정말로 나르는 비행과도 같다. 아주 작은 사고에도 즉사한다는 생각을 떨쳐버리기란 불가능하다." 볼프강 쉬벨부쉬, 같은 책, 19쪽.
12) 볼프강 쉬벨부쉬, 같은 책, 25-26쪽.

런던에서 그리니치로 가는 철로. 도시 중앙에 커다란 철로를 만든 모습은 근대적 도시를 상징하는 지표다.

이 글은 기계적 규칙성이 가져오는 안전감에 관한 내용을 기록하고 있다. 이 안전감은 통제되어 사용될 수 있는 힘이 가져오는 이동결과에 대한 확신으로 이어지고 있다. 즉, 오늘 몇 시에 여기서 출발하면, 언제 목적지에 도달할지를 알 수 있다. 이것은 이동에서 혼란과 위험이 제거되었다는 것이며, 예측할 수 없었던 영역이 예측 가능한 영역으로 변화한 것이다.

기차의 등장은 공간의 변화를 가져왔다. 철도는 수송 수단과 공간의 결합이 필연적이다. 철도는 반드시 궤도가 필요한데, 궤도는 직선적 평지를 선호한다. 그 결과 기존의 구불구불한 도로는 무시된다. 이런 궤도를 아무렇게나 만들 수는 없었고, 접근성을 고려해야만 했다. 그 결과 모든 도시에서 기차역은 도시의 교통 요지에 들어서고, 직선에 가까운 궤도는 도심을 가로질러 관통하고 있다. 근대 인간은 자연 이동에 대한 애착, 혹은 새로운 이동에 대한 거부감 대신 근대적 이동이 가져오는 확실성을 선택했다. 그래서 이런 불편함을 자연스러운 것으로 생각하게 되었다.[13]

18세기 철도가 일으킨 공간과 시간의 변화는 전근대적 공간과 시간의 소멸을 의미함과 동시에 도시 근대 공간의 확장을 의미했다. 즉, 전통적인 방식으로 형성된 생활권에 대한 감각이 철도가 생기면서

---

13) 볼프강 쉬벨부쉬, 같은 책, 25쪽.

크게 변화했는데, 이제까지의 현실이 비현실이 되고, 비현실이 현실이 되어버린 것이다.

즉, "철도는 더 이상 마차와 길처럼 전경이라는 공간에 묶여 있는 것이 아니라 이 공간을 관통"[14]하고 있다는 것이다.

프랑스 문학가 하인리히 하이네(Heinrich Heine)는 『루테치아(Lutezia)』에서 "철도에 의해 공간이 살해당했다."라고 했다. 그는 다시 이렇게 썼다.

> 이 노선들이 벨기에와 독일까지 연결되고, 또, 그곳의 철도들과 연결된다면, 어떤 일이 벌어질까! 내게는 모든 나라에 있는 산과 숲이 파리로 다가오고 있는 듯하다. 나는 이미 독일 보리수의 향기를 맡고 있고, 내 문 앞에는 북해의 파도가 부서지고 있다.
>
> – 『루테치아(Lutezia)』 2부[15]

먼 거리의 공간이 문만 열면 다가오는 긴장과 흥분은 출발지와 목적지 사이의 거리를 삭제하는 대가를 치러야 한다. 철도는 그 시작부터 확실한 도착만을 강구한 것이기 때문에, 중간에 놓인 과정은 더욱 단축해야만 하는 쓸모없는 구경거리일 뿐이다. 즉, 철도는 출발지와 목적지 사이의 공간들과는 아무런 연관을 맺을 수 없다.

> 여행 중에 보이지 않는 풍경에는 눈길을 주지 않는, 침묵한 체 한기를 느끼는 국민"은 "유일하게 파리를 떠나는 것, 그리고 하늘이 푸른 곳에 도착하는 것만을 꿈꾼다."(S.Malleme,Oeuvers Completes)[16]

---

14) 볼프강 쉬벨부쉬, 같은 책, 53쪽.
15) 볼프강 쉬벨부쉬, 같은 책, 53쪽.
16) 볼프강 쉬벨부쉬, 같은 책, 53쪽.

그 결과 철도의 궤도에 진입할 수 없는 지역은 자신의 가치를 상실했다. 이것을 단적으로 보여주는 예가 시간의 통일이다.

지방들이 서로서로 떨어져 있던 때까지만 해도, 그들은 개별적인 자신의 시간을 가졌다. 런던 주민의 시간은 리딩에서의 시간보다 4분이 빨랐고, 시렌세스터 보다는 7분 반이, 브리지워터보다는 15분이 빨랐다. 지역 간의 교통이 이런 시간의 차이가 의식되지 않고 흘러가도록 내버려 둘 만큼 느리게 이루어질 때까지만 해도, 이런 얼룩덜룩한 시간이 방해되지 않았다.[17]

규칙적인 움직임을 가지는 교통은 이동 시간을 예측하도록 만들었고, 출발지와 도착지의 시간을 하나의 체계 속에 둘 필요가 생겨났다. 인간과 화물의 출발 시간과 도착 시간을 하나의 시간 시스템 안에 두는 것은 업무의 효율을 위해 꼭 필요한 것이다. 하지만, 과정에 놓인 지역의 삭제는 열차에 타는 승객으로서는 당혹스러운 것이었다. 괴테의 스위스 마차여행에 관한 일기를 보면 다음과 같다.

아침 일찍 7시 이후 프랑크푸르트에서 떠났다.
작센호이저(Sachsenhausen) 산기슭에는 수많은 잘 가꾸어진 포도밭이 있다
안개 끼고 구름 덮인 날씨는 매우 좋다.
잘 닦여있는 석회암 길
망루 뒷편은 숲이다.
어떤 사람이 지금 징이 박힌 신을 신고, 끈을 몸에 두르고, 높다란 너도밤나무를 올라란다. 나무가 얼마나 좋은지.
랑엔 언덕에서부터 숲이 길가에 무성하다.

---

17) 볼프강 쉬벨부쉬, 같은 책, 54쪽.

슈프렌틀링겐(Sprendlingen)에서 랑엔까지 가는 대로면은 모두가 현무암으로 되어 있다.

이 고원에서, 프랑크푸르트 근교의 노면은 틀림없이 종종 부서졌을 것이다.

사질의 비옥하고 평평한 토지, 수많은 농가는 하지만 가난하고 메말라있다.[18]

괴테는 마차 영향을 통해 그가 다니는 길의 성질, 날씨, 풍경, 사람과 그 생활에 대한 관찰을 "마치 그것들이 순간에만 존재하는 것처럼 그렇게 썼다"라고 했다. 즉 그는 여행의 과정에서 만나는 풍경과 생생한 대화를 나눔으로써 전근대의 여행객이 가지는 '출발지 → 지나치는 장소 → 목적지'라는 구조가 만들어진다.

여행자들에게 지리적 연관이란 풍광의 교체로부터 나온다. 여행객은 이 장소에서 저 장소로 도달하면서, 풍광의 교체를 느긋하게 체험한다. 하지만 열차 여행은 풍광의 교체를 삭제하고 출발지와 도착지를 바로 이어 버린다. [19]

따라서 기차 여행을 전근대적 가치관으로 본다면 중간 스토리가 생략된 러브스토리고, 인간의 괴로움은 빨라진 '속도'와 이 빨라진 속도가 극복하지 못한 '시간'으로 인한 것이다.

길가의 꽃은 더 이상 꽃이 아니라 붉고 하얀 색점, 어쩌면 줄무늬였다. 더 이상 점은 없고 모든 것이 줄무늬가 되었다. 밀밭은 대단히 충격적인 노란 머리칼이었다. 자주개자리 밭은 녹색 긴 머릿단이었다.

---

18) 볼프강 쉬벨부쉬, 같은 책, 72쪽.
19) 볼프강 쉬벨부쉬, 같은 책, 72쪽.

마을과 나무는 지평선에서 미친 듯이 어우러져 춤을 추었다. 때때로 하나의 그림자, 하나의 형상, 하나의 유령이 문 앞에 나타났다가 번개처럼 사라진다. 이것이 바로 차창이다.

- 빅토르 위고 1837.08.22 편지글[20]

"당신이 눈이 있든, 자고 있든, 눈이 멀었든, 똑똑하든, 맹하든 상관이 없다. 시골을 지나가면서 당신이 알 수 있는 것은 기껏해야 그 지질학적 구조와 일반적인 옷감뿐이다."

- 존 러스킨[21]

윌리엄 터너(William Turner, 1775-1851)의 유명한 작품 『비, 증기기관, 그리고 속도(Rain, Steam and Speed)』에서, 그의 표현의 아름다움에 대한 논의를 잠시 덮어두고, 시각 인식이란 측면에서만 바라본다면, 속도로 인해 모호해진 시각이 존재한다는 것을 쉽게 알 수 있다.

속도로 인한 부담은 승객을 잠으로 인도한다. 귀스타브 플로베르(Gustave Flaubert, 1821-1880)는 열차 여행 전날 밤에 잠을 자지 않고 보냈는데, 그것은 순전히 열차 객실에서 잠을 자기 위함이었다.[22] 열차에 타서 잠을 자면 된다는 생각은 그 기원이 철도가 여객의 수단으로 탄생하면서부터 생겨난 습관인 것이다.

윌리엄 터너의 1844년 작품 『비, 증기기관, 그리고 속도(Rain, Steam and Speed)』. 이 그림은 그레이트 웨스턴 철도를 그린 것이다.

또한, 중간 스토리의 삭제는 전근대적 여

20) 볼프강 쉬벨부쉬, 같은 책, 76쪽.
21) 볼프강 쉬벨부쉬, 같은 책, 76쪽.
22) 볼프강 쉬벨부쉬, 같은 책, 79쪽.

행에 익숙한 인간을 당황스럽게 만들었다. 서로의 공통 감흥이 있다면, 서로 대화가 일어날 수 있을 것이다. 하지만, 이런 과정이 생략된 상태에서 잘 모르는 사람들이 가까운 거리에 앉아있을 때 생겨나는 어색함은 사람에 관한 관심을 줄이도록 만들었다. 즉, '여행자의 무관심'과 '독서 열풍'은 중간 풍경의 삭제에서 발생한 것이다.[23]

철도 여행자가 중간에 만나게 되는 풍경은 오직 전신주와 신문밖에 없다.

사람들은 한마디의 말도 나눌 필요 없이 자신의 목적지에 도달하는 일이 자주 일어날 만큼 요즘의 여행은 빨라졌다. 긴 여행 중에는 계속해서 새롭게 바뀌는 얼굴들과 마주치게 된다. 특별히 대화를 나눌 기분이 아닐 때, 담소는 단지 아는 사람들 사이에서만 일어난다. 그래서, 사람들은 자주 특정한 여행자의 무관심과 부딪히게 된다. 이런 점에서 열차가 예절과 관습을 완전히 변화시켰다고 확언할 수도 있다. 이전에, 사람들이 몇 시간이든 또 많은 경우 며칠씩이라도 함께 지내게 될 것이 확실해졌을 때, 사람들은 종종 동반자와 여행이 끝나고도 지속하는 관계를 맺었다. 오늘날 사람들은 단지 조바심 나게 기대되는, 그토록 빨리 도달할 목적지만을 생각한다. 여행을 함께 시작했던 여행자는 이미 다음 역에서 내렸고, 그 자리를 다른 사람이 대신하게 되기도 한다. 이런 이유에서 독서는 하나의 필요가 되었다.

– 피셔(Paul David Fischer)
『Betrachtungen Eines in Deutschland Reisenden Deutschen』[24]

---

23) 볼프강 쉬벨부쉬, 같은 책, 92쪽
24) 볼프강 쉬벨부쉬, 같은 책, 92쪽

초기의 기차는 마차를 열차에 그대로 실어놓은 모습이다.(1832, 미국 볼티모어 메릴랜드)

　공통의 주제(풍경)를 통해 서로를 접근하는 것이 불가능해진 상황
에서, 열차의 좌석은 이들을 장기간 서로 바라보게 만든다. 이것은
현대인도 마찬가지다. 마주 보는 승객은 자아 영역을 유지하기 위해,
눈을 감고 자거나, 음악을 듣고 독서를 할 수밖에 없다. 또, 일정한
불편은 감수하고서도 창쪽에 앉는 것을 복도쪽 보다 선호한다. 즉 창
문을 통해 풍경이란 사적 공간을 약간 더 확보할 수 있기 때문이다.
　여객 기차라 하더라도 기차의 탄생이 석탄의 대량 수송이란 이유
에서 비롯했기 때문에, 그 상상의 본질은 화물의 대량 이동에 있다.
초기 여객 기차는 마차 바퀴를 떼어내고 열차의 바퀴를 붙여 편안함
을 추구했지만, 불편함을 피할 수는 없었다.[25]
　일부 유럽 사회주의자들은 철도가 인간 해방을 목표로 삼는 산업
의 일부로 여겼다. 즉, 열차에 타는데 같은 값을 지불했기 때문에,
비록 사회적 계급의 차이를 실제로 극복하는 결과를 얻을 수는 없지
만, 열차에 있는 순간에는 모든 사람이 평등하다는 생각을 하게 된다
는 것이다.[26]

25) 볼프강 쉬벨부쉬, 같은 책, 96쪽

기차는 기계와 쇠로 만든 근대 문명에 종속된 인간을 상징한다. 즉, 인간은 기차에 올라타고 내리는 순간 작은 죽음과 부활을 경험한다. 기차에 타는 순간 그가 누구이든 그의 모든 행동은 기차에 적합한 행동을 하도록 강요받는다. 즉 열차에 탑승하는 순간 이전 행동방식과 인간관계는 냉동고에 들어간 고기처럼 봉인되어 버린다. 탑승 이전의 정체성은 무시되고, 통일되고 획일화된 대량생산 상품과 같은 인간 화물로 규정된다.

긴 시간을 생면부지의 사람과 함께 한 곳에 존재한다는 불편함에서 도피하기 위해 잠에 빠진 승객

기차를 타는 동안 인간은 자신이 결정할 수 있는 것은 오직 자신이 목적지까지 도달할 때까지 앉아있을 곳뿐이다. 그 외에는 시스템에 의해 이미 결정되어있는 요소이거나, 타인이 결정하는 요소이기 때문에, 스스로 할 수 있는 것은 거의 없다. 자신의 주변에 누가 앉을 것인가, 그리고 언제 멈추고 언제 출발할 것인가, 어디에서 내리고, 얼마의 속도로 달릴 것인가는 모두 미지의 요소로 남는다. 속도가 빨라졌다고 하더라도 장거리를 이동하는 경우 수십 시간이 걸릴 수 있다. 기차에 올라탄 순간 인간은 할 수 있는 행동이 제한되고, 그렇다고 새로운 만남을 즐길 수도 없다.

승객은 기차를 타고 있는 동안은 기차에 철저히 종속된다. 승객이

26) 동일한 열차와 동력으로 어른이나 어린이, 부자와 가난한 자를 구분하지 않고 모두 운송해 준다. 그래서, 보편적 의미에서, 철도는 평등과 박애의 수업을 진행한다. 콩스탕탱 페쾨르(Constantin Pecqueur)의 이 말은 한 것으로 기술의 발전이 사회적 평등을 가져올 것이라는 상상을 한 것이다. 볼프강 쉬벨부쉬, 같은 책, 96쪽

할 수 있는 일은 도착지에 좀 더 일찍 도착할 것을 기대하며 감각과 상상의 영역으로 빠져드는 일이다. 그리고, 하차를 알리는 소리가 나기 이전에 이미 하차를 준비하고, 제한된 시간에 쫓기듯 기차를 내려가 땅을 밟는 순간 조급한 마음은 사라진다. 즉, 인간은 하차와 동시에 근대적 이동 시스템에서 해방된 자신을 발견하고 자신의 사회적 가치를 회복하게 된다.

제4장

중국의 실크 전설과 실크로드 시

문학과 실크로드

실크로드와 중국 문학은 어떤 관계를 맺고 있을까? 문학에 대한 여러 정의가 있겠지만, 문학은 '살아있다'라는 것에 대한 언어적 표현이라고 할 수 있을 것이다. 인간은 불행과 행복의 흔적이 남은 과거, 그리고 알 수 없는 미래로 인해 기쁨과 괴로움이 교차하는 현실 속에서 미망에 빠져 신음하는 존재다. 인간은 이를 언어로 표현함으로써 새로운 정신세계를 창조하고, 이것을 통해 위안과 행복을 얻는다.

서한(西漢, B.C202-A.D9)시대에 형성된 실크로드는 위진남북조(魏晉南北朝, 220-589)를 거쳐 당대(唐代, 618-907)에 이르면 극도의 번영을 누린다. 이 기간에는 실크로드와 관련된 문학 작품이 많이 출현했다. 이 작품 속에는 서역에서 수입된 새로운 물건이 등장하기도 하고, 오아시스 국가와의 전쟁 속에서 국가의 안위를 생각하는 모습도 나타나며, 서쪽 지역으로 성을 쌓는 부역에 종사하거나 병사로 징집되어 국경에서 하루하루를 보내는 사람이 가족을 생각하며 이별에 아파하는 모습도 나타나 있다.

여성과 실크

중국에서 양잠은 오랜 역사가 있
다, 그리고, 국가적으로 매우 중요한
산업으로 중시되었을 뿐만 아니라,
신성시됐다. 그리고, 실크의 시조가
여성으로 상징되어있다는 점은 실
크가 예로부터 여성 노동력에 의한
가공품이란 것을 알려주고 있다.

중국에서는 양잠에 관한 여러 이
야기가 생겨났다. 중국 고대 지리서
라고 할 수 있는 『산해경(山海經)』
은 진나라 이전에 만들어진 책으로,
고대인의 풍부한 상상력이 이 담겨

『산해경 · 해외북경』의 구사국 삽화. 명나라
장응고(蔣應鎬)가 그렸다.

있는데, 양잠과 관련된 전설도 들어 있다.[1]

> 구사(歐絲)의 들판은 반종국(反踵國)의 동쪽에 있는데, 어떤 여자
> 가 나무에 기대어 앉아서 생사(生絲)를 토해낸다.[2]

이 나무에 기대어 실을 토해내는 여인의 평온한 얼굴은 가공할 상
상력을 이루어 신비롭고 비현실적인 느낌을 준다. 이 괴이한 상상력
의 집합체인 『산해경(山海經)』은 역사 지리서에 속하지만, 이처럼 그
내용은 신화에 가깝다. 인간에게 있어 자신이 알지 못하는 영역은 늘

---

1) 『山海經 · 第八篇 · 海外北經』 : 歐絲之野在大踵東, 一女子跪據樹歐絲。
2) 『山海經 · 海外北经』 : 歐絲之野在反踵東, 一女子跪據樹歐絲。

도전의 대상이었다. 미지의 영역에 대한 호기심과 불안은 이 미지의 세계를 인간의 인식 안으로 끌어와 해석하도록 만든다. 이 미지의 영역에 대한 해석은 자기 현실에서 발생하는 불가사의한 현상을 미지의 영역이 가진 신비 속에서 해석해 낼 수도 있고, 동시에 미지의 세계에 대한 불안도 해소할 수 있다. 상고시대에서 이 일은 보통 무당이 맡았다. 즉,『산해경』은 고대 중국의 무당이 미지의 세계를 해석하는 참고서였다.

위진시대(魏晉時代)에는 불교와 현학의 영향으로 신비하고 기이한 이야기를 모은 지괴소설(志怪小說)이란 단편소설 장르가 출현했는데, 동진 시대(317-420) 간보(干寶)라는 사람이 이런 괴이한 이야기를 모아 담은『수신기(搜神記)』에는 양잠과 관련이 있는 '잠마(蠶馬)전설'이 수록되어 있다. '잠마(蠶馬)'는 '누에고치 말'이란 뜻이다.

이런 옛이야기가 있다. 아주 먼 옛날 어떤 남자가 집을 멀리 떠나게 되었다. 집에는 다른 사람이 없고 딸만 있었는데, 말 한 필을 이 딸이 직접 길렀다. 쓸쓸하게 혼자 아무도 없는 곳인지라 아버지를 그리워했다. 그녀는 말에게 장난삼아 이렇게 말했다.

"네가 나를 위해 아버지를 돌아오게 해서 나와 만날 수 있도록 해 준다면, 너에게 시집을 갈게."

말은 이 말을 듣자마자 고삐를 끊어버리고 달려가 곧장 그녀의 아버지가 있는 곳에 도착했다. 아버지는 생각했다. '말이 아무 일도 없는데 이럴까? 집에 무슨 일이 있는 것이 아닐까?' 그는 즉시 말을 타고 집으로 돌아왔다. 짐승이지만 갸륵한 마음이 있다는 생각이 들어서, 꼴을 듬뿍 주었다. 하지만, 말은 먹는 것을 거부하고, 매번 딸이 오가는 것을 볼 때면 기쁨과 분노가 마음에 요동치는 것 같았는데, 이러기를 한두 번에 그치지 않았다. 아버지는 이 일을 괴이하게 여기고 가만히 딸에게 물어보았다. 딸은 틀림없이 그 일 때문이라 여겨 자세하게 아버지에게 말해주었다. 아버지가 말했다.

"시끄럽다. 집안 먹칠할까 두렵다. 이제 집 밖에 나오지 마라."

아버지는 숨어서 활을 쏘아 말을 죽이고는 뜰에서 말가죽을 햇볕에 말렸다. 아버지가 떠나고, 딸은 이웃 여자와 말가죽을 발로 차며 놀렸다.

"너 같은 축생이 사람을 아내로 맞이하려 했니? 이렇게 죽임을 당할 것을, 왜 스스로 고통을 자초해……"

말이 끝나기도 전에 말가죽은 갑자기 일어서더니 딸을 감싸고 가버렸다. 이웃집 여인은 두렵고 황급하여 구하려고 하지도 못하고서 그녀의 아버지에게 달려가 고했다. 아버지가 돌아와서 찾아보았지만 이미 집을 나가 종적을 찾을 수 없었다. 이후 며칠이 지나 큰 나뭇가지 사이에서 발견되었다. 딸과 말가죽이 모두 누에고치로 변해있었고, 나무 위에서 실을 토해냈다. 그 누에고치의 실은 매우 두꺼워서 보통 누에와 달랐다. 이웃집 부녀자가 잡아 길렀는데, 수십 배의 수확을 올렸다. 그래서 그 나무의 이름을 '상(桑, 뽕나무)'이라 했는데, '상'은 '잃어버리다(喪)'란 뜻이다.3)

---

3) 干寶『搜神記·馬皮蠶女』: 舊說太古之時, 有大人遠征, 家無余人, 唯有一女。牡馬一匹, 女親養之。窮居幽處, 思念其父, 乃戲馬曰: "爾能為我迎得父還, 吾將嫁汝。" 馬既承此言, 乃絕韁而去。徑至父所。父見馬, 驚喜, 因取而乘之。馬望所自來, 悲鳴不已。父曰: "此馬無事如此, 我家得無有故乎？" 亟乘以歸。為畜生有非常之情, 故厚加芻養。馬不肯食, 每見女出入, 輒喜怒奮擊。如此非一。父怪之, 密以問女, 女具以告父, 必為是故。父曰: "勿言, 恐辱家門。且莫出入。" 于是伏弩射殺之, 暴皮于庭。父行, 女與鄰女于皮所戲, 以足蹙之曰: "汝是畜生, 而欲取人為婦耶？招此屠剝, 如何自苦？" 言未及竟, 馬皮蹶然而起, 卷女以行。鄰女忙怕, 不敢救之, 走告其

이 이야기는 사랑과 양잠이 뒤섞인 이
야기이다. 육조(六朝)시대 지괴소설 가
운데 특히 『수신기』에는 사랑과 죽음에
관한 이야기가 상당히 많다. '잠마전설'
에 대한 이야기에 앞서 사랑에 관한 이야
기를 하나 더 보고 이야기를 진행하겠다.

전국시대(戰國時代, B.C403-B.C221) 송
(宋)나라 강왕(康王, B.C328-B.C286)은
폭군으로 이름이 높았다. 역사서에는 그
를 '걸송(桀宋)'이라 불렀다. 즉, 송나라
걸(桀)왕이란 뜻인데, '걸(桀)'은 하(夏)
나라 마지막 왕이며, 중국 역대 폭군의

잠마전설 삽화

두 아이콘 가운데 한 명이다. 오죽하면 이런 별명이 붙었을까.

송나라 강왕은 궁중의 곡물을 관리하는 일을 하는 한빙(韓憑)이란
사람의 아름다운 아내를 빼앗았다. 한빙은 이 일 때문에 크게 분노했
고, 왕은 이 소식을 듣자 한빙을 성을 쌓는 형벌인 '성단형(城旦刑)'
에 처했다. 이 벌은 4년 동안 아침(旦)에 일어나 저녁까지 성을 쌓는
형벌이다. 즉, 육체노동을 통해 그리움과 원망을 잊으라는 노동 개조
형의 의미일 것이다. 하지만, 강왕을 원망하던 한빙은 스스로 목숨을
끊었고, 얼마 후 한빙이 죽었다는 소식을 들은 아내도 뒤따라 죽었다.

강왕은 괘씸한 생각이 들어 이 둘을 합장하지 않고, 서로 떨어져
바라보도록 만들었다. 한빙의 아내가 귀신이 되어 송나라 왕의 꿈에

父。父還求索, 已出失之。后經數日, 得于大樹枝間, 女及馬皮, 盡化為蠶, 而
績于樹上。其綸理厚大, 異于常蠶。鄰婦取而養之, 其收數倍。因名其樹曰
桑。桑者, 喪也。

나타나 남편과의 합장을 청원했지만, 왕은 "무덤이 서로 이어지면 허락하겠다"라고 고집을 피웠다. 왕이 해놓은 일을 누가 나서서 바꿀 것이며, 죽은 자가 어떻게 무덤을 옮길 수 있을까. 하지만, 두 사람의 무덤 끝에서 오동나무가 자라나 뿌리와 가지가 얽히고, 그 위에 원앙 한 쌍이 슬프게 울었다.[4]

여주인공인 한빙의 부인에게 이름이 없다는 점이 고대 남존여비의 상황을 드러내고 있는 부분이 있지만, 이 이야기에서 생각해 볼 일은 불가능한 사실을 왜 가능하게 서술했느냐 하는 점이다. 즉, 이 부분이 문학적 형상화 가운데 하나라고 할 수 있다. 이 부분을 해석해 보면, 죽은 뒤에 떨어진 무덤이 서로 합쳐지는 신비한 현상은 두 사람의 사랑에 대한 찬미이며, 원앙의 슬픈 노래는 두 사람에 대한 연민이자 왕의 욕심과 폭력에 대한 비난이다.

'잠마 이야기'는 앞서 『산해경』의 여인이 실을 토해내는 『산해경』의 이야기에 지괴소설의 연애 이야기가 더해져서 창작된 것임을 알 수 있다. 아버지 몰래 연애하다가 아버지에게 들켜서 여자는 집 밖으로 나오지 못하고, 남자는 아버지에게 테러를 당하는 이야기는 요즘에도 볼 수 있는 인간사의 아픈 풍경 가운데 하나이다. 그런데, '잠마' 이야기와 '한빙부부'이야기는 모두 서민적이다. 육조의 지식인이 만든 지괴소설에는 왜 이렇게 서민적 애정 이야기가 담기게 된 것일까? 그 대답은 당시 문인들이 자신의 자유연애에 대한 로망을 서민적 성격의 소설 속에 기탁했기 때문이다.[5]

---

4) 『수신기(搜神記)』제십일권(第十一卷).
5) 이인경 〈『幽明錄』의 사랑·혼인 관련 이야기에 반영된 六朝時期 사회풍조와 여성형상〉, 『東洋學』64, 2016, 21쪽.

한 가지 의문이 더 들지 않을 수 없다. 육조의 문인은 왜 인간과 연애하는 대상으로 말의 이미지를 가져왔을까? 그 해답은 『순자(荀子)』에 있다.6) 전국시대 후기를 대표할 수 있는 학자이며 '인간은 본래 악하다'란 성악설(性惡說)로 유명한 순자는 다섯 편의 부(賦)를 지었는데, 그 가운데 누에에 관한 『부잠(賦蠶)』라는 작품이 있다. 그는 누에를 묘사하며 이렇게 썼다.

　　몸은 여인처럼 부드럽고, 머리 모양은 말의 머리를 닮았다.7)

고대 중국에서는 누에의 머리와 말이 비슷하게 생겨서 같은 기운을 가졌다고 생각했다. 그래서 잠월(蠶月)이란 '누에 달' 즉, 누에를 치는 음력 3월에는 말을 죽이지 않았다.8)

진시황(秦始皇)이 천하를 통일하기 이전(B.C 248)에 만들어진 『산해경』에서, 위진남북조 가운데 한 나라인 동진(東晉)시대(317-420)에 책으로 만들어진 『수신기』까지는 6백 년이 넘지만, 이 이야기를 관통하는 주제는 여인의 삶과 양잠의 관계다. 『수신기』에서 여성을 매정하고 이기적인 모습으로 묘사한 것 같지만, 상실감으로 상징된 뽕나무의 이미지는 그녀와 말의 사랑에 대하여 안타까운 마음을 드러내고 있고, 말과 인간의 이루어질 수 없는 사랑은 인간사회의 존비의 차이가 만들어내는 실연의 정서를 담고 있으며, 거대한 누에고치와 아름답고 풍성한 실은 이들이 죽음을 선택하여 세상의 억압을 이겨낸 모습으로 드러나고 있다.

---

6) 袁珂, 위의 책.
7) 『荀子·賦篇』其四『賦蠶』：身女好而頭馬首。
8) 鄭玄『荀子·賦篇』注：蠶與馬同氣, 故蠶月禁殺馬。

실크로드와 지식인

실크로드의 번영을 짐작하게 하는 시 가운데 중당(中唐)시인 장적 (張籍, 768-830)의 『양주사(涼州詞)』가 있다.[9] 양주(涼州)는 감숙성 (肅省西) 북쪽의 무위(武威)라는 곳으로, 과거 한나라 무제 시기 하 서사군(河西四郡)이 설립된 지역이며, 장안에서 실크로드로 이동할 때 반드시 지나는 지역이다. 『양주사』는 양주지역의 노랫가락을 의미 한다. 중당(中唐) 시기에는 서역의 음악에 영향을 받은 이 양주의 노 랫가락이 전국적으로 유행했다. 당나라 두목(杜牧)의 『하황(河湟)』 에 "양주의 노래와 춤과 음악이 천하에 전해져서 한가한 사람을 즐겁 게 해주네"라고 했다.[10] 그리고, 『양주사』라는 노래의 가사는 양주로 대표되는 서북지역의 풍광이 주제가 된다.

> 邊城暮雨雁飛低, 비 내리는 변성 저녁 기러기 멀리 날아가고,
> 蘆筍初生漸欲齊。 갈대의 첫 싹은 점점 자라나려 하네.
> 無數鈴聲遙過磧, 요란한 방울 소리 저 멀리 사막을 건너,
> 應駝白練到安西。 흰 비단을 싣고 서안에 도달했을 것인데.
>
> – 장적 『양주사』 제1수

장적은 변성의 저녁 저 멀리 수평선 가에 날아가는 기러기를 시의 첫 소재로 삼았다. 기러기는 철새이기 때문에, 계절에 따라 이동한다.

---

9) 장적(767?-830?)은 안사의 난이 종식될 무렵에 활동했던 중당 시인이다. 강소 (江苏) 소주(苏州)출신으로, 가난한 중소지주계층에 속한다. 문학적 관점에서 문학의 사회적 기능을 중시했던 당대 백거이(白居易)와 비슷했고, 실제로 백거 이, 맹교(孟郊), 왕건(王建)등과 교유가 깊었다.

10) 杜牧『河湟』：唯有涼州歌舞曲, 流傳天下樂閑人。

그래서, 떠난 사람의 소식을 전해주는 동물의 이미지를 가진다. 변방과 저녁, 그리고 그리움을 간직한 기러기가 멀리서 날고 있기 때문에 작가와의 거리를 만들고 있어서 첫 구절은 초연하고 쓸쓸한 분위기를 가진다. 두 번째 구의 소재인 '노순'은 갈대의 새싹이다. 이 '노순'이 점차 싹을 틔우고 있다는 것은 근경에 대한 묘사이며, 작가가 변방에서 피부로 느끼는 시간과 계절의 변화를 전달한다.

전체적으로 볼 때 제1구는 먼 경치이기 때문에 시 전체를 감싸고 있고, 제2구는 가까이서 자세히 살핀 소재라는 점 때문에, 보다 생활에 가까운 존재로 드러난다. 즉, 어둡고 먹먹한 현실 속에 피어나는 생명은 그 생동감이 더욱 두드러져 나타난다. 따라서, 이 두 구절은 나와 멀리 떨어진 곳에 대한 그리움은 아득하기만 하고, 나와 가까운 이 변경의 낯섦은 더욱 강하게 드러나서 전체 분위기가 밝지만은 않다.

이 의상을 이어 표현된 3구와 4구는 과거에 대한 회상이다. 즉, 봄이 되면 저 멀리서 수많은 상인이 낙타 방울을 울리며 당나라에 와서 교역할 것이지만, 지금은 그렇지 않다는 뜻이다. 당나라는 초기에 실크로드를 완전히 장악하고 있었다. 이렇게 교통로의 안전이 확보되면서, 중앙아시아와 당나라 사이에 교역이 흥성했지만, 탈라스전투(751)와 안사의 난(755-763)을 겪으면서, 당 왕조는 자신을 돌보기에도 모자라는 상황을 맞이한다. 당 왕조는 결국 실크로드에 대한 장악력을 상실하였고, 당나라 후기인 덕종(德宗) 정원(貞元) 6년(790)부터 9세기 중엽까지 안서(安西)와 양주(涼州) 변경은 모두 투루판의 영역이 되었다. 그래서, 이 시는 사실 실크로드의 번영을 구가하는 것이 아니라 과거의 영광을 회상하는 시다.

당(唐) 염립본(閻立本)의 『직공도(職貢圖)』. 서역의 상인들이 공물을 가져오는 모습을 그렸다.(대만고궁박물관 소장)

실크로드와 문인의 이별

감숙성(甘肅省)에서 시작되어 장안의 서북쪽을 관통하는 위수(渭水)는 실크로드를 향해 떠나가는 사람들이 건너는 강이다. 그래서, 위수는 이들의 이별이 시작되는 곳이 된다.

당(唐)나라 시인 왕유(王維) 역시 서역으로 길을 떠나는 자신의 친구를 이곳에서 마지막으로 전송하면서 『위성곡(渭城曲)』이란 시를 남겼다.

渭城朝雨浥輕塵,　위성에 내리는 새벽 비는 먼지를 적시고,
客舍靑靑柳色新。　객사의 푸른 버들잎은 비에 씻겨 새롭다.
勸君更進一杯酒,　그대여 다시 술 한잔하시오,
西出陽關無故人。　서쪽으로 양관을 나서면 아는 이 없으리니.

- 왕유 『위성곡(渭城曲)』

이 시의 다른 제목은 『원씨 둘째가 안서(安西)로 가게 된 것을 전송하며(送元二使安西)』이다. 왕유와 그의 친구 원씨가 함께한 곳은 위수 근처의 위성(渭城)이라는 곳이다. 위성은 과거에는 함양(咸陽)

으로 불렸고, 본래 진시황이 세운 진나라의 수도가 있던 곳인데, 당나라 수도 장안에서 서쪽 30km 즈음에 있다. 그는 이곳 객사에서 친구와 마지막을 나누었다.

첫째 구는 '새벽 비'를 소재로 삼았다. 이 비가 옅은 먼지를 촉촉히 머금는다'는 표현에서 '읍(浥)'자가 어렵다. 이 글자는 '촉촉한 윤기를 낸다'는 '습윤(濕潤)'의 의미다.[11] 습윤은 얼굴 팩의 수분이 피부를 촉촉하게 해주는 작용이라고 생각하면 쉽다. 새벽에 내리는 비가 북방의 먼지를 촉촉이 머금고 있어 깨끗하고 맑은 느낌을 준다. 즉, 빗방울이 먼 길을 떠나는 사람이 쉬이 가도록 길을 깨끗하게 만들어주는 것으로 표현 되었다.

장안 서북쪽에 있는 위성구(渭城區)에 있는 청위루(淸渭樓). 이 앞을 흐르는 강이 위수다. 송나라 인종 시기(1034~1037) 황효선(黃孝先)이란 시인이 이곳에 부임해서 과거 함양루(咸陽樓)가 있었던 곳에 새롭게 청위루를 세웠다.

---

11) 馬瑋『中國古典詩詞名家菁華賞析·王維』, 北京, 商務印書館國際有限公司, 2013.

둘째 구는 객사에 봄이 찾아와 푸른 나뭇잎으로 둘러싸여 봄의 기운이 왕성한데, 비가 내려 버드나무 잎이 깨끗해졌다는 것이다. 중국 문학에서 '봄날의 푸른 버들잎'은 이별의 이미지를 갖고 있다. 고려 시인 정지상(鄭知常)의 『송인(送人)』의 시상은 왕유의 이 시와 비슷하다.

> 雨歇長堤草色多,   비 그친 긴 둑에 풀빛 가득한데,
> 送君南浦動悲歌。   그대 전송하는 남포는 슬픈 노래로 진동하네.
> – 정지상 「송인」

이 시 역시 봄비가 온 다음 더욱 푸르러진 풀을 통해 이별의 정서를 드러내고 있다. 하지만, 정지상의 시가 '슬픈 노래가 진동하네'라고 하여 슬픔으로 자연을 흔들고 있다면, 왕유는 떠나는 이를 위해 길의 먼지를 비로 살포시 가두어두듯, 이별의 감정을 풍경 속에 스며들게 해놓았다.

3구와 4구에 이르면 왕유가 친구와 함께 아침 비를 맞이하며 밤새도록 술을 마신 것을 알 수 있다. 이처럼 왕유가 계속 술을 권하는

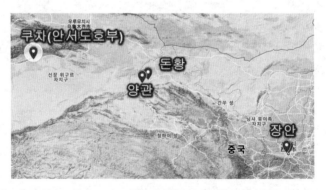

원이(元二)의 행역도. 원이(元二)는 서안을 출발해 위수에서 왕유와 작별하고, 양관(陽關)을 나가 구자국에 있는 안서도호부로 가는 먼 길을 나서야 했다.

이유는 친구가 위수를 떠나 양관 (陽關)으로, 다시 양관을 출발해 안서(安西)로 가기 때문이다. 양관 은 감숙성 돈황시 서남쪽에 있는 관문으로 옥문관과 함께 실크로드 로 가는 관문이다. 옥문관은 합밀 (哈密)을 통해 타림분지 북쪽을 도 는 길이고, 양관으로 가면 타림분 지의 남쪽을 돌아가게 된다. 양관 은, 지금 허물어진 모퉁이만 남아있다.

투루판 지역에 있는 교하고성(交河古城). 안서도호부(安西都 護府)가 최초로 세워진 지역이다. 왕유가 활동하던 시기, 안 서도호부는 신장지역 쿠처로 옮겨간 뒤였다.

그리고 그의 최종 목적지 안서(安西)는 안서도호부(安西都護府)
다. 안서도호부는 당나라가 서역 지역을 관리하기 위해 만든 군사기구
로, 지금의 신장(新疆) 쿠처(KuCha, 庫車)에 있고, 장안에서 3,000km
떨어진 곳이다. 교통수단이 별로 없었던 고대에서 실크로드를 걷는다
는 것은 죽음에 한쪽 발을 집어넣는 행위다. 5세기경 동진(東晉)의
승려 법현(法顯, 399-416)은 서역으로 가면서 이런 말을 남겼다.

서쪽으로 모래 바다를 건너는데, 하늘에는 나는 새 한 마리 없고,
땅에는 다니는 짐승 한 마리도 없다. 사방이 망망하여 가는 곳을 알
수 없었다. 오직 해를 보며 동서를 가늠하고, 사람의 해골로 행로의 표
지로 삼았다.[12]

이 해골들은 사막의 작열하는 태양 아래서 물을 구하지 못해서 혹

---

12) 僧佑, 『出三藏記集・法顯法師傳』: 西度沙河, 上無飛鳥, 下無走獸, 四顧茫
茫, 莫測所之, 唯視日以准東西, 人骨以標行路耳。

은 치안이 불안한 이 길에서 만난 강도에 의해 모래사막에 그만 영원히 누워버린 사람들일 것이다. 왕유는 다시 만날 수 없을지도 모르는 친구와 마지막 술자리를 가졌다. 그는 이별의 슬픈 감정을 분출하는 격동적인 언어로 표현하는 대신 절제된 언어로 표현함으로써, 세련된 함축미를 드러내고 있다.

실크로드와 대장부의 웅지

당나라 시인 가운데 왕창령(王昌齡, ?-757)은 당나라 초기의 변새시(邊塞詩)를 대표하는 작가다. 변새시는 당나라 초기에 상당히 유행한 시로, 변화된 지역과 생활에서 온 감성을 읊는다. 변화된 지역이란 변방, 즉 국경이란 의미고, 변화된 생활이란 군대 생활이다. 따라서, 변새시에는 변방이라는 중국의 풍광과는 전혀 다른 자연이 나타나고, 변방에서의 군대 생활은 고달픔과 함께 이별과 그리움의 감성을 자아낸다.

왕창령은 맹호연(孟浩然), 이백(李白) 등 당나라의 대표적 시인들과 교류했던 사람으로 강소성(江蘇省) 남경(南京) 출신이다. 30대에 진사에 급제하지만, 중앙으로 진출하지 못하고, 장안과 하남(河南) 등지에서 말단 관직을 역임했다. 그는 안사의 난(755-763)이 발생할 무렵 그는 호남성의 용표(龍標)라는 곳에서 치안을 담당하는 관리인 현위(縣尉)직을 맡고 있었다. 안록산이 병란을 일으키고 1년 뒤 가족들을 보러 갔다가 제때 임지로 돌아가지 못했는데, 이 일로 안휘성(安徽省) 장관이었던 여구효(閭丘曉)에게 죽임을 당한다.[13]

하지만, 왕창령의 30대 이전의 행적은 정확하게 알려진 바가 없다.

학자들은 그가 청년기에 옥문관(玉門關)을 넘어 카슈가르(Kashgar) 부근의 쇄엽성(碎葉城)에 이르렀다고 추정하고 있기도 하고,[14] 일부 학자들은 이 주장을 받아들이지 않는다.[15] 사실, 그의 역사적 자취의 진실 여부는 문학의 영역에서 큰 의미는 없다. 최소한, 그의 문학 작품에는 이런 믿음을 불러일으킬 만큼 진한 감정이 녹아있는 것은 분명하기 때문이다.

그의 대표작품인 『종군행(從軍行)』을 살펴보자. 이 시는 그가 청년기에 지은 시다. 비록 그가 청년기에 정말 서역으로 갔었는지에 대한 진위를 알 수 없다고 하더라도, 이 시에는 변새시의 감성이 진하게 드러나기 때문에 최소한 문학적 진실성은 확보된 셈이다.

琵琶起舞換新聲　　춤에 맞춰 비파 가락이 새로운 곡조로 바뀌어도,
總是關山舊別情　　하나같이 익숙한 이별 노래 '관산월'로 들린다.
撩亂邊愁聽不盡　　어지러운 변방의 근심은 끝없이 들려오고,
高高秋月照長城　　높다란 가을 달이 장성을 비춘다.

- 왕창령 『종군행』제 2수

『종군행』은 악부라는 장르의 노래이며, 노래 가사는 변방의 군대 생활이 주제가 된다. 제1구의 첫마디에 사용된 '비파'라는 소재는 대략 위진시대에 인도에서 중앙아시아(서역)를 거쳐 중국으로 전해진 악기다.[16] 비파 소리에 맞추어 함께 춤을 추는 풍습은 서역에서 자주 볼 수 있고, 그 내용 역시 과거의 잊지 못하는 여인을 주제로 삼는다.

---

13) 辛文房『唐才子傳』.
14) 傅璇琮、李珍華,『王昌齡事跡新探』.
15) 胡大浚,『王昌齡西出碎葉辨』.
16) 『中國大百科全書』.

일본인 오타니 고즈이(大谷光瑞)가 1901년에 쿠차의 불교 유적지에서 도굴한 사리함에 그려진 무용수와 연주가 (동경박물관소장)

『관산월』도 악부의 곡조인데, 그 주제는 오랜 파병 생활 때문에 집에 돌아가지 못하는 상심과 이별의 원망이 담긴 노래다.[17)]

작가는 서역의 악기와 춤 속에서 고향이 아닌 이역의 생활에서 느끼는 기쁨을 잠시 느낀다. 하지만, 서역의 악기에서 연주되는 새롭고 이색적인 음악에도 불구하고, 그 속에서 작가는 자신이 익숙한 곡인 『관산월』의 정감을 느낀다. 즉, 고향과 이별한 자신을 느끼며 하염없는 상감에 깊이 빠져든다. '어지러운 변경의 근심'은 작가가 느끼는 비파 소리의 정감이다. 실제 연주되는 곡조는 끝났을 수 있지만, 마음 어느 언저리에서 그리움과 이별의 연주가 끊임없이 들려오고 있으므로, 그는 밤 깊도록 홀로 달빛 고요한 장성 언저리를 떠날 줄 모른다.

> 靑海長雲暗雪山,　청해호에 길게 펼친 구름은 설산을 어둡게 가리고,
> 孤城遙望玉門關。　외로운 성에서 아득히 옥문관을 바라본다.
> 黃沙百戰穿金甲,　사막에서 금빛 갑옷 입고 수백 번 싸우더라도,
> 不破樓蘭終不還。　누란을 깨뜨리지 못하면 절대 돌아가지 않으리.
> 　　　　　　　　　- 왕창령 『종군행』제 4수

앞 두 구에는 세 개의 지명이 나온다. '청해(靑海)'는 중국 청해성

---

17) 葛兆光,『唐诗选注』『乐府诗集』卷二十三引『乐府解题』: "『关山月』, 伤离别也。" 北京 : 中华书局, 2018.(ebook)
17) 葛兆光,『唐诗选注』『乐府诗集』卷二十三引『乐府解题』: "『关山月』, 伤离别也。" 北京 : 中华书局, 2018.(ebook)

청해호 풍경

(靑海城) 경내에 있는 호수인 '청해호(靑海湖)'다. 첫 구에서 '청해호에 길게 펼쳐진 구름이 설산(雪山)을 어둡게 덮고 있다'라 했는데, 여기서 '설산'은 '하서주랑(河西走廊)'의 남쪽 벽을 형성하고 있는 기련산맥(祁連山脈)을 말한다. 곤륜산의 옥이 들어오는 문이란 의미인 옥문관은 서역으로 들어가는 관문이다.

작가는 청해호 상공의 구름이 서북쪽으로 높게 늘어진 기련산맥을 어둡게 덮고 있는 것을 보고, 아득히 옥문관을 생각한다. 청색과 백색의 조화가 어우러진 첫 구절은 이 지역의 풍광을 아름답게 묘사하고 있지만, '어둡게(暗)'라는 글자가 암울한 분위기를 드러내고 있고, 제2구에서 '외로운(孤)'이란 글자 역시 작가의 짙은 근심을 드러낸다. 작가는 왜 이렇게 암담하고 근심어린 마음으로 자연을 바라볼까? 그 이유는 이어지는 구에 나타나 있다.

다음 두 구절은 작가가 국가와 민족을 위해 어려움과 고난을 무릅쓰고 공을 세우고자 하는 의지를 보여주고 있다. 누런 모래를 뜻하는 '황사(皇嗣)'는 사막을 의미하고, 수백 번의 전투를 의미하는 '백전(百戰)'은 전투의 번다함을, 그리고 빛나는 갑옷을 의미하는 '금갑(金

甲)은' 사막의 태양 아래 쇠가 반사된 갑옷을 의미한다. 즉, 쇠갑옷과 투구를 쓰고 사막의 모래밭과 이글거리는 태양 아래에서 수많은 전투를 벌이는 고통과 수고로움을 찬란한 영광의 표식인 황금 갑옷으로 표현하고 있다. 그리고, 작가는 "누란을 깨뜨리지 못하면 절대 돌아오지 않으리"라는 죽음의 서약으로 끝을 맺는다.

'누란'은 현재 중국 신강성(新疆省) 로브노르(Lob Nor)호수 서북쪽에 있었던 천산남로와 서역남로의 분기점에 존재했던 오아시스 국가다. 이 지역은 서역과 중국을 오가는 교통의 요지에 있었기 때문에 흉노와 한나라 사이에서 늘 쟁탈의 대상이 되었다.[18]

작가가 서역으로 가는 옥문관 지역을 통과한 것은 724년으로, 당시 서역은 북쪽에서 돌궐(突厥)이 제 2 제국을 형성하며 부흥을 맞이하고 있었고, 서쪽에서 티베트 왕국이 진격해 오는 형세를 이루고 있었다.[19] 따라서 옥문관과 그 아래 있는 청해성은 당나라와 돌궐, 그리고 티베트 사이에 전운이 감도는 곳이기에 '어두운' 이미지가 나타나고, 또, 두 세력을 맞이해야 하는 접경으로서 '고성(孤城)'이란 '외로운 성'의 이미지가 형성된다. 작가는 이 두 글자를 청해호의 자연과 저 멀리 옥문관에 녹여냄으로써 시대를 걱정하는 지식인의 복잡한 심사를 드러내고 있다.

---

18) 누란국은 B.C77년 한나라 소제(昭帝)가 보낸 사신 부자개(傅介子)가 파티에서 누란의 국왕을 죽여버린 다음, 선선국이란 명칭으로 한나라의 속국이 되었고, 중국 왕조는 계속해서 이곳에 관리를 파견해서 관리에 들어갔다. 하지만, 이후 역사에서 돌연 자취를 감추고 만다. 누란이 언제 어떻게 사라지게 되었는지는 현재에도 역사학과 고고학의 수수께끼로 남아있다. 가장 유력한 학설은 자연환경의 변화로 오아시스가 말라버려 도시가 사라졌다는 학설이다. 김호동, 『(아틀라스) 중앙유라시아사』, 파주, 사계절출판사, 2016, 49쪽.

19) 김호동, 위의 책, 84-85쪽, 90-91쪽.

이백(李白)의 『새하곡(塞下曲)』이란 시에도 누란이 등장한다. 이 시는 이백의 특징인 비극의 낭만적 초극이 잘 드러나는 시다.

五月天山雪,	오월 천산에 눈이 내려,
無花只有寒。	꽃 하나 없고 한기만 감도는데,
笛中聞折柳,	피리 소리에서 절양류(折楊柳)가 들리지만
春色未曾看。	봄 풍경은 본 적도 없다.
曉戰隨金鼓,	동튼 아침에는 쇳소리와 북소리를 따라 전쟁하고,
宵眠抱玉鞍。	밤에는 옥으로 만든 안장을 부둥켜안고 잠을 잔다.
願將腰下劍,	바라노라! 허리에 찬 검으로,
直爲斬樓蘭。	곧장 누란을 베어버릴 수 있기를!

- 이백 『새하곡』 제1수

이 시의 '천산'은 앞서 나온 '설산'인 기련산이다. 이곳의 눈은 사계절이 눈으로 덮혀있는 만년설이다. 눈꽃만 피었을 뿐, 봄을 느낄 수 있는 꽃을 볼 수 없다는 것은 이곳의 혹독한 자연환경을 표현하고 있다. 『절양류』는 한나라 무제(武帝) 시기(B.C156-B.C87) 장건(壯健)이 서역에서 들여온 서역 음악이 그 원류가 되며. 무제 시대 뛰어난 음악가 이연년(李延年)이 편곡한 곡이다. 이 곡은 버드나무 잎이 파릇파릇 피어나는 봄날 이별하는 감정을 노래한다. 하지만, 변방의 국경에서 종군하는 군인은 고향을 떠난 상실감과 이별을 노래하는 『절양류』를 들어도 마음속에는 나른한 봄의 풍광이 들어설 여지는 없는데, 아래 나타나는 구들이 그 이유를 설명하고 있다.

과거 전쟁에서는 금속이 부딪치는 소리로 군대의 사기를 높이고 행군을 알렸다. 이 시에서는 서역에 주둔하는 장정들이 쇳소리와 북소리를 듣고 전쟁을 하며, 밤에도 말 위에서 안장을 침대로 삼아 잠을 잔다. 말안장에서 잠을 자면 그 모양새가 안장을 껴안는 듯한 모습이 된다. 자칫 피곤과 고난으로 불쌍해 보일법한 이 모습을 이백은 '안을 포(抱)'자로 표현했다. 이 글자가 이백다운 모습을 간직하고 있다. 즉, 피곤에 절여져서 말 위에서 축 처진 모습으로 잠을 자는 것이 아니라, 두 팔로 안장을 껴안듯이 잠을 자기 때문에, 말위에서 잠을 자는 것이 익숙한 일상의 모습으로 느껴지며, 나아가 편안하게 자는 모습으로 읽힌다. 특히 마지막 구절은 왕창령이 죽음으로 하는 맹세와 의미하는 것이 같지만, 이백은 왕창령의 비장한 감성 대신 호쾌하고 용맹한 기상으로 변방에서 종군하는 고난을 초극하고 있다.

변새시는 이처럼 처음에는 이국적 자연과 노랫소리에서 신선한 느낌을 받지만, 이어서 이별의 감정과 우수라는 개인적 고뇌로 이어지고, 이 우수가 다시 국가와 민족을 위한 공업을 세우는 것으로 이어진다. 하지만, 여행객은 집을 나서서 많은 견문을 넓히고자 하는 생각으로 여행을 출발하지만, 그의 이런 생각의 최종 종착지는 집이다. 마찬가지로, 변방의 거친 자연을 배경으로 호쾌하고 비장한 감정을 노래하는 변새의 시인이 노래하는 변경의 자연과 풍물에 들어있는 속뜻은 공업을 세워 집으로 돌아가는 것이며, 이런 감성이 위의 두 시에서 잘 드러난다.

이처럼 이역만리의 고달픈 삶에 굴하지 않고 공업을 세워 금의환향을 꿈꾸는 사람도 있지만, 달관의 여유로운 모습을 표현한 시도 있다. 왕한(王翰)의 『양주사(涼州詞)』라는 작품을 보자.

葡萄美酒夜光杯, 좋은 포도주를 야광 술잔에 담고
欲飮琵琶馬上催。 마시려는 순간 비파 가락이 말에 오를 것을 재촉한다.

醉臥沙場君莫笑, 술에 취해 사막에 드러눕는 나를 비웃지 마시오.
古來征戰幾人回。예로부터 전쟁에서 몇이나 돌아왔던가.

– 왕한 『양주사(涼州詞)』제 1수

이 시의 구도는 앞서 살펴본 시들과 비슷하다. 포도주와 야광 술잔은 이국적 술자리를 표현한다. 하지만 이 즐거움은 전투를 알리는 비파소리에 의해 이어지지 못한다. 이 시의 특징은 전쟁이 불러오는 죽음의 공포가 없다는 것이다. 술에 취해 사막에 드러누워 낮잠을 자는 이유는 전쟁과 삶의 덧없음을 깨달았기 때문이다. 즉, 이 시에서는 이역에서의 전쟁이 가져다주는 고난을 초극한 달관의 경지가 나타나고 있다.

이별하는 민초

중앙아시아로 이어지는 실크로드 상의 오아시스 도시국가는 항상 전쟁의 위협이 도사리고 있었다. 실크로드 지역의 확보를 둘러싸고 벌어지는 유목민족 국가와 중국 왕조의 대결은 비단 오아시스 국가 지역민뿐만 아니라 이곳에서 멀리 떨어진 곳에 있는 중국 하층민의 삶도 위협했다. 한나라는 기원전 119년(무제 원수元狩 4년)부터 흉노와의 전쟁에서 우위를 점하지 못했던 국면에서 벗어난다. 대장군 위청(衛青)과 표기장군(驃騎將軍) 곽거병(霍去病)은 두 차례의 격전 끝에 흉노를 막북(漠北)으로 몰아내고 하서지역에 사군(四郡)을 두고 하서회랑에 대한 지배를 확보했다. 그러나, 이 한나라 조정의 달콤한 승리 속에는, 전쟁에 징집된 사람, 그리고 머나먼 하서지역에 장성(長

城)을 쌓기 위해 동원된 사람들의 죽음과 영원한 이별이 존재했다.

다섯 글자로 이루어진 중국 오언고시(五言古詩)의 형식적 성숙을 보여주는 한나라 시기 작품인 '19수의 고시'라는 의미의 『고시십구수(古詩十九首)』에는 전쟁으로 인한 이별의 아픔이 진솔하게 표현되어 있다.

이 가운데 『음마장성굴행(飲馬長城窟行)』이란 시는 집에 남겨진 여성이 멀리 떠나간 남성을 그리워하는 내용이라서 '장성의 웅덩이에서 말에게 물을 마시게 하며'라는 호기로운 제목과 어울리지는 않는다. 어쨌든, 고대에 말은 매우 귀중한 것이기 때문에, 말에 물을 먹인다는 것에서 이 시의 제목이 서사하는 사람이 어느 정도 신분이 있는 사람이라는 것을 짐작할 수 있다.

이 시의 작자는 누구인지 모른다. 이 시를 최초로 기록한 책은 양나라 소통(蕭統, 501-531)이 만든 『문선(文選)』이란 시가 선집이며, 이

채옹의 희평석경 잔석. 『시경·소아(小雅)·절남산(節南山)』이 새겨져 있다.(상해박물관 소장)

책에서는 이 시를 작가를 알 수 없는 한나라 시대 작품으로 소개하고 있다. 하지만, 얼마 뒤 편집된 양나라 서릉(徐陵)의 『옥대신영(玉臺新詠)』에는 동한(東漢) 시기 유명한 학자 채옹(蔡邕, 133-192)이 지었다고 했다. 채옹은 동한의 저명한 학자이며, 문학과 예술 방면에도 뛰어난 능력을 보였다. 특히 그는 동한 영제(靈帝) 희평(熹平) 4년(175년)에 여러 판본이 있는 『육경(六經)』의 문자를 정리할 것을 건의하였고,[20] 직접 경문을 써

---

20) 『육경(六經)』: 『시경(詩經)』·『서경(書經)』·『예기(禮記)』·『악기(樂記)』·『역경(易經)』·『춘추(春秋)』

서 당시 국립대학이라 할 수 있는 태학(太學)의 문 바깥쪽에 세웠는데, 이것이 유명한 "희평석경(熹平石經)"이다. 이후 그는 동탁의 막하에 들어갔다가 동탁이 파멸하면서 감옥에서 죽었다.

소통과 서릉의 주장 가운데 무엇을 선택하든 큰 문제는 없다. 왜냐하면, 시의 내용이 채옹의 어떤 인생관이나 생각을 전한다고 보기 어렵기 때문에, 작가가 누구인지는 중요하지 않다. 일반적으로 『고시십구수』는 어떤 특정 작가의 작품이 아니라 오랜 시기에 걸쳐 여러 사람이 참여한 집단창작 작품이며, 유명 문인이 아닌 하급 문인이 창작에 참여하였다는 학설이 보편적이다. 즉, 19편의 시에는 특정 개인의 특수한 정감이 들어있는 것이 아니라, 한나라 당시 일반 민중의 정서가 담겨 있다는 것이다.

『음마장성굴행(飲馬長城窟行)』에서 '장성'은 진시황의 만리장성이다.[21] 진시황은 북방의 유목민족인 흉노(匈奴)를 막기 위해 감숙성(甘肅省) 임조(臨洮)에서 요동(遼東)에 이르는 만리장성을 쌓았다. 북위(北魏)의 지리학자 여도원(酈道元)의 『수경주(水經注)』에 의하면 장성의 성벽과 지면이 만나는 곳에 움푹 파인 곳이 있고, 성벽에서 조금씩 물이 흘러나와 물웅덩이를 이루는데, 이런 웅덩이가 성벽을 타고 이어져 물이 고여 있다고 했다. 또, 비록 이 웅덩이의 물이 많지는 않지만 깨끗해서 마실 수 있으며, 실제로 내몽고 음산산맥(陰山

감숙성 임조의 진나라 시대 장성 유적. 이 시대 장성은 유목민족을 막는 용도였기 때문에 양과 말이 넘을 수 없는 높이면 충분했다.

---

21) 『文選』五臣注說：長城, 秦所築以備胡者。其下有泉窟, 可以飲馬。

山脈)의 백도산(白道山) 남쪽 계곡에 있는 성곽의 웅덩이에서 샘물이 난다고 했다.[22] 시의 내용을 살펴보겠다.

青青河畔草,　　푸르디푸른 강가의 풀이여,
綿綿思遠道。　　아득한 길을 계속 생각하네.
遠道不可思,　　아득한 길도 생각할 수 없더니,
宿昔夢見之。　　어젯밤 꿈에서 만나게 되었네.

시상을 전개하는 방식에 있어 중국 시는 선경후정(先景後情)의 방식을 택하는데, 그 시원은 중국 문학의 시작으로 알려진 『시경』이다. 『시경』은 주나라 시대 각지의 민요 가사를 모은 시집으로, 대다수 작품이 먼저 내용과 큰 연관이 없는 자연을 노래하고, 이어서 자신의 이야기를 한다.

關關雎鳩,　　꾸룩꾸룩 우는 물새
在河之洲,　　황하의 모래섬에 있네.
窈窕淑女,　　야리따운 아가씨
君子好逑。　　군자의 좋은 배필일세.

－『시경·관저』 중에서

첫 번째 구절과 두 번째 구절은 관저라는 새가 황하강 주위를 날아다니다가 모래톱에 앉아 쉬는데 꾸룩꾸룩하고 운다는 것이다. 하지만, 이 서술은 이어지는 서술, 즉 작가가 어떤 여성을 좋아하고 그리

---

22) 郭茂倩『樂府詩集·相和歌辭』: 酈道元『水經注』曰: "始皇二十四年, 使太子扶蘇與蒙恬築長城, 起自臨洮, 至於碣石.東暨遼海, 西並陰山, 凡萬餘裏。……。今白道南穀口有長城, 自城北出有高阪, 傍有土穴出泉, 挹之不窮。

위한다는 내용과 직접적인 연관성이 희박하다. 이처럼 별 상관없는 자연을 언급하고 자기 이야기를 하는 표현법을 『시경』에서는 '흥(興)'이라 칭한다. 이 전통이 『음마장성굴』이란 시의 첫 구에서도 나타나고 있다. 푸른 풀과 떠난 사람은 직접적인 큰 관련성이 없다. 다만, '푸르다'라는 색감이 이별과 결합하는 부분이 된다.

昔我往矣,　　　옛날 내가 떠날 갈 때
楊柳依依。　　　버들잎이 파릇파릇 했지만
今我來思,　　　오늘 내가 돌아올 때
雨雪霏霏。　　　눈보라가 펄펄 휘날리네

-『시경·채미(采薇)』

이 시는 전쟁에 나간 사람이 고향으로 돌아올 때의 감정을 노래한 시다. 여기서도 푸른 버들잎이 이별과 연결되어 있어서 푸름과 이별이 결합하고 있다. 아마 봄은 전쟁과 같은 국가적 징집이나 명령에 동원된 사람이 출정하는 날이며 곧 이별하는 날이 되어서 푸르름이 이별을 의미하게 되었을 것으로 생각할 수 있다.

『음마장성굴행(飲馬長城窟行)』의 첫 4구에서 시의 작가는 푸르름을 보고 떠나간 사람을 떠올린다. 그리고 사랑하는 사람이 떠났던 길을 기억과 추억으로 따라가 본다. 그러나 아무리 그 길을 되새겨본다고 하더라도, 그녀에게 허락된 물리적 길은 자신의 눈이 닿는 곳에서 멈춘다. 이후의 길은 그녀가 상상을 통해 찾아갈 수 있을 뿐이다. 하지만, 이 상상도 멈추는 곳에 도달하면, 그녀는 더 이상 떠난 사람과 관련을 맺을 수 없다. 이 인간의 능력을 벗어난 곳에서, 이 여인은 꿈을 통해 현실과 정신의 한계를 초월했다.

夢見在我傍,	꿈에서 내 곁에 있는 것을 보았지만,
忽覺在他鄉。	갑자기 꿈에서 깨어나 보니 다른 마을에 있네.
他鄉各異縣,	다른 마을 각자 다른 곳에서
展轉不相見。	서로 만날 수 없어 잠 못 이루며 뒤척이네.

　그녀는 너무나 그리운 나머지 꿈속에서 그리워하는 사람을 만났다. 하지만, 달콤한 꿈은 잠시 지속할 뿐, 꿈에서 깨어난 그녀는 사랑하는 사람의 빈자리를 발견하고, 더욱 허무해진 감정만이 남게 된다. 다시 꿈을 이어가기 위해 잠을 청하지만, 꿈이 남긴 상처 때문에 잠을 잘 수가 없다.

枯桑知天風,	메마른 뽕나무는 하늘에 바람 이는 것을 알고,
海水知天寒。	바닷물은 날씨의 차가움을 알지.
入門各自媚,	문안으로 들어와 각자 자기들만 기뻐하며,
誰肯相爲言。	아무도 나를 보며 말을 해주지 않네.

　앞의 '매마른 뽕나무', '바닷물'은 감정과 감각이 없는 무생물을 지칭한다. 하지만 이 둘이 바람과 차가움을 느낀다고 한 것이 이 시의 문학적 창조다. 바람을 느낄 수 있는 잎이 다 떨어진 뽕나무라도 '바람이 이는 것'을 알고, 추워도 얼지 않는 바닷물이라 하더라도 '날씨의 차가움'은 안다는 것이다. 즉, 아무리 둔감하고 미련하지만 느낌이 있어서 변화를 인지할 수가 있다. 그리고, 여기에는 집에 찾아온 손님이 자기가 그리워하는 사람에 관해 자기에게 알려주지 않는 것을 발견한 그녀가 느끼는 불안과 초조가 표현되어 있다. 하지만 이 여인은 행복한 쪽에 속한다. 손님이 그녀가 그리는 사람의 소식을 전해주었기 때문이다.

客從遠方來,	손님이 멀리서 다가와서
遺我雙鯉魚。	나에게 잉어 두 마리를 주었네.
呼兒烹鯉魚,	아이를 불러 잉어를 삶으라 하니
中有尺素書。	뱃속에 비단 편지지가 있네.

비단은 생활용품이지만 기록을 위해 사용되기도 한다. 이른바 '척소(尺素)'는 1척(尺) 길이의 비단(素)으로 대략 30cm정도 되는 비단 편지지인데, 편지를 보내는 아름다운 마음을 표현한다고 하겠다. '두 마리 잉어(雙鯉魚)'는 두 가지 설이 있다. 하나는 청대 고증학자의 주

어전척소를 상상해서 만든 편지함

장으로, '두 마리 잉어'가 실제 잉어가 아니라 잉어가 조각된 편지함이라는 것이다.[23] 즉, 상하가 분리되는 잉어 조각 목판 편지함 안에 편지를 넣으니, 편지가 잉어의 배 속에 있는 것과 같다는 것이다. 두 번째는 '편지함'을 뜻하는 전고(典故)를 사용한 것이라는 주장이다. 사마천의 『사기·진섭세가』에 진승(陳勝)이 참위(讖緯)를 이용해 민중을 선동할 목적으로 뱃속에 '진승이 왕이 된다(陳勝王)'라는 글자를 넣어두었다는 기록이 있는데,[24] 이 이야기가 전해지면서 물고기 배 속에 편지가 있다는 말이 서서히 창작된 것이라는 것이다.[25]

하지만, 어느 것 하나 속 시원하게 해명하지는 못한다. 한대에 물고기 편지함이 발견된 것도 없고, 『사기』의 물고기는 '사랑 편지'를 담

23) 葉嘉瑩, 『唐宋詞十七講』, 北京大學出版社, 2007.(ebook)
24) 司馬遷『史記·陳涉世家』: 陳勝, 吳廣喜, 念鬼, …乃丹書帛曰'陳勝王', 置人所罾魚腹中。卒買魚烹食, 得魚腹中書, 固以怪之矣。
25) 葉嘉瑩, 위의 책.

기에 너무 정치적이다. 증명할 문건이 없는 것은 마찬가지지만, 만약 또 하나의 가설을 세운다면, '귀소본능'을 들고 싶다. 중국 문학에서 편지를 전해주는 동물 가운데는 기러기가 있다. 이른바 '홍안전서(鴻雁傳書)'라는 성어(成語)인데, 기러기가 편지를 전한다는 뜻이다. 그 이유는 기러기가 계절에 따라 이동하는 철새이기 때문이다. 그렇다면 여기의 잉어는 혹시 연어처럼 자기가 살던 곳으로 돌아오기 때문이 아닐까? 하지만, 이 설을 증명할 한나라 이전의 문학적 문헌을 찾지 못하기 때문에 가설로 남겨두는 것이 좋을 것이다.

長跪讀素書,	오랫동안 앉아서 비단 편지 읽었네
書上竟何如?	편지에는 무엇이 적혀있었나?
上言加餐食,	위에는 밥 잘 먹으라는 말,
下言長相憶。	아래에는 영원히 서로를 그리워하자고.

이 마지막 구절은 전체 문맥 가운데 가장 힘이 약하다. 그 이유는 '밥을 잘 먹고', '영원히 생각하자.'라는 말이 이 시의 서사와 감정을 이끌어간 작가의 언어가 아니라 작가가 그리워하는 사람이 작가에게 보낸 말이기 때문이다. 이 시의 작가로서는 그리운 사람으로부터 자

한대 옥문관 유적. 옥문관은 양관과 함께 서역으로 들어가는 관문 역할을 했다.

기를 그리워하고 있다는 말에 커다란 감동을 할 수는 있겠지만, 독자로서는 생각지도 않았던 사람에게서 갑자기 고백을 받는 것처럼 감정이입이 어렵다. 그리고 '아이를 불러 물고기를 삶으라'는 유희적 말에서, 이미 작가의 진지한 감정이 유희로 희석되어 그 밀도가 낮아지는 아쉬움이 있다. 장성의 축조와 이별은 여러 시의 주제가 되었는데, 동한(東漢) 시대 진림(陳琳)이 지은 같은 제목의 작품 한 구절로 이 주제 전체를 개괄할 수 있다.

邊城多健少,　　변경 성에는 건장한 청년 많고,
內舍多寡婦。　　집안에는 과부가 많다.

- 진림 『음마장성굴행(飮馬長城窟行)』

진림은 본래 조조(曹操)와 대척점을 이루는 원소(元紹)의 부하였지만, 후에 조조의 막하로 들어가 건안칠자(建安七子)의 한 사람으로 활발한 문학 활동을 했다. 그가 '밥잘먹고'‥'늘 생각하자'라는 말 대신 창작한 편지글의 내용은 다음과 같다.

便嫁莫留住,　　지체하지 말고 재가하시오.
善侍新姑嫜,　　시부모 잘 모시고,
時時念我故夫子。　이따금 만 옛 남편을 생각해 주시오.

- 진림 『음마장성굴행(飮馬長城窟行)』

그가 지은 이 시는 보다 현실적이고 통속적이다. 이 글에서 그는 그녀를 위하는 마음, 현실적인 당부, 그리고, 자신을 기억해 달라는 마음을 드러내고 있다. 하지만, 조금 아쉬운 점은 이 남자가 여성을 놓아주는 듯하지만, 깔끔하게 포기하지 않고, 여성이 자신을 조금이라도 생각해줄 것을 은근히 바라고 요청하는 점이다. 즉, 겉으로는 보내주는 척하지만, 그 속에는 아쉬움과 미련이 남아있어서 슬픔이 진하게 드러나지 못하며, 세속적 욕망의 때가 덜 벗겨진 형태다.

이러한 국가에 동원된 사람들의 이별이 주제가 되어 출현한 진(秦)나라 시대 민가는 만리장성 축조에 동원된 민초의 괴로움과 고통이 당시 유행어와 함께 시각적으로 확연하게 전달되고 있다.

生男愼勿擧,　　아들 낳거든 절대로 기르지 말고,
生女哺用脯。　　딸 낳거든 고기를 먹여 길러라.
不見長城下,　　그대는 보지 못했는가? 장성 아래에서
屍骸相支拄。　　시체와 백골이 서로를 부축하고 있는 것을?

- 진나라 민요

부역과 이별, 그리고 떠나는 사람과 남겨진 사람의 감정을 순박한 감성으로 표현한 한나라 시대의 명작은 소무(蘇武)의 작품으로 알려진『유별처(留別妻) – 이별하는 아내에게』라는 작품이다. 소무는 서한 무제 시기 흉노(匈奴)에 사신으로 갔다가 억류되어 19년 동안 포로로 있다가 돌아온 사람이다. 장건이 임무를 완수하기 위해 12년 동안 서역과 북방 지역을 돌아다닌 것과 비슷하다. 이 믿기 힘든 두 사건에 역사적 진실이 있다는 가정을 한다면, 한나라 사람들은 매우 순진하고 순수한 사람들이었던 것 같다. 그리고, 이 시에서도 이런 순박하고 솔직한 감성이 아름답게 드러나고 있다. 한 가지 더 언급하고 싶은 것은, 이 시는 그리움과 이별의 아쉬움 그리고 안타까움이란 인간 보편의 성정을 전달하고 있을 뿐으로, 소무가 가진 충신의 이미지와 그다지 상관이 없다. 그래서 이 시의 작가를 공백으로 남겨두는 것이 시의 울림을 더 크게 낳을 수 있다.

結髮爲夫妻，	머리 묶고 부부가 되어,
恩愛兩不疑。	두 사람 사랑을 의심하지 않았네.
歡娛在今夕，	기쁨은 오늘 저녁에 있으니
燕婉及良時。	기뻐하며 좋은 시간을 보냈네.

하북성 옛 무덤에서 출토된 한대의 옥비녀

'결발(結髮)'은 머리를 묶는다는 뜻으로 여성의 혼례 의식 가운데 하나이다. 한나라 시대에 정리된 예절 서적에 의하면 여성은 '영(纓)'이란 오색 실로 만든 끈으로 머리를 비녀에 묶는데,[26] 남편만 그 끈을 풀 수가 있다.[27] 그래서 머리를 묶는 것은 여성의 결혼을 상징한다.[28] 대략 남자 나이 20세, 여성의 나이 15세에 결혼을 했다. 어쨌든 이 두 사람은 비공개 연애가 아닌 사회적 합법성을 가진 정식 부부 관계다. 두 사람이 부부가 되어 이날까지 서로의 감정을 의심하지 않았다는 것은 두 사람이 진실로 사랑하는 사이라는 것을 말해준다. 비록 이 행복이 오늘 저녁까지일 뿐이지만 두 사람은 그 시간을 괴로움이 아니라 기쁨으로 채웠다. 이것은 두 사람의 서로에 대한 사랑이 시간의 한계를 극복하고 만든 시간이 된다.

征夫懷往路，	징집된 남자는 길 떠날 생각에
起視夜何其。	일어나 밤이 얼마나 되었는지 살펴보네.
參辰皆已沒，	이미 샛별은 모두 사라졌고,
去去從此辭。	떠나가면 이제 이별이네.

26) 『禮記·曲禮上』: 女子許嫁, 纓。

27) 『儀禮·士昏禮』: 主人(婿)入室, 親脫婦之纓。

28) 鄭玄注 : 著纓, 明有系也。

이 부분은 남자가 떠나는 이유와 떠나는 시기를 말해주고 있다. 남편은 마음 편하게 잠들 수 없다. 우선은 아내가 걱정이기 때문이기도 하고, 국가의 소집에 늦는다면 엄중한 벌을 받기 때문이다. '정부(征夫)'에서 '정(征)'은 국가적 소집을 뜻하며, 대체로 군대 징집을 의미하는 경우가 많다. 시간은 어김없이 흘러 샛별이 동쪽의 태양에 지워지는 새벽 남편은 떠나야 한다.

行役在戰場,	가야 하는 곳은 전쟁터,
相見未有期。	마주할 날은 기약 없네.
握手一長歎,	맞잡은 손, 긴 한숨,
淚爲生別滋。	생이별에 눈물이 하염없어라.

여기에서 남자가 가야 하는 곳이 전쟁터로 밝혀졌다. 이 둘은 이별의 순간에서야 손을 맞잡고 눈물을 흘린다. 이 이전에는 이별을 실감하지 못했던 것 같다.

努力愛春華,	청춘 시절을 귀중하게 생각하고
莫忘歡樂時。	즐거웠던 때를 잊지 말아요.
生當復來歸,	살아남거든 꼭 다시 돌아오시고,
死當長相思。	죽는다면 서로를 영원히 그리워해요.

'춘화(春華)'는 글자 그대로 해석하면 '봄꽃'인데, 여기서는 '젊었던 시절'이 되고, 그 아래 '즐거웠던 때(歡樂時)'와 연결되어 두 사람이 함께했던 젊은 날의 아름다운 추억이 된다. 과거에는 신분이 높지 않다면 이별 이후 두 사람을 연결해 줄 방법은 거의 없다. 즉, 이 두 사람의 신분이 앞서 보았던 사람들처럼 서신을 전해줄 사람도 없고,

편지를 받아볼 길이 막막한 서민이라면, 이 두 사람에게는 오직 서로의 기억만이 두 사람을 연결해줄 수 있다. 그래서, 젊은 시절 함께 보낸 행복한 순간을 잊지 말라고 전한다.

하지만, 이 두 사람에게 남겨진 미래는 살아남으면 돌아오는 것, 그리고 죽음과 기다림 속에 영원한 기억으로 남는 두 가지가 있을 뿐이다. 그래서, '죽으면 서로를 영원히 그리워하자'라는 단순하고 소박한 말 한마디는 지금, 이 순간 말하고 나면 다시는 서로에게 할 수 없는 말이 된다. 그래서, 두 사람의 만남과 이별, 그리고 죽음과 기다림에는 진실이 가진 무거운 아우라(Aura)가 있고, 그래서 표현된 언어에 무게가 실리고 있다.

제5장

실크로드와 『서유기』

삼장법사三藏法師 현장玄奘의 인도 순례

『서유기』를 이야기할 때, 우선 수(隋)나라와 당(唐)나라 교체기에 출생하여 인도에서 불경을 가져와 당나라를 대표하는 승려가 된 현장 (玄奘, 602~664)을 언급하지 않을 수 없다.[1] 현장의 출가 전 이름은 진의(陳禕)이며, 하남성 (河南省) 언사시(偃師市) 구씨진(緱氏鎭)에서 태어났다. 그는 형제 가운데 막내였는데, 10세 때 아버지가 돌아가시고 집이 어려워지자, 2째 형을 따라 낙양에 있는 정토사(淨土寺)에서 숙식을 해결하는 고달픈 삶을 살게 된다.

현장법사의 상(일본 동경 국립박물관소장)

---

1) 현장의 출생에 대해서는 수(隋唐)나라 문제(文帝) 개황(開皇) 16년(596), 수문제 개황 20년(600), 수문제 인수(人仁壽) 2년(602)설이 있는데, 본 글은 정수일의 『실크로드 사전』을 따라 602년을 기준으로 삼았다. 이하 정수일의 『실크로드 사전』, 혜립(慧立)과 언종(彦悰)의 『현장법사전(玄奘法師傳)』을 참고하여 서술하였다.

수나라에서 승려가 되려면 시험을 쳐야 했다. 그는 13세가 되던 해 낙양에서 승과 시험이 있었는데, 14명의 인물이 국가로부터 정식 승려의 직위를 받지만, 그는 시험에 통과할 수 없었다. 하지만, 대리사경(大理寺卿)이란 정삼품(正三品) 관직에 있던 정선과(鄭善果)란 사람이 현장의 재능을 알아보고 파격적으로 그를 승려 명단에 넣어준다.[2] 그는 이때 현장(玄奘)이란 법호를 수여 받는다.

당나라와 수나라가 교체되던 618년, 그는 17세의 나이로 장안(長安, 지금의 서안)으로 간다. 본래 장안에서 불법을 강의할 자리를 알아볼 생각이었지만, 정식 승려 증명서가 없었기 때문에 강사가 되지 못하고 각지를 방황한다. 결국, 21세 때(622) 구족계(具足戒 – 완전한 승려로 인정하는 의식)를 받고 정식 승려가 되었고, 23세 때 대각사(大覺寺)에 있으면서 불경 강의를 하게 된다. 하지만, 그는 불경 이론을 공부하면서, 기존 불경 해석이 불충분하다는 것을 느끼고, 불경 원전을 직접 보고 싶다는 생각을 하게 된다. 이런 생각이 깊어지면서 그는 천축(天竺, 인도를 지칭하는 고대 이란어)에서 불경의 원전을 중국에 가져와 번역할 결심 한다.

당나라 고조(高祖) 무덕(武德) 8년(625), 현장은 조정에 천축행을 청원하였다. 당시 당나라는 일반 국민이 옥문관(玉門關) 서쪽으로 출입하는 것을 법으로 엄격히 금지하고 있었기 때문이다. 그러나, 아무런 정치적, 경제적 배경이 없는 가난한 일개 승려가 홀로 사막으로 둘러싸인 서역(西域)을 지나 파미르고원을 넘어 인도로 가서 그 많은 불경을 가지고 다시 당나라로 오겠다는 프로젝트는 아무리 생각해도 너무나 무모해 보인다. 당나라 정부는 이 터무니없고 비현실적

---

2) 당·혜립(慧立)·언종(彦悰), 『현장법사전(玄奘法師傳)』.

인 주장을 일축하고 그에게 옥문관(玉門關) 통행증을 발급해주지 않는다.

불법에 대한 궁금증을 벗어버릴 수 없었던 현장은 2년 뒤에(627) 승려 효달(孝達)과 함께 장안을 떠나 인도를 향한다. 하지만, 효달은 중도 포기하게 되고, 홀로 난주(蘭州)를 거쳐 현재 감숙성(甘肅省) 무위(武威)인 양주(涼州)에 이르지만, 양주 도독(都督, 즉 양주시장)은 통행증이 없는 그에게 성문을 열어주는 것을 거부한다. 하지만, 양주지역의 불교 지도자인 승려 혜위(慧威)는 현장의 뜻에 깊이 공감하였고, 혜림(慧琳)과 도정(道整)이란 제자에게 현장이 양주를 벗어나 돈황(敦煌)까지 도착하여 옥문관을 벗어나는 것을 돕게 했다.

과주(瓜州, 현재 돈황)에 도착해서 만난 과주자사(瓜州刺史, 즉 돈황의 중앙 파견 감독관) 독고달(獨孤達)은 열렬한 불교도였기 때문에 현장을 융숭하게 맞이하였다. 하지만, 얼마 있지 않아 양주도독의 현장 체포령이 돈황에 전달되었다. "현장이란 승려가 사사로이 국경을 넘으려고 하니, 각 지방에서는 엄중히 단속하여 북경으로 압송하라." 위급한 상황에서, 현장은 또 한 명의 독실한 불교 신자인 과주주사(瓜州州史 - 돈황 지역 공무원) 이창(李昌)에게서 미리 정보를 얻어 도주함으로써 그를 잡으러 오는 군사를 피할 수 있었고, 심야에 옥문관(玉門關)을 넘을 수 있었다. 하지만, 같이 길을 나섰던 혜림과 도정은 양주로 돌아가길 원했기 때문에, 현장은 이들을 돌려보낼 수밖에 없었다. 그는 새로이 호반타(石盤陀)라는 서역인의 길 안내를 받아 이오(夷吾, 하미 哈密)라는 곳으로 향했다.[3]

---

3) 이오(夷吾) 즉 합밀(哈密, 하미)는 중국에서는 멜론으로 특히 유명하다. 이

신장 이오의 야당(Yardang) 지형. 사막의 풍화작용으로 생겨난 지형으로, 현장이 이오에 도착할 당시에도 이런 길을 걸었을 것이다.

호반타는 사기꾼이었다. 그는 칼로 현장을 위협하기도 했고, 자신의 안타까운 처지를 호소하며 사막 횡단을 극구 거부하였다. 그뿐만 아니라, 자신은 지금 돈황으로 돌아가지만, 신의를 지키겠다는 명목으로 현장의 건장한 말과 자신의 늙은 말을 바꾸자고 했다. 즉, 자신의 늙은 말이 이오와 돈황 사이를 많이 왕래했기 때문에 길을 잘 안다는 것이 그의 이유였다. 이 사기꾼의 말에 현장은 자신의 건강한 말과 호반타의 늙은 말을 바꿔주었고, 호반타는 돈황으로 돌아갔다.

그는 늙은 말에 의지해 이오로 향했다. 이곳은 800여 리의 고비(Gobi)사막이 펼쳐진 곳이다. 물도 점점 떨어지고, 육체적으로 힘이 거의 소진된 현장은 『반야심경(般若心經)』을 독송하며 버티다가, 결국 5일 만에 쓰러지게 된다. 생사를 넘나드는 순간, 갑자기 말이 현장의 말을 듣지 않고, 자기 멋대로 달려갔고, 시원한 바람에 정신이 든 현장은 멀지 않은 곳에서 시원한 바람이 불어오는 오아시스를 발견하게 되어 죽을 고비를 넘기게 된다.[4]

현장은 이오(伊吾, 현 합밀哈密 지역)에 도달해서 이곳에 살던 중

지역 멜론은 '하미과(和蜜瓜)'라고 불리는데, 이 이름은 이 과일을 좋아했던 청대(淸代) 강희제(康熙帝)가 붙인 것이다. 중국의 황제 브랜드 마케팅은 상당히 재미있다. 유명한 음식점이나 관광지에서 황제 마케팅을 통해 음식의 가격과 품표를 올리는 상황을 쉽게 볼 수 있다.
4) 『서유기』의 백룡마는 이 말이 원형이 된다.

국인 승려를 만나게 되고, 그들을 통해 당시 불교를 숭상하던 이곳의 왕과 만나 유명인사가 된다. 불경을 구하기 위해 국경을 넘어 천축으로 가는 그를 잡으라고 양주도독이 공문을 돌린 것이 오히려 현장을 선전하게 되어 그의 국제적 명성을 한껏 높여주고 있었다. 즉, 불법을 구하기 위한 일념으로 당나라의 제한을 돌파하고 사막이란 죽음의 자연환경을 극복한 그는 서역에 이르러 새로운 가치를 가진 인물로 재탄생한 것이다.

이오에서 얼마 떨어지지 않은 고창국은 서역으로 이주한 한족(漢族)이 세운 불교국가였다. 그리고, 이곳의 왕 국문태(麴文泰)는 독실한 불교 신자였는데, 이오(伊吾)에 있는 사신으로부터 현장의 존재를 알고 무척 만나고 싶었다. 그는 현장을 직접 맞이하여 수도인 카라호조(Kara-khōjo, 哈剌和卓)로 모셔와 국빈으로 대우한다.

국문태는 본래 현장을 고창국에 영주시킬 생각을 했지만, 현장의

중국 신장 투루판(吐魯番)시에 있는 고창국 성곽 유적. 현장은 이곳에서 고창국 왕인 국문태에게 국빈 대접을 받았다.

단식투쟁 때문에, 자신의 주장을 굽힐 수밖에 없었다. 국문태는 현장이 당나라로 돌아갈 때, 고창에서 3년간 머물며 불교 강의를 해주는 조건을 달고 현장의 출발을 허락한다. 국문태는 현장에게 풍부한 여비를 지급하였을 뿐만 아니라, 자신의 부하 4명을 출가시켜 현장이 고창으로 돌아올 때까지 보필하도록 명령하고, 서돌궐의 왕에게 사신까지 보내 현장을 잘 보살펴달라고 한다. 이 4명의 행자는 훗날 『서유기』의 손오공·저팔계·사오정의 모티브가 된다.

현장은 거대한 자연의 도전을 극복하고, 머나먼 길을 걸어 인도에 도착한다. 그는 우크라이나, 타지키스탄, 우즈베키스탄, 아프가니스탄, 파키스탄 등 대부분의 서역 국가를 거쳤다. 또, 인도에 도착한 그는 인도의 불교 유적지를 남김없이 돌아다녔다. 당시 인도는 천축이라는 이름으로 불렸고, 다섯 지역으로 구분했다. 우리에게 유명한 혜초의 『왕오천축국전(往五天竺國傳)』은 인도의 다섯 지역(五天竺)을 순례한 기행문이란 뜻이다.

그는 인도에서 석가모니의 고향인 남비니(藍毗尼, 룸비니 Lumbini), 부처가 득도한 곳인 보리가야(菩提伽倻, Bodh Gaya), 부처가 열반했던 나라인 파라닐사국(波羅痆斯國, 현재 바라나시 Varanasi)을 순례했다. 엄격한 국법을 어기는 것에 대한 두려움, 수천 킬로에 걸쳐 펼쳐진 광대한 대자연이 주는 육체적 고통, 화려하고 안락한 생활에 안주하고 싶은 욕망을 오직 불교에 대한 궁금증 하나로 돌파하고, 결국

나란타사 유적 2016년 세계문화유산으로 등재되었다. 과거 이곳에는 50여 개의 사원이 있었고, 1만 명의 승려가 수업을 들었다. 현장 역시 이곳에서 14개월 동안 수업을 받았다.

그가 본래 목적한 곳에 도착하여, 부처의 실제 역사를 만났을 때, 그의 감회가 어떠했을까? 그는 보리가야(菩提伽倻, Bodh Gaya)에 있는 700년의 역사를 가진 나란타(那爛陀, 날란다Nalanda) 사(寺)라는 승려대학에 입학하여, 계현(戒賢)대사의 10대 제자 가운데 한 명이 되었다.

641년 42세의 현장은 당나라로 돌아가는 길을 나선다. 그는 처음 인도로 왔던 길 대신 다른 길을 택해 그가 가보지 않은 지역 여러 곳을 찾아다녔다. 그리고, 그가 13년 전 국문태와의 약속을 지키기 위해 고창국으로 향하던 중에 국문태가 병사하고, 고창국(高昌国)이 당나라 태종에 의해 멸망(640년)했다는 소식을 듣는다. 이에 그는 타림분지 남쪽을 도는 길을 택하여 길을 계속하게 된다.

644년 우전(于闐, 현 신장 허톈和田 지역)에 도착한 그는 고창국 출신 청년 마현지(馬玄智)를 당나라에 보내 자신의 입국 허가를 요청한다. 출발 당시 국법을 어기고 국경을 나섰고, 더욱이, 고창국이 당나라에 의해 멸망했기 때문에, 자신을 따라 천축에 갔다가 돌아온 많은 고창국 사람들을 위해 고창국 출신을 보낸 것이다. 더욱이 그에게는 생명을 걸고 가져온 무엇과도 바꿀 수 없는 원본 불경이 있었다. 8개월 만에 사자가 돌아와 당태종(唐太宗)의 어지를 전했다.

선생께서 이역에서 불도를 구하고, 지금 돌아오신다니, 기쁨이 끝이 없습니다. 길을 서두르셔서, 저와 만나도록 하십시오. 그곳의 승려 가운데 산스크리트어와 불경의 뜻을 해석할 수 있는 분도 역시 올 수 있도록 하십시오. 저는 이미 우전 등의 절도사와 여러 지역에 칙서를 보내 선생님을 맞이하도록 했으니, 인력과 탈것은 부족하지 않을 것입니다. 돈황(敦煌)의 관리는 선생을 유사(流沙)에서 영접할 것이며, 선선(鄯善)의 관리는 차말(且末)에서 영접할 것입니다.[5]

자은사(慈恩寺) 대안탑(大雁塔). 이 탑은 현장이 가져온 경전을 보관한 탑이다. 당나라 고종(高宗) 치하의 652에 건축을 시작했다.

현장이 행려를 수습하여 돈황에서 출발해 배를 타고 장안에 도착하니, 이때는 645년이고, 그의 나이 46세였다. 26세의 낙양 농촌 출신 청년이 가졌던 소박한 궁금증은 이처럼 성대하게 마무리가 된다.

당나라에 도착한 이후, 현장은 당 태종의 명에 따라 자신의 서역 순례기인 『대당서역기(大唐西域記)』 12권을 저술했다. 『대당서역기(大唐西域記)』는 그의 구술을 제자 변기(辯機)가 받아 적는 형태로 저술된 책으로, 이 책에는 138개 국가의 역사·지리·문화·산업·종교 등이 객관적이며 사실적으로 기록되어 있다. 이 가운데 현장이 직접 가서 본 나라는 110개 국가이고, 가보진 않고 들은 이야기를 기록한 나라는 28개국이다. 특히 인도의 80개국 가운데 75개국을 탐방하며 남긴 기록은 인도 고대사 연구에서 가장 귀중한 자료로 인정받고 있다.[6]

현장은 동양 불교사에서 불멸의 업적을 남겼는데, 크게 세 가지로 구분할 수 있다. 하나는 인도 불경을 중국으로 가져온 것이며, 그다음은 불경을 번역한 것이고, 세 번째는 '법상종(法相宗)'을 개창한 것이

5) 慧立·彦悰著, 趙曉鶯譯, 『玄奘法師傳』: 聞師言訪道殊域, 今得歸還, 歡喜無量, 可即速來, 與朕相見。其國僧解梵語及經義者, 亦任將來 ; 朕已敕於闐等道使諸國送師, 人力鞍乘, 應不少乏。令敦煌官司於流沙迎接, 鄯善於沮沫迎接。

6) 정수일, 『실크로드 사전』.

다. 현장은 장안의 홍복사(弘福寺)와 새로 지은 자은사(慈恩寺)에서 19년간 불교 교리를 정리하고 불경을 번역하는 일에 몰두한다. 특히 그의 불경 번역은 엄청난 업적으로 평가되는데, 동아시아의 불경 번역이 그의 번역이 나온 이전과 이후로 구분된다.

중국에서 불경 번역은 크게 고역(古譯), 구역(舊譯), 신역(新譯)으로 구분힌다. '고역'은 과거의 번역이란 의미로, 구자국(쿠차) 출신의 서역 승려 구마라습(鳩摩羅什, 쿠마라지바 Kumārajīva, 344-413) 이전 번역이다. 그리고, '구역'은 이전 번역이란 뜻으로 구마라습의 번역을 가리키며, 현장의 번역을 구마라습과 다른 새로운 번역이란 뜻의 '신역'으로 구분한다.

그가 번역한 불경 번역 양도 엄청났는데, 그는 경(經)·논(論) 75부 1,335권을 모두 중국어로 번역하였다. 불경을 의미하는 '장(藏)'은 '경장(經藏)'·'율장(律藏)'·'논장(論藏)'으로 구성되는데, '경'은 불교의 '경전'이고, '율'은 불교도가 지켜야 할 '계율'이며, '론'은 경전의 뜻을 세부적으로 발휘한 '의론'을 의미한다. 이 세 가지를 '삼장(三藏)'이라고 하는데, '삼장'은 곧 모든 불교 경전을 의미한다. 현장을 '삼장법사'라 칭하는 이유는 이상과 같은 이유로 붙여진 이름이다. 그가 세운 '유식종(唯識宗)'계열의 '법상종(法相宗)'은 동아시아 전역으로 퍼져나갔고, 대구 팔공산(八公山)의 동화사(桐華寺) 역시 후삼국 시기에는 법상종 계열의 절이었다.[7]

그의 일대기는 마치 신화적 영

팔공산 동화사 대웅전. 보물 1563호

인도 나란타사 현장기념당에 세워진 현장의 동상(1960). 씩
씩하게 목적을 향해 사념 없이 걸어가는 모습이 인상적이다.

웅의 일대기와 같다. 신화에서 영웅
은 다음의 과정을 거친다. 기이한
탄생과 특이한 신분을 가지며, 자기
지역에서 핍박을 받아 외지로 나가
시련을 통해 자신을 증명하고, 다시
고향에 돌아와 영웅이 된다. 즉, 자
기 고향의 문화 시스템으로는 이런
종류의 사람을 허용할 수 없기에,
그는 어쩔 수 없이 외지로 나가 자
신을 증명할 수밖에 없고, 정체된 고향의 문화가 새로움이 필요하거나
혹은 위기를 맞이할 때, 그의 존재가치가 역전되어 나타나는 것이다.

이런 영웅신화의 형태와 현장의 일생을 비교해 보면, 그에게는 기
이한 탄생은 없지만, 그의 의지가 만든 고난과 성공은 영웅신화의 스
토리텔링과 매우 닮아있다. 만약, 그가 자신의 안위만 생각했다면 중
국에 돌아올 필요가 없었다. 그는 고창국뿐만 아니라 다른 불교 국가
에서도 자신의 뛰어난 능력과 기이한 행적이 가져온 명성을 통해 충
분히 편안하고 호화로운 생활을 하면서 살 수 있었을 것이다. 하지만,
그는 불경에 대한 의문을 풀기 위한 일념 하나로 내외의 유혹과 고난
을 물리치고 인도에 닿았으며, 정확한 불경을 중국에 전하기 위해 모

---

7) 동화사는 신라시대 후기에 창건될 절로 신라 법상종(法相宗)의 3대 사찰 가운
데 하나였다. 본래 고려 시대까지 법상종의 중심 사찰이었지만, 조선 시대를
거치면서 조계종으로 변화하였고, 일제 강점기에는 조계종 31본산의 하나로
55개 사찰을 두었다. 현재는 대한불교조계종 제9교구 본사로 대구광역시와 경
북의 청도, 고령, 성주, 칠곡군 내의 사찰을 관할하고 있다. 임진왜란 시기 사명
대사가 여기에서 영남승군 사령부를 설치하고, 영남도총섭(승군의 대장)이 되
어 팔공산성을 쌓고 승군을 지휘했다.

든 불교 경전을 들고 장안으로 돌아왔다. 이것은 불경을 구해서 세상을 구원하고자 하는 순순한 종교적 신념이 없었다면 해낼 수 없는 일이었다.

그의 죽음 역시 종교적이었고 경건했다. 664년 1월 1일 현장은 『대보적경(大寶積經)』을 번역하다가, 2월 5일 섬서성(陝西省)의 옥화사(玉華寺)에서 입적한다. 그의 삶은 불교 경전으로 시작하여 불교 경전으로 끝났다.

'삼장三藏'에서 '저팔계猪八戒'까지

중국 명(明)나라 시대 출현한 '사대기서(四大奇書 – 네 개의 대표적인 기이한 책)'는 반금련(潘金蓮)과 서문경(西門慶)이 나누는 에로틱한 묘사로 유명한 『금병매사화(金瓶梅詞話)』를 제외하면 모두 수백 년 동안 여러 작가가 참여한 집단창작형 소설이며, 지식인들의 고아한 정신세계가 중심이 아니라, 통속적이고 민중적인 시각이 주된 줄기를 이루고 있다.

각 작품의 민중적 특징을 좀 더 살펴보면, '『삼국지(三國志)』'로 알려진 『삼국연의(三國演義)』는 왕조의 흥망성쇠와 '의형제의 의리'가 서로 결합한 작품이고, 『수호전(水滸傳)』은 사회적 비판과 '도적의 의리'가 서로 결합한 작품이다. 즉, 이 두 작품은 전형적인 지식인의 관심사인 역사와 사회를 봉건국가 이데올로기인 '충'이 아니라 민중의 가치인 '의리'로 관통하고 있다는 점에서 민중 소설의 가치를 획득한다. 『서유기』는 더욱 통속적이다. 이 작품은 『삼국연의』나 『수호전』과 달리 사회나 국가에 관한 관심이 없고, 일반 백성이 겪는 일상이 강하게 들어

있다. 즉, 이 소설은 지식인의 정신세계라고 할 수 있는 비극적 결말, 사회적 책임감 대신 재미와 풍자가 그 핵심 요소로 자리 잡고 있다.

현장이 국가의 법령을 어기고 국경을 벗어나 '하서회랑(河西回廊)', 돈황·이오·고창국 등의 서역 국가와 파미르 고원 서쪽 국가인 우즈베키스탄·아프가니스탄·파키스탄·인도 등 거의 실크로드 전역에 걸친 국가를 거쳐 불교의 교리를 터득하고 불교 원전을 가지고 중국으로 돌아왔다는 이 놀라운 이야기가 중국 전역에 퍼지면서 『서유기』의 모티브가 형성된다. 그의 제자인 혜립(慧立)과 언종(彦悰)은 『대당자은사삼장법사전(大唐慈恩寺三藏法師傳)』을 썼다. 현장의 『대당서역기(大唐西域記)』가 대단히 사실적이고 객관적으로 자신의 견문을 서술했는데 비해, 그의 이 두 제자가 기록한 스승의 '전기(傳記)'는 불교적인 신비함이 가미된 『고승전(高僧傳)』계통의 종교 저술이며, 이런 점 때문에 이미 소설의 모습을 보인다.

예를 들면, 양주도독이 현장을 잡으라고 공문을 돌린 것이 도리어 현장을 국제적 명사로 만들어주고, 길 안내인 호반타(石盤陀)가 거짓말로 현장의 좋은 말을 자신의 늙은 말과 바꿔치기했지만, 늙은 말이 현장의 말을 안 듣고 풀냄새를 쫓아가서 현장이 오아시스를 발견하게 되며, 국문태의 명으로 어쩔 수 없이 현장을 따라나선 사람들은 고창국의 멸망을 피해 살아남았다. 즉, 현장을 괴롭히지만, 도리어 현장을 도와주는 것이 되고, 현장을 돕는 헛된 고생을 하는 것 같지만, 결과적으로 그 고생이 본인의 생명을 보존하는 선택이 된 것이다. 이와 같은 일반인으로는 이해할 수도 없고 알 수도 없는 석가여래의 종교적 은총이 『현장법사전』 곳곳에 현장의 체험으로 실려있다. 이런 종교적 신비주의(神秘主義, mysticism)는 쉽게 소설과 관계를 맺을 수 있으므로,[8] 『서유기』의 자양분으로 작용했을 것이다.

이러한 현장의 전기적 일대기와 그가 본 기이한 풍물을 서술한 책과 신비주의를 담은 책은 중국 전역의 절로 보급되었다. 본래 절에서 승려와 신도를 교육할 목적으로 설법하는 것을 '설경(說經)' 또는 '속강(俗講)'이라 하는데, 현장의 이야기는 대중성과 교훈성을 모두 갖추고 있었기 때문에 좋은 교재가 되었다. 현장의 이야기가 '설경'과 '속강'의 교재로 정착되는 과정에서 교육의 편리를 위해 좀 더 대중적으로 각색된 교안으로 정리되었을 것이고, 이런 교육용 판본이 점차 민간으로 전해지면서, 현장이란 존재와 불교적 교

일본 고산사(高山寺)에 소장된 송대 설화(說話) 화본 『대당삼장취경시화(大唐三藏取經詩話)』

리와 같은 대중이 지겨워하는 역사적인 사실과 교훈적인 내용은 점차 엷어지고, 통속적인 재미난 이야기가 첨가되는 것은 매우 자연스러운 흐름이었다.

11세기 송나라에 이르면, 도시의 유흥가 혹은 시장에서 사람들에게 이야기를 해주면서 먹고사는 전문적인 이야기꾼이 등장한다. 이들을 '설화인(說話人)'이라고 하고, 이들의 문학 형식을 '설화(說話)'라고 하며, 이들의 텍스트를 '화본(話本)'이라고 하는데, 현장의 이야기를 담은 '화본'인 『대당삼장취경시화(大唐三藏取經詩話)』(17장)가 일본에서 발견되었다. 제목은 '삼장법사'를 강조하고 있지만, 삼장법

---

8) 성해영『신비주의란 무엇인가?』: 신비주의는 "인간이 궁극적 실재와 합일되는 체험을 할 수 있으며, 의식을 변화시키는 수행을 통해 체험을 의도적으로 추구하고, 체험을 통해 얻어진 통찰에 기초해 궁극적 실재와 우주, 그리고 인간의 통합적 관계를 설명하는 사상으로 구성된 종교 전통"이다.(『인문논총』제71권 제1호, pp. 153-187)

사는 소설의 원형이라 할 수 있는 『현장법사전』에서 이미 현실 대처에 미숙하고 어리숙한 인물로 묘사되고 있는데, 화본에서는 더욱 답답한 인간이 되어 음식에 미련을 두고 게을러터진 모습을 갖고 있다. 후대 저팔계는 이 속성을 물려받고 있는 것이다.9) 그리고, 설화의 실제 주인공은 삼장법사를 위해 실력을 발휘하는 후대 손오공(孫悟空)의 원형인 '후행자(猴行者)'가 되어있었다. 이 시기에는 아직 저팔계(豬八戒)의 형상이 창조되지 않았지만, 사오정(沙悟浄)의 원형인 심사신왕(深沙神王)이 등장하고 있다.10)

이 화본은 비록 17장으로 구성된 짧은 내용이지만, 등장인물의 성격과 진행 스토리가 이미 소설 『서유기』를 향한 기본을 갖추고 있다. 이것은 당나라 현장의 이야기가 송나라 시대에 이미 대중들의 오락을 위해 불교적인 교훈이란 엄숙한 옷을 벗고, 통속적 이야기가 되었다는 것을 전한다.

중국문학사에서 몽고족이 세운 원(元)나라는 희곡(戱曲)이 풍미했던 시대다. '희곡'은 전문 연기자가 직접 연기를 하므로 '설화'보다 더욱 입체적이며 통속적인 문학 형식이며, 이 때문에 인물의 개성과 전형성을 강조하는 것이 중요해진다. 현재 전해지는 이 시대의 희곡의 대본 가운데 『서유기잡극(西遊記雜劇)』이 있다. 이제 제목에서도 '삼장법사'와 '불경'의 존재는 뽑혀서 버려졌고, 실제 주인공이 후행자(猴行者)로 고정되었다. 이전 송대 '화본'에서 온순하고 말 잘 듣던 '후행자'는 원대 희곡에서 비약적으로 성장하여, 옥황상제의 천궁을

---

9) (日)前野直彬 著, 羅玉明 譯, 『中國文學史』, 上海, 復旦大學出版社, 2012.
10) 심신사왕(深沙神王) : 심사대장(深沙大將)이라고도 한다. 본래 관음보살(觀音菩薩)의 화신이며, 재난과 고난을 물리쳐주는 신이다.

난장판으로 만드는 통제 불능의 인물형
상을 갖추고 있어서, 현재의 『서유기』에
등장하는 손오공의 모습에 근접한 형태
를 갖추고 있다.[11]

　『서유기잡극(西遊記雜劇)』에서 특히
주목할 점은 송대 '화본'에 없던 저팔계
(豬八戒)의 등장이다. 극에서 손오공이
'정'의 모습이라면, 저팔계는 '반'이 되
어 둘은 좋은 코메디 콤비가 된다. 저팔
계는 이전 삼장법사의 나쁜 점을 고스란
히 물려받아, 안 그래도 비중이 작아지
던 삼장법사를 무색무취한 인간으로 만

미녀에게 둘러싸여 춤을 추는 저팔계(청대 목판화)

들어 버렸다. 하지만, 저팔계의 형상은 『서유기』에서 주목할만한 인
물 형상화의 가치를 지니고 있다. 저팔계는 미남이 아니라 사람의 혐
오를 불러일으키는 돼지의 모습이며, 그 성격은 부지런히 각고의 노
력으로 어떤 정신적 가치를 추구하는 대신 굼뜨고 게으르며, 먹을 것
과 여자를 좋아하는 속물적 인간이며, 손오공을 시기하여 삼장법사에
게 거짓으로 손오공을 음해하는 질투심 많고 속 좁은 인격을 가지고
있다.

　하지만, 『서유기』는 이런 저팔계의 추악한 외형와 행동을 희극적으
로 해소하고, 욕망에 대해 바보스러울 정도의 성실함과 순박함이란
내면적 품격을 드러내 보임으로써 '천진무구'라는 인간의 본성을 드
러내는 서사를 진행하고 있다.[12] 즉, 저팔계라는 존재는 도덕적 가치

---

11) 오승은 저, 임홍빈 역, 『서유기』. 문학과지성사, 2003.(ebook)

에 대한 부정과 욕망에 대한 긍정을 통해 봉건시대의 이데올로기를
벗어난 서사를 보여준다. 즉, 중국 소설 인물이 전통적인 지식인 서사
에서 벗어나 대중 서사를 향하는 시대적 전환을 보여주는 상징성을
가지고 있다.

오승은의 『서유기』

16세기 명(明)나라 중후기에 이르면 100회로 구성된 완전한 『서유
기』가 등장한다. 『서유기』는 노신에 의해 '신마소설(神魔小說)'로 분
류되었고,13) 이 명칭을 지금도 사용한다. '신마소설'에서 '신마'는 '신
령'과 '마귀'를 지칭하며, 이른바 공자가 입에 담지 않는 내용을 이야
기하는 부류이기 때문에,14) 중국 전통 문학관의 대척점에 서 있는
문학관으로 지어진 작품이라고 할 수 있다.

이 소설은 수많은 무명작가가 수백 년의 시간 동안 창작한 작품이
지만, 소설의 윤곽을 가다듬고 현재 볼 수 있는 판본으로 만든 작가를
오승은(吳承恩, 1500~1582)으로 추정되고 있다. 추정밖에 할 수 없는
것은, 고대 지식인들이 이런 신마소설을 비정통으로 생각했기 때문에
자신의 이름을 기록하지 않은 까닭이다. 그는 몰락한 지식인 가정에
서 출생했고, 50세가 되어서야 가까스로 지방 과거인 향시에 급제했

---

12) 오승은 저, 임홍빈 역, 위의 책.
13) 魯迅, 『中國小說史略』.
14) 魯迅, 『中國小說史略』: 『西遊』等之"怪力亂神". 『논어(論語)·술이(述而)』
  : 공자(孔子)께서는 기이하고, 힘을 쓰고, 난동 피우고, 귀신이 등장하는 이야
  기는 입에 담지 않으셨다(子不語怪、力、亂、神).

고, 60세가 되어서야 지방의 말단 공무원이 될 수 있었으며, 그나마 2년 만에 사직하고 자식도 없이 쓸쓸하게 죽었다.[15) 명대 이후 소설은 대부분 이런 역사적으로 별 볼 일 없었던 지식인의 작품이지만, 그 문학적 역량은 세월의 시련을 겪은 작품의 생명력으로 증명될 수 있다.

서유기의 구성은 크게 3단락으로 나누어 볼 수 있다.[16)

제1단(제1회 - 제7회) : 손오공의 탄생과 성격을 서술하고, 불문에 귀의하는 과정을 서술하고 있다.

제2단(제8회 - 제12회) : 삼장법사의 출생과 불경을 구하려는 소원을 세우는 서술을 통해 전체 서사의 틀을 성성하고 있다.

제3단(제13회 - 제100회) : 손오공, 저팔계, 사오정이 삼장법사를 보호하며 요괴들과 싸우며 81난을 뚫고 불경을 가지러 가는 이야기를 서술하고 있다.

제1단은 손오공이 천지의 신령한 힘으로 탄생한 독립 생명임을 강조하고, 자신에 대한 일체 속박을 깨부수는 서사가 진행된다. 이 부분은 손오공의 반역 정신을 통하여 중세 중국 인민들의 반봉건 사상을 대변하려 했다고 평가된다.[17) 두 번째 단은 삼장법사의 취경(取經)이라는 전체 서사의 틀을 구축하고 있고, 세 번째 단은 손오공의 영웅적 활약상을 서술하고 있는데, 이 부분은 자연재해와 사회악을 제거하려

---

15) 오승은 저, 임홍빈 역, 위의 책.
16) 오승은 저, 임홍빈 역, 위의 책.
17) 오승은 저, 임홍빈 역, 위의 책.

명대 '세덕당본'에 실린 삽화. 그림의 순서를 보면 배역의 중요성이 그대로 드러난다. 세덕당본 『서유기』는 1587년에 간행된 판본으로, 여러 『서유기』의 판본 가운데 가장 정통성을 가진 판본으로 인정되고 있다.

는 중국인들의 염원을 반영한 부분이라고 볼 수 있다.[18]

　서유기의 주제에 대해서는 여러 학설이 있다.[19] 우선 손오공(孫悟空)이 삼장법사의 충실한 수행자였다는 점에 착안하여, 손오공이 항복시키는 요괴를 체제를 혼란에 빠뜨리는 존재로 파악하는 것이다. 즉, 삼장법사로 대표되는 체제 내의 역량이 손오공의 하늘 무서운 줄 모르는 성격을 제어하여, 손오공의 가공할 힘이 제도 내에서 발휘될 수 있도록 했다는 것이다. 두 번째 관점은 첫 번째 관점을 뒤집은 것으로, 손오공은 삼장법사를 돕지만, 체제 내의 인물이 아니라, 외적 억압을 거부하는 민중의 저력을 상징하는 인물이라는 것이다. 손오공이 제압하는 요괴는 민중을 억압하는 관리와 제도를 상징한다는 것

---

18) 오승은 저, 임홍빈 역, 위의 책.
19) 前野直彬, 같은 책, 189쪽.

이다. 이 두 가지 관점은 계급투쟁론의 입장에서 서로 대립하고 있다.

하지만, 손오공의 성격을 동시대 유행했던 소설인 『수호전』이나 『삼국지연의』의 주인공과 비교해 보면 그 성격이 조금 다른 것을 볼 수 있다. 『수호전』의 영웅들은 양산박에 모이면서 그들의 야성이 깎여나가는 느낌을 지울 수 없다. 또, 이들은 방랍(方臘)이라는 반정부 집단을 정부를 위해 정벌하면서 본연의 매력에 상당한 손상을 입는다. 『삼국지연의』의 유비 역시 촉(蜀)나라를 세운 뒤에는 자신의 입체적 모습을 갖지 못하고, 단지 현명하고 덕이 높은 군주의 역할밖에 할 수 없다. 하지만, 손오공은 그가 삼장을 만나기 전에 형성된 개성이 삼장법사를 도와 천축행을 진행하면서 그 문학적 생명력이 하강하지 않고 도리어 더욱 빛난다.[20] 이 점은 손오공이 삼장법사를 수행하며 요괴를 제압하는 것을 탈계급적 활동으로 보기 어렵게 만들고 있다.

서유기의 서사에 이런 계급적 성격이 존재한다고 할 수 있지만, 그 서사의 방식은 불교란 종교적 겉모습을 유지하면서, 민중적 시각에서 이루어지는 현실 비판과 풍자, 그리고 오락성이 그 핵심을 이루고 있다.

불교는 서유기의 외면적 기본 틀을 구성하는 요소다. 손오공은 본래 천지가 창조한 생명체이며, 자기 힘으로 저승의 생사부(生死簿)에서 자기 이름을 지워버림으로써 생사를 초월했다.[21] 그는 이미 인간세계와 신계로부터 어떠한 구속도 당하지 않는 존재다. 심지어 그는 옥황상제의 자리도 내놓으라고 했다.

---

20) 前野直彬, 같은 책, 189쪽.
21) 『서유기』제3회 : 저승의 생사부에서 원숭이 족속의 이름을 모조리 지우다.

靈霄寶殿非他久   영소보전은 그가 오래 앉을 자리가 아니라네
歷代人王有分傳   역대 인간 제왕은 분수에 맞게 물려주었지
強者爲尊該讓我   센 놈이 왕이 되는 법이니 내게 양보해야지
英雄只此敢爭先   영웅이란 이런 일이라야 승부를 다투니까

영소보전(靈霄寶殿)은 옥황상제의 자리다. 즉, 그 자리에 있는 그 사람이 자기만 세지 못하니 자리를 내놓으라는 것이다. 하지만, 손오공이 어떻게 해도 넘을 수 없는 존재는 이 이야기를 듣고 어이없어하는 석가여래(釋迦如來)다. 석가여래는 만약 손오공이 자기 손바닥 밖으로 나가면 그에게 옥황상제 자리를 약속한다. 손오공은 석가여래의 다섯 손가락이 이 땅의 끝인 줄 알고, 가운뎃손가락에 "제천대성, 여기 와서 노닐고 가시도다."라는 글을 써놓고, 첫 번째 손가락에 오줌을 싸놓고 돌아왔다. 돌아와서 보니, 실제로는 부처의 손바닥이었다. 그의 글씨와 오줌 냄새가 이것을 증명하고 있었다. 부처의 손바닥을 벗어나지 못한 손오공은 내기에 진 대가로 부처가 움켜쥔 주먹이 변화한 오행산(五行山)에 갇히게 된다. 『서유기』의 세계관에서 가장 강력한 힘은 불법(佛法)이다. 이는 손오공이라도 벗어날 수 없다.

『서유기』의 서사는 불교를 떠나지 못한다. 중심 서사는 완전한 불경의 획득을 통해 중생을 구제한다는 삼장법사가 가진 종교적 염원 안에서 진행된다. 이것은 천하 통일을 꿈꾸는 영웅들의 각축전인 『삼국지』나 사회적 불합리로 인해 도적이 될 수밖에 없는 『수호전』의 영웅이 꿈꾸는 현실적 이상세계와는 세계가 다르다. 이런 이유로 『서유기』의 도덕판단은 일반적 소설에서 나타나는 것과 다를 수 있다.

『서유기』에서 사람을 죽이는 부류에는 불교와 적대적 관계에 있는 요괴뿐만 아니라, 불교 교단에 속한 동물들도 있다. 대표적인 것이

제38회·제39회에 나타난 청모사자(靑毛獅子 : 푸른 털 사자) 요괴 다.[22] 이 사자 요괴는 전진교 도사로 변장해 오계국(烏鷄國)의 왕과 친분을 쌓은 다음, 왕을 오래된 우물에 밀어서 익사시키고, 자기가 왕으로 변신해 왕 노릇을 3년 동안 했다. 손오공이 이 요괴를 물리친 다음, 이 사자가 본래 문수보살(文殊菩薩)이 타고 다니던 사자란 것 을 발견하고 문수보살에게 따진다.

> 보살님, 이놈은 보살님께서 타고 다니시던 청모사자(靑毛獅子)가 아닙니까? …… 사자란 놈이 보이지 않았으면 왜 당장 불러들여 다루 지 못하셨습니까?"[23]

손오공의 항의에 대한 문수보살의 대답이 걸작이다.

> 오공아, 저놈은 도망쳐 나온 것이 아니다. 여래 부처님의 뜻을 받들 어 특별히 이곳으로 보내진 것이다.[24]

이 황당한 대답에 손오공이 다시 따졌다.

> 저따위 사자 녀석조차 요괴가 되어서 황제의 자리를 침탈하고도 여 래 부처님의 뜻을 받들었다 하면, …… 당나라 스님을 모시고 죽을 고 생 해가며 가는 사람은 도대체 부처님께 몇 번이나 칙명을 받아야 옳

---

22) 〈『西遊記』: 一個讓人絕望的世界〉: https://mp.weixin.qq.com/s/zUdXAo4coS z92ESf0hV6nQ

23) 문수보살(文殊菩薩) : 세계가 공으로 이루어졌다는 반야 지혜를 널리 전파하여 깨달음의 지혜를 상징한다. 보문보살(寶文菩薩)과 함께 석가여래의 좌·우측 에 위치하는 중요한 인물이다.

24) 오승은 저, 임홍빈 역, 위의 책,

겠습니까!25)

손오공의 말은 분명하고 논리적이며, 인간적 도리가 있다. 이에 대한 문수보살의 대답은 다음과 같다.

> 너는 모를 것이다. 당초 이 오계국(烏鷄國) 임금은 승려들에게 시주하기를 즐기고 착한 일을 많이 행한 까닭에, 부처님께서 나를 보내시어 그를 서천으로 긴져올리고, 금신나한(金身羅漢)으로 삼을 수 있는지 증도(證道)하라 명하셨다. 그래서 나는 본상을 드러내고 그를 만날 수 없어 평범한 일개 승려로 변신하고 찾아가 시주할 것을 청했다. 그때 내가 시험 삼아 몇 마디 언짢은 말을 건넸더니, 그는 내가 착한 사람인 줄 알아보지 못하고 밧줄로 나를 꽁꽁 묶어서 임금이 뱃놀이하는 어수하(御水河) 강물에 빠뜨려 사흘 밤낮을 잠겨두었다.……여래 부처님께서는 이 청모사자 괴물에게 명령을 내리시고 이 고장에 보내셔서……결국 내가 사흘 동안 수재(水災)를 당한 보복을 해주신 것이다.26)

즉, 이 나라의 국왕이 잘못한 것은 겉모습으로 사람을 판단한 일과, 듣기 싫은 소리 하는 문수보살을 3일 동안 괴롭힌 것이다. 하지만, 이것이 그 나라에 3년간 가뭄이 들게 하고, 그 사람을 죽이고, 그의 아내와 자식, 그리고 국가를 차지한 합당한 이유가 될 수 있을까. 실로 여래부처의 뜻은 '너는 모를 것이다'가 맞다. 손오공은 이것을 '사사로운 원한을 갚았다'라고 비판하고, 문수보살이 오지 않았다면 죽여버렸을 것이라고 말하는 것으로 분을 삭힌다.

제75회에는 이런 요괴가 셋이나 출현하는데, 코끼리왕, 사자왕, 봉

---

25) 오승은 저, 임홍빈 역, 위의 책,
26) 오승은 저, 임홍빈 역, 위의 책,

황이 그것으로, 이들은 각각 아난존자(阿難尊者), 가섭존자(迦葉尊者), 석가여래와 관련이 있다. 이들이 한 짓을 보자.

> 해골바가지는 산더미처럼 쌓이고, 뼈다귀는 숲을 이루었다. 사람의 머리카락으로 담요를 짰는가 하면, 벗겨낸 가죽과 살덩어리는 썩어 문드러져 시궁창에 수렁이 되었다. 뽑아낸 힘줄이 나무 가장귀에 휘감긴 채 늘어지고, 바싹 말라붙어 은빛 인광(燐光)이 번쩍거린다. 시산혈해(屍山血海)가 있다더니 글자 그대로 송장의 산이요 피바다, 역겨운 그 비린내 과연 맡기 어렵다. 동편의 졸개 요괴는 산 사람을 잡아놓고 살점을 발라내며, 서쪽의 몹쓸 마귀는 사람의 날고기를 통째로 쪄내고 삶느라 바쁘다.[27]

하지만, 이 셋은 저지른 악행에 비해 거의 제재를 받지 않고, 아난존자(阿難尊者), 가섭존자(迦葉尊者), 그리고 석가여래(釋迦如來)가 각자 거두어들인다. 아난과 가섭은 석가의 가장 뛰어난 제자다. 아난존자는 석가의 설법을 가장 많이 아는 제자이며, 가섭존자는 수행에 가장 뛰어난 제자다. 지위가 높으면 벌도 가장 엄해야 하는 것이 인간의 도다. 하지만, 이들이 관리하는 동물이 인간세계에서 벌린 행위는 마땅한 인간세계의 선악에 따른 인과응보를 받지 않고, 그 결과가 흐지부지되는 서사가 진행된다. 이것은 이 소설이 인간 세계의 선악 판단을 종교에 넘겼다는 것을 의미한다. 즉, 선행과 악행의 응보와 구원이 종교와 밀접한 관계를 맺는다. 그래서, 오계국(烏鷄國) 임금은 석가여래를 속인 죄와 문수보살을 괴롭힌 죄가 사소하더라도 씻을 수 없이 크며, 코끼리왕·사자왕·봉황은 본래 불연(佛緣)과 관계한 적이 있는 존재이기 때문에, 그 악행이 아무리 많더라도 구원될 수 있다.

---

27) 오승은 저, 임홍빈 역, 위의 책,

일반적으로, 종교(宗敎)는 인간의 행위를 판단하는 것이 아니라, 인간의 생각을 통해 선악에 대한 심판을 결정한다. 즉, 과거의 악행은 찰나의 일념 속에서 완전히 구원받는다. 예를 들면 예수가 십자가에 못 박혔을 때 발생한 '회개한 도둑'의 일화는 이것을 잘 표현하고 있다.

> 예수와 함께 십자가에 달린 죄수 중 하나도 예수를 모욕하면서 "당신은 그리스도가 아니오? 당신도 살리고 우리도 살려 보시오!"하고 말하였다. 그러나 다른 죄수는 "너도 저분과 같은 사형선고를 받은 주제에 하느님이 두렵지도 않으냐? 우리가 한 짓을 보아서 우리는 이런 벌을 받아 마땅하지만 저분이야 무슨 잘못이 있단 말이냐?" 하고 꾸짖고는 "예수님, 예수님께서 왕이 되어 오실 때에 저를 꼭 기억하여 주십시오" 하고 간청하였다. 예수께서는 "오늘 네가 정녕 나와 함께 낙원에 들어 가게 될 것이다" 하고 대답하셨다.
>
> -『누가복음(Gospel of Luke)』: 23:39-23:43

악인은 이전에 저지른 악행이 아무리 많더라도, 종교적 초월 세계와의 관계를 통해 이전의 악행을 사면 받고 새로운 삶을 살아갈 수 있다. 이것이 종교의 구원이다. 불교 역시 '고통의 바다가 끝이 없지만, 고개만 돌리면 피안이다(苦海無邊, 回頭是岸)' "살인의 칼을 놓으면, 그곳에서 즉시 불도를 이룬다.(放下屠刀, 立地成佛)"라는 말로 이를 설명한다. 즉, 그가 아무리 살인 방화를 저지르더라도 그의 일념이 바뀌는 순간 그는 종교적 구원을 받는다. 따라서, 『서유기』는 불교라는 종교 영역 속에서 잉태된 작품이기 때문에, 손오공이 석가여래를 물리치고 최고의 왕이 될 수는 없듯이, 선악의 판단 역시 인간계가 아닌 종교계의 범주에서 이루어질 수밖에 없다.

사람들이 『서유기』를 보면서 좋아하는 이유는 실제 현실 속에서 언론의 자유가 상실되고 힘없는 당하는 대중에게 지배 권력자에 대한 풍자와 정의를 대리 실현하는 만족을 주기 때문이다. 이것을 청나라 우향(雨鄕)의 『서유기서언(西遊記敍言)』에는 "환상 속에 진실이 있으며, 환상 속에서 진실이 드러난다(幻中有眞, 幻中見眞)"라는 말로 설명했다.[28] 『서유기』에서는 세계를 지배하는 실력자들의 모습을 어리석고 속물적으로 묘사하는 부분이 있다. 옥황상제는 옹졸하고 모자란 모습을 하고 있으며, 부처님의 수제자 아난과 가섭은 인사치레로 뇌물을 요구하고, 다시 석가여래가 이들의 행위를 변호하는 모습도 있다. 염라대왕은 이승의 청탁을 받아 은밀히 당태종의 수명을 늘려주고, 삼장법사는 책만 읽은 서생의 모습으로 나타나 어리석고 밉살스러운 모습을 보인다.[29]

이런 모습은 불교에 대한 비판으로도 볼 수 있지만,[30] 사실은 민중이 지배계층인 위정자와 지식인을 바라보는 시각을 그대로 보여주고 있다. 즉, 현실 속에서는 한마디도 불평할 수 없지만, 손오공은 석가여래와 같은 광대한 능력을 지닌 존재와도 도리를 따져주기 때문에, 독자는 끝없이 펼쳐진 사막 같은 현실 세계 속에서 한 모금의 오아시스를 마시는듯한 쾌감을 가질 수 있다. 또, 손오공이 자기를 늘 음해하는

---

28) 오승은 저, 임홍빈 역, 위의 책.

29) 이상의 내용은 오승은 저, 임홍빈 역, 위의 책을 참조.

30) 현장 법사 일행의 궁극적인 지상 목표, 서천 불지(西天佛地)에 대한 기본적 태도는 일단 긍정적이었다. 그러나 찬불가(贊佛歌) 속에서 어느 정도 야유의 맛을 곁들인 것도 사실이다. … 다시 말해서, "장엄하고도 성결한" 부처님의 땅에서도 공공연히 뇌물을 주어야 성사된다는 세태를 지적함으로써, 이른바 '사대 개공(四大皆空)'을 제창하는 불교 역시 남다를 바 없다는 속성(俗性)에 절묘한 풍자를 가한 것이다.(이상의 내용은 오승은 저, 임홍빈 역, 위의 책을 참조.)

저팔계와 세상 물정 모르는 답답한 삼장법사를 의리를 지키면서 끝까지 보호하며, 신선의 술법인 지살수(地煞數) 72종의 변신술과 마음대로 늘어나고 줄어드는 여의봉(如意棒)으로 거대하고 힘센 요괴를 때려잡고, 끝내 임무를 완성하는 모습 속에서, 불합리한 현실에서는 맛볼 수 없는 정의가 달성되는 쾌감을 가지게 된다. 기상천외한 상상력으로 마련된 이 신비한 판타지가 이처럼 현실을 반영하는 것이다.

제6장

중국의 대외관계와 의화단

중국과 조공

중국은 오랜 역사 동안 황하문명이라는 세계 5대 문명 가운데 하나를 이룩한 국가다. 한자(漢字)와 같은 언어·문자, 각종 문학작품, 공자(孔子)와 노자(老子)로 대표되는 유가(儒家)와 도가(道家) 사상, 과거제에 기반한 관료주의 정치체제 등은 동아시아지역을 지배하는 위력을 발휘했다.

중국은 비록 이민족이 세운 국가인 원대(元代)와 청대(淸代)에 각각 몽고족과 만주족과 같은 이민족의 지배를 받았지만, 오히려 이들의 문화를 한족 문화에 동화시켰다. 이것은 중국이라는 거대한 지역이 자신의 오랜 역사를 통해 형성된 문화의 밀도가 상당히 높았기 때문이다. 즉, 이민족 왕조가 중국을 지배하더라도, 새로운 문화적 역량을 통해 중국인의 삶과 문화

사마천의 『사기(史記)·노자한비열전(老子韓非列傳)』에는 공자가 노자에게 예(禮)를 물었다고 기록되어 있다. 많은 사람들이 이 기록의 진실성을 의심하지만, 유가와 도가가 혼합된 중국 문화의 특색을 은유적으로 전달하고 있다.

북경에 있는 자금성(紫禁城)은 고대 중국의 정치 권력을 상징한다. '자금성(紫禁城)'에서 '자(紫)'는 중국의 전통 별자리에서 지도의 한가운데 위치한 '자미원(紫微垣)'을 지칭하고, 인간세상에서의 황궁을 의미한다. '금(禁)'은 황제의 처소라 일반인의 출입을 엄격히 금지한다는 의미이며, 황제의 권력을 상징한다. 영어 번역도 "Forbidden City"다. 1420년에 세워진 이 건물은 명대 영락제 이래 24명의 황제가 생활했던 곳이다. 1924년 풍옥상(馮玉祥)이 마지막 황제 부의(溥儀)를 이곳에서 폐위시켜 쫓아낸 이후, 폐위된 황제를 다시 옹립하려는 시도가 일자, 1925년 중화민국 임시집정(臨時執政)을 맡고 있던 단기서(段祺瑞)는 자금성 경내에 국립고궁박물원(國立古宮博物院)을 세워 일반인들에게 공개해 버린다. 이로써, '자금성'이 대표하는 고대 황제의 권력이 역사로 점차 사라지게 된다.

사이에 틈을 만들어 한족 문화의 밀도를 느슨하게 만들거나, 물질과 문화의 관계를 디프로그래밍(Deprogramming)해서 삶의 방식과 의미를 새롭게 만들어내는 데에 실패했다는 의미다. 이런 의미에서 중국의 문화와 의식구조에 충격을 줄 만한 외부 역량은 청대(淸代) 말기까지 중국의 역사에 존재한 적이 없다.

근대 이전의 중국과 교역을 맺는다는 것은 곧 조공(朝貢) 관계식에 대입된다는 것이다. 조공(朝貢)은 중국의 직접적 통치력이 미치지 않는 번국(蕃國, 부속국 내지 주변국. 한국도 고대 중국의 시각에서 보면 번국에 속한다)이 천자의 나라인 중국에 공물을 바치는 것이다. 이 형식이 가지는 의미를 좀 더 살펴보면, 그 속에는 '덕화(德化)'와 '은총(恩寵)'이 존재한다. '덕화'라는 것은 낮은 문화 수준의 국가가 중국 황제의 덕에 감화되어 찾아오는 것을 말한다. 피부가 노랗든 희든 검든 일단 외국의 사신이 중국에 온 것은 황제의 덕을 우러러보며 찾아온 것이다. 그리고 덕에 감화되어 온 낮은 존재에 대해 황제는 치하와 선물이란 '은총'을 내린다. 즉, 번국이 중국과 교역을 통해 중국의 문화와 문물을 가져가도록 허락하는 것이다.

이 조공제도에는 중국의 전통적 정치 의식형태가 존재한다. 이 정치 의식형태는 하늘(天)과 천자(天子), 그리고 백성으로 구성된다. 이 구성요소의 관계는 우선 '하늘의 아들'인 '천자'가 하늘의 명을 받아 백성을 다스린다. 그렇다면, 하늘의 명, 즉 천명(天命)이란 무엇인가? 천명이란 하늘이 부여한 인간 사회의 도덕 원칙이다. 즉, 천자는 인간 사회에 실질적인 보상과 처벌을 행사하여 백성을 교화하는 권리와 책임을 하늘로부터 받은 것이다. 하지만, 이 천명을 받은 황제의 은총을 받지 못해 교화되지 못한 외부 지역, 즉 번국은 황제의 은총을 구하기 위해 자발적으로 조공을 바치는 것이다. 이 관계는 중국의 통일왕조인 한(漢)나라 시대에 체계화되어 만주족이 세운 청대까지 불변의 법칙으로 작용하는 원리였고, 아편전쟁(Opium War, 1840-1842)을 시작으로 붕괴하기 시작한다.

중국의 대외관계

거만한 중국과 굶주린 서양의 만남은 16세기에 비로소 시작되었고, 중국이 서양으로부터 영토와 주권을 내어주며 그로기 상태로 빠지는 시기는 19세기부터다. 16세기 이전, 중국과 서구는 서로 직접적인 만남을 갖지 못했다. 가졌다고 하더라도 서역이라는 실크로드 지역을 통해 문화를 주고받거나, 간헐적인 사신교류를 했을 뿐, 생사를 넘나드는 치열한 각축을 벌이지는 않았다. 하지만, 16세기 실크로드 해로가 개척되면서 비교적 안전하고 풍부한 물자공급이 보장되자, 두 문명은 본격적으로 만나게 된다.

이전의 이 두 문명이 만나지 못한 것은 서로 다른 지리적 방향으로 발전했기 때문이다. 서양 문명은 그리스에서 시작되어 유럽의 로마에서 중세의 꽃을 피웠고, 다시 그 방향을 미국으로 조준했다. 하지만, 중국 문명은 황하에서 시작되어 남만(南蠻)이라 불리는 현 중국의 남방으로 전해져서 동남아로 흘러갔고, 동시에 동북아에 존재하는 한국과 일본으로 퍼져갔다. 이처럼 두 문명은 상당한 기간에 걸쳐 서로를 알아보지 못했다. 오직 험악한 실크로드 오아시스로가 서로의 소문을 전해주는 통로였다. 즉, 두 문명은 서로에게 상상으로 존재했다.

중국과 이웃 나라 사이의 관계는 18세기부터 변화를 감지할 수 있다. 18세기와 19세기 중반에 서구는 근대 국가를 세우고 발전된 과학기술과 항해기술로 지구를 샅샅이 뒤져가며 새로운 식민지를 탐색했다. 하지만, 이 시기 청나라에는 외국과의 관계를 전문적으로 처리하는 외교부도 없었다.[1] 이것은 이 시대까지 중국이 외국과 동등한 입장에서 외교를 할 필요성을 느끼지 못했다는 것과 다른 나라를 동등한 입장에서 바라보지 않았다는 것을 의미한다. 현대적 외교부는 외국 문물을 적극적으로 받아들이자는 운동인 양무운동(洋務運動)을 통해 1861년 설립된 총리각국사무아문(總理各國事務衙門)

공친왕(恭親王) 혁흔(奕訢, 1833~1898)은 도광제(道光帝)의 6째 아들이다. 그는 양무운동의 실질적 지도자 가운데 한 사람이며, 1861년에서 1884년까지 총리각국사무아문의 수장을 맡았다.

1) Jonathan D. Spence 저, 김희교 역 『현대중국을 찾아서』, 서울, 이산, 2011. 152쪽.

이며, 이 기관은 1901년에야 외교부로 개칭된다.

하지만, 이 당시 서구라고 해서 외부 지역에 대해 문화적이고 합리적 인식을 갖춘 것은 아니다. 즉, 다른 나라의 주권을 인정해주는 도덕적 인식은 없었다. 이들은 단지 식민지가 필요했을 뿐이다. 세계역사를 식민지 제국주의 시대로 인도했던 시대는 'Age of Discovery'라고 불리는 '발견의 시대'다. 이들은 자신들이 새롭게 접촉한 땅들에 대해 '지리상의 발견(geographic discovery)'이란 의미를 부여했다. 'Discovery'는 '제거(dis-)' 와 '덮은 것(cover)'이 합쳐진 것으로, 본래 보이지 않게 쳐져 있는 장막을 제거했다는 뜻이다. 즉, 서구가 미지의 장막을 걷고 발견한 땅은 전혀 새로운 땅이 아니었지만, 이들은 새로운 지역에 대해 자신들과 다른 완벽한 타자로 이해한 것이다.

이들은 미지의 세계를 가린 '커버(cover)'뿐만 아니라 자기 욕망의 덮개도 걷어버렸다. 증기력은 과거의 육지 이동과 바다 이동의 한계를 획기적으로 돌파했을 뿐만 아니라, 인간의 욕망 역시 자신의 상상 이상으로 그 한계를 넘어 현실화시켰다. 즉, 세계를 그 대상으로 하는 식민지 제국주의 시대가 도래한 것이다.

상인과 선교사, 첫 만남

15세기 서양에서는 획기적인 항해술이 개발되면서, 바다를 통해 새로운 대륙을 탐험하기 시작했다. 특히 포르투갈의 항해가 바스쿠 다가마(Vasco da Gama, 1469~1524)가 아프리카의 최남단에 있는 희망봉을 돌아 인도에 도착하면서(1498, 실크로드 인도 항로), 중국과 서양의 만남이 시작되는 길을 열었다. 실제로, 근대 제국주의 국가 가운데 최초로 중국과 접촉한 국가는 포르투갈(1517)이다. 이후 에스파냐, 네덜란드, 영국이 차례로 중국과 접촉했다.

　이들 서방 국가는 무역을 위해 중국을 찾아왔고, 주요 무역 지역은 마카오(Macao)와 광동(廣東)이었다. 하지만, 이 시기 서구에서 온 사람들은 대체로 국지적 무역 활동에 그쳤다. 더욱이, 대 중국 무역에 종사한 서양인들은 대부분 교양이 부족한 상인들이었고, 이들의 무례하고 난폭한 기질은 중국인에게 서구인을 깔보는 시각을 만들어냈다.[2] 중국인들은 포르투갈과 에스파냐인들을 '빨간 털 인간'이란 뜻의 '홍모인(紅毛人)'이라고 불렀는데, '털'을 의미하는 '모(毛)'는 인간성과 관련이 적은 동물의 털을 지칭하는 경우가 많다. 만일 중국인에게 그의 머리카락을 '두모(頭毛)'라고 한다면 중국인은 미묘한 모욕감을 느낄 것이다. 이런 감정이 있기는 했지만, 전통적으로 외부인

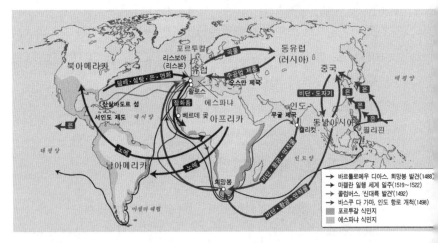

바스쿠 다가마는 아프리카 희망봉(Cape of Good Hope)을 돌아 인도의 캘리컷(Calicut, 현재의 코지코 Kozhikode)에 도착했다. 이 사건을 계기로 중국과 서구는 점차 가까워진다.

2) 쉬 이매뉴얼 C. Y 저, 조윤수 역 『근-현대 중국사』, 서울, 까치글방, 2013. 124쪽.

에 대한 체면을 중시하는 중국인은 중국의 전통에 따라 서양 상인들을 황제의 덕에 감화되어 멀리서 공물을 바치러 오는 양이(洋夷)로 간주하여 융숭한 대접을 해주었다.

초기 중국과 서구의 접촉에서 중국에 비교적 큰 영향을 주고 변화시킨 집단은 예수회 선교사다. 선교사들은 자신들의 문화를 강요하는 대신 인간적 공감대를 통해 중국 내부로부터 중국을 변화시켜야 한다고 생각했고, 선교사 스스로가 언어, 복식을 모두 중국화했다.[3] 대표적인 인물이 명대에 활동한 마테오 리치(Matteo Ricci, 1552-1610)다. 그는 중국을 지도의 중심에 놓고 세계지도를 그렸다.[4] 이런 발상은 중국인과의 마찰을 최소화했고, 수많은 뛰어난 중국인들이 그와 친교를 맺고 세례를 받는 등 상당한 효과가 있었다. 그 가운데는 서양 학술서적 번역가로 유명한 서광계(徐光啓)도 있었다. 그는 바오로(Paul)라는 세례명을 받았으며, 수많은 서양 학술서를 번역했다.

『홍모번화(紅毛番話)』는 18세기에 광동성(廣東省)에서 출간된 영어 단어집으로, 민간에서 출간된 소책자 형식의 책이다.

하지만, 중국은 예수회 선교사의 지식을 통해 근대 국가로 진입하는 데 실패한다. 종교를 근본으로 하는 선교사들의 활동은 매우 우호적이었으며 중국 친화적이었지만, 일종의 서양 문물에 대한 관광 정도에 그쳤

서광계가 번역한 『기하원본』에 실린 마테오 리치와 서광계의 삽화. 명대 중서문화 교류가 상징적으로 표현되고 있다.

3) Jonathan D. Spence 저, 김희교 역, 위의 책. 126쪽.
4) Jonathan D. Spence, 같은 책, 126쪽.

다. 중국인은 마테오리치가 전하는 복음만으로는 수천 년 동안 만들어 낸 중화라는 이미지를 버리고 새로운 곳으로 이동할 이유를 찾을 수 없었다.

영국 사절단 매카트니, 두 번째 만남

청대 황제 가운데 굴지의 성군으로 칭송받는 강희제(康熙帝, 1654-1722)를 이어 황제가 된 건륭제(乾隆帝, 1736-1795)는 역사적으로 전대 임금 못지않은 매우 건실한 황제로 평가받으며, 그의 치세는 청대의 전성기를 대표한다. 그는 1793년에 영국 사절단의 대표 조지 매카트니 (George Macartney, 1737-1806)를 만나게 되는데, 이 만남은 이전 관계와 미묘하게 다른 끝 맛을 그에게 남겼다.

이탈리아 선교사·화가인 주세페 카스틸리오네(Giuseppe Castiglione) 가 그린 26세의 건륭제(1736)

18세기 후반의 영국은 이미 증기기관을 동력으로 삼아 제련기술과 기계제작 기술을 통해 산업 구조를 혁명적으로 전환하는 산업혁명이 일어나고 있었다. 영국 왕 조지 3세(George William Frederick, 1738-1820)의 명을 받은 매카트니는 100명의 사절단과 함께 건륭제의 80세 생일을 축하한다는 명분으로 피서산장(避暑山莊)에서 건륭제를 알현했다. 매카트니의 목적은 무역항을 늘리고, 외교관과 상인의 거주 문제를 해결하려는 것이었다.

하지만, 이들의 만남은 처음부터 쉽지 않았다. 청나라 조정은 매카

제임스 길레이(James Gillray)가 1792년에 그린 '북경에서의 접견'(The reception of the diplomatique & his suite, at the court of Pekin). 건륭제의 심드렁한 모습과 매카트니의 꿋꿋한 모습이 보인다. 제목에 북경이 있지만 사실 이들은 피서산장(避暑山莊)에서 만났다. 피서산장이 위치한 곳은 하북성(河北省) 성덕(承德)이란 곳이며, 과거 열하(熱河)로 불렸다. 연암(燕巖) 박지원(朴趾源)의 『열하일기(熱河日記)』는 그가 여기를 다녀간 기록이다.

트니 사절단에게 중국 황제 아래에서 세 번 무릎을 꿇고, 매번 꿇을 때마다 3번 머리를 조아리는 '삼궤구두례(三跪九叩禮)'를 요구했다. 과거 마테오리치는 중국 내부로부터의 변화라는 큰 그림을 그렸기 때문에 이 예절을 받아들였고, 심지어 과학의 영역인 세계지도까지 중국 중심으로 바꾸었다. 하지만, 매카트니는 영국 왕을 대표해서 온 사자이기 때문에 이 예절을 받아들일 수 없다고 여겼으며 심각한 문제의식을 느꼈다. 중국과 매카트니는 매카트니가 영국 국왕을 대하는 예절인 한쪽 발을 굽히는 것으로 예를 표하는 선에서 상호 합의점을 찾았다.

어렵게 성사된 이 만남은 서로에게 아무런 실제적 성과 없이 막을 내렸다. 청나라 건륭제는 매카트니의 모든 요청을 거절했고, 영국 왕

삼궤구두례는 청나라부터 시행된 예절이다. 황제의 명령을 전해 받을 때도 이
예절을 행해야 한다.

의 생일축하만 받아들였다. 특히 매카트니가 아무나 만날 수 없는 황
제를 알현할 수 있도록 해주었고, 북경에 머무는 동안 국빈 대우를
해주었을 뿐만 아니라, 황제 알현의 예를 삭감해주었기 때문에 매카
트니의 체면을 충분히 차려줬다고 생각했다.

　세계사적 관점에서 보면 중국은 이 만남을 통해 그 서양에게 자신
의 약점을 노출하고 과거의 권위를 상실한다. 하지만, 중국은 조공
관계라는 도식 속에서 잠들어 있어서, 이 사절단과의 접촉으로 느낄
수 있는 미세한 변화를 통해 급변하는 세계정세를 알아차릴 수 없었
다. 이것은 건륭제가 지은 시를 보면 알 수 있다.

　　博都雅昔修職貢,　이전엔 포르투갈이 직분을 다해 조공을 바치더니,
　　英咭唎今效盡誠.　이제는 영국이 이를 본받아 정성을 다하네.
　　豎亥橫章輶近步,　수해(豎亥)와 횡장(橫章) 이 몇 걸음 옮기자,
　　祖功宗德逮遙瀛.　조상의 공덕이 먼바다까지 미쳤네.
　　視如常却心嘉笃,　이 당연한 일로 마음이 흡족한 것은,

不贵异听物栩精. 기이한 소리 아름다운 공물을 귀하게 여겨서가
　　　　　　 아니라네.
怀远薄来而厚往, 박한 예물에 후한 예물은 먼 나라 품는 것이
衷深保泰以持盈. 태평성대를 유지하는 길임을 깊이 깨달았기 때
　　　　　　 문이지.

― 건륭제『어제시(御製詩)』5)

　　이 시는 건륭제가 맥카트니 사절단 사건을 대하는 두 가지 태도
― 겸양과 수양을 보여준다. 객관적으로 보면, 건륭제는 전통적 관점
에서 자신의 덕화가 머나먼 영국에 이른 것을 증명하는 사건에 상당
히 흡족했을 것이다. 하지만, 그는 이 일을 과거 성군을 생각하며
겸양을 표시한다. '수해'와 '횡장'은 유가의 전설적인 성인 군주 가운
데 한 사람인 우임금의 명령을 받고 남북과 동서의 끝과 끝을 75걸음
에 주파한 인물들이다.6) 이 두 사람의 이야기가 은유하는 것은 임금
의 덕이 사방 끝으로 퍼져나갔다는 것이다. 즉, 영국 매카트니 사절
단이 온 것은 분명 서양까지 퍼진 자신의 덕화를 증명하는 일이지만,
이 일이 요임금에 비하면 "당연한 일"일 뿐만 아니라 모자란다는
것이다.
　　이어지는 구절에서 그는 자신이 흡족한 이유를 설명한다. 그가 "마음
이 흡족하다"라며 표현한 부분은 "박한 예물 받고 후한 예물 주는 것
(『예기·중용』7))"이란 고대의 번국을 대하는 예절을 통해 "태평성대를

---

5) 『禦制詩』五集卷084. 四庫全書本.
6) 『淮南子·墬形训』: 使竖亥步自北极, 至於南极, 二亿三万三千五百里七十
　　五步。高诱『注』: 太章、竖亥, 善行人, 皆禹臣也。
7) 『禮記·中庸』: 厚往而薄來, 所以懷諸侯也。孔穎達疏: "厚往, 謂諸侯還國, 王
　　者以其財賄厚重往報之。薄來, 謂諸侯貢獻使輕薄而來。如此, 則諸侯歸服。

조지 맥가트니 백작은 스코틀랜드 귀족 출신으로, 건륭제를 만나고 돌아온 이후, 이탈리아 특사, 케이프 식민지 총독 등 활발한 활동을 했다.

유지하는(『시경·부예8))"는 방법을 실천하였고, 이를 통해 성인의 가르침에 대해 깊은 깨달음을 얻은 유가적 수행에 있다. 그리고 건륭제는 영국 왕 조지 3세에게 두 차례 칙서를 보내 확실한 거절의 뜻을 보인다.

이 건륭제의 시를 중국의 조공 관계의 역사와 세계사적 시각으로 바라보면, 황제가 중요하게 생각한 것은 황제로서 영국 사신 앞에서 자존심과 지위를 잃지 않고, 전통적 위엄을 보여주는 것에 있었고, 상대에 대한 정확한 판단을 요구하는 국가 관계에 대해서는 아무런 고려가 없다는 것을 발견할 수 있다.

맥카트니 사절단은 황제가 관람하는 각종 연극과 자금성을 둘러보는 값비싼 황제 패키지 여행을 다녀온 단체 관광단이 되었을 뿐, 본래 의도했던 자유 무역지의 확장, 영국인의 사법권과 자유 이동권, 간편한 무역 행정, 명징한 관세 처리 절차와 같은 본래 의도했던 요구 사항을 어느 하나도 성사시키지 못했다. 거금을 들인 국가 프로젝트가 이렇게 허망하게 끝나는 것 같았다. 하지만, 그의 청나라에 대한 보고서는 섬뜩할 정도로 날카로운 감각으로 중국을 해부하고 있다.

중화제국은 한 척의 노후하고 괴이한 일류 전함이다. 과거 150년간 유능하고도 경각심이 높은 관원들이 대대로 온갖 궁리를 짜내어 그 전함을 떠다니게 하고, 그 거대함과 외관으로 이웃 나라들을 두려움에 떨게 했다. 그러나, 무능한 조타수가 이 전함의 키를 잡고 항해를 인도할 경우, 즉시 규율과 안전을 상실하게 될 것이다. 그것은 아마

---

8) 『詩經·大雅·鳧鷖·小序』：太平之君子, 能持盈守成。

즉시 침몰하지는 않을 것이고, 마치 난파선처럼 한동안 표류하다가 해안에서 산산조각이 나서, 낡은 기초 위에서 다시는 건조되지 못할 것이다.9)

이 글에는 앞으로 닥칠 청나라의 운명이 마치 예언처럼 들어있다. 동인도 회사의 한 고위 간부는 이렇게 기록하고 있다. "이 사절단을 통해서 얻은 정보만 해도 지출한 경비를 보상하고도 남는다."10) 영국은 이미 이 사절단을 통해 수십 배의 이익을 창출할 미래의 식민지를 마음속에 그려놓고 있다.

아편, 세 번째 만남

18세기 중국이 외국과의 교섭을 거부한 것은 나름 타당한 이유가 있었는데, 그것은 중국이 대외무역에 있어 거대한 흑자를 보고 있었기 때문이다. 건륭제가 영국왕 조지 3세에게 보낸 칙서에 기록된 "짐의 나라에는 없는 것이 없다.11)"라고 한 말이 체면을 차리기 위한 허세만은 아니었다. 중국인들에게는 서구 제국의 식민지에서 생산되는 면화와 같은 제품이 별로 필요가 없었다. 이에 비해, 서양인들은 중국에서 생산되는 차, 비단 등에 대한 수요가 상당히 높았다. 서구의 은과 금이 중국에 밀물처럼 들어왔고, 이 문제는 서양 제국을 곤경에 빠뜨렸다. 이런 무역의 균형추를 서양으로 옮긴 것은 아편이었다.

---

9) 쉬 이매뉴얼 C. Y, 위의 책, 201쪽.
10) 쉬 이매뉴얼 C. Y, 위의 책, 202쪽.
11) 쉬 이매뉴얼 C. Y, 위의 책, 200쪽.

네메시스호를 그린 1844연도의 삽화. 네메시스호는 영국 최초의 철갑 증기 전함이다. 그리고, '네메시스'는 그리스 로마 신화에서 '복수의 여신'을 지칭한다.

중국에서 아편은 7·8세기 실크로드를 통해 들어왔고, 17세기에는 중국의 남쪽 도시를 중심으로 퍼졌다.[12] 사천(四川), 운남(雲南), 복건(福建), 절강(浙江), 광동(廣東)에서 양귀비가 재배되었고, 흡입 방식도 상당한 발전을 이룩했다. 하지만, 18세기 초에 국가적으로 아편이 금지되자, 아편의 국내 생산이 어려워졌고, 이에 따라 아편의 대외 수입 의존도가 높아졌다. 영국은 식민지 인도에서 저렴하게 재배된 아편을 중국에 팔았다. 높은 가격 경쟁력을 가진 영국 아편은 삽시간에 중국의 금은을 영국에 가져다주었고, 중국은 금은의 피해뿐만 아니라 아편 중독자가 급증하는 문제가 발생했다.

1840년 청나라 조정은 광동(廣東)에 아편 금지론자인 임칙서(林則徐, 1785-1850)를 황제를 대신하는 권위를 지닌 흠차대신(欽差大臣)으로 파견하였다. 임칙서는 이곳에 도착해서 아편 2만 상자를 몰수하

12) 쉬 이매뉴얼 C. Y, 위의 책, 208쪽.

고 불태워버렸다. 이에 영국은 네메시스(Nemesis)호를 천진(天津)으로 이동시켜 북경을 위협했다.

이때 중국인이 경험한 것은 영국의 증기군함이 보유한 무지막지한 화력이었다. 금속으로 이루어진 영국 군함 1대가 29척의 청나라 군함을 격파해버렸고, 중화기로 무장된 군사를 육지로 실어 날랐다. 결국, 중국은 영국의 요구를 무조건 들어주는 수밖에 없었다. 중국은 서구 열강이 요구했던 치외법권, 간소화된 무역 행정, 사람과 물자의 자유 이동, 높은 각종 배상금, 조차지 할양, 군대의 주둔, 기독교의 자유 전파를 골자로 하는 일련의 불평등 조약에 일사천리로 도장을 찍어 주었다.

개혁과 실패, 양무운동과 청일전쟁

1894년에 일어난 청일전쟁(淸日戰爭)의 패배는 중국에 커다란 타격을 주었다. 이 전쟁이 발생하기 이전의 청나라 관료들은 자신들의 전통적 체제를 굳게 믿었고, 그들의 손에 현대식 무기만 있다면 서구 열강을 두려워할 필요가 없다고 생각했다. 그래서, 1860년대부터 중국은 "중국의 시스템으로 서양 문물을 운용하자"라는 중체서용(中體西用) 사상에 기반한 양무운동(洋務運動)을 추진했다.

양무운동(洋務運動)은 글자 그대로 "서양의 문물을 힘써 배우자"라는 뜻이다. 중국적 시각에서 인간 사회는 몸, 마음, 정신에 대비되는 문물·제도·이념의 층차로 구성되어 있다. 즉 몸이 사용하는 물건, 마음이 합당하게 여기는 것을 규정한 제도, 그리고 이 제도를 운영하는 정신이다. 양무운동이란 제도와 이념은 그대로 두고 문물을 바꾸

1896년(74세)의 이홍장. 그는 탁월한 정치적·국제적 감각을 지녔던 인물로, 청대 굵직굵직한 사건을 도맡아 처리했다. 그는 1년 전(1985)에 청일전쟁의 여파로 일본과 시모노세키조약을 체결했다.

는 일을 시도한 것이다.

이 운동을 이끈 사람은 이홍장(李鴻章)이었다. 그는 탁월한 정치력과 판단력을 갖춘 인물로, 중국 청나라를 죽음의 그늘에서 여러 번 구제한다. 그가 가장 중점을 둔 사업은 북경을 호위하는 신식 해군을 갖추는 것이었다. 그는 독일과 영국에서 들여온 신기술을 통해 최신 증기 함대와 이를 운용할 수 있는 신식 해군을 만들고, 이들을 북양군(北洋軍)이라고 불렀고, 1871에 북경을 에워싸고 있는 봉천(奉天, 요녕성 遼寧省), 산동성(山東省), 하북성(河北省) 연안을 따라 배치하고, 북양함대(北洋艦隊)로 명명했다. 이 함대는 중국의 최대 전력을 의미했다. 훗날 이홍장을 이어 병권을 거머쥔 원세개(袁世凱)는 이 병력에 의지해 황제의 꿈을 꾼다.

하지만, 양무운동은 청일전쟁(淸日戰爭, 1894~1895)을 통해 실패한 운동이라는 것이 증명된다. 일본이 조선의 동학운동(東學運動, 1894)을 구실로 조선에 군대를 파병하자, 청나라는 일본과 갈등한다. 이 두 나라는 동해와 조선, 그리고 요동에서 전쟁을 벌였는데, 그 결과는 일본의 압승이었다. 일본은 산동성(山東省) 위해위(威海衛)의 전투에서 북양함대를 궤멸시킴으로써 동해를 완전히 장악했고, 나아가 대만(臺灣)과 그 부근의 팽호열도(澎湖諸島)를 점령함으로써 북경으로 진격할 해로를 확보해 버린다. 다급해진 청은 이홍장을 파견해 이토 히로부미(伊藤博文)와 일본의 주고쿠(中國) 야마구치현(山口県) 시모노세키(下関市)에서 조약을 체결했다. 이홍장은 패전에

대한 책임을 지고 정계에서 물러나게 되고, 원세개(袁世凱)가 북양
군대의 병권을 장악하게 된다.

계속 실패하는 개혁, 무술변법

청일전쟁의 패전으로 불안에 빠진 중국은 양무운동
의 한계를 경험하고, 물질을 넘어서 제도의 개역을 추진
하게 된다. 이것을 무술변법(戊戌變法) 또는 변법자강
(變法自疆) 운동이라고 한다. '무술(戊戌)'은 1898년의
간지를 의미하고, '변법'의 '법(法)'은 제도를 의미한다.
이 운동의 주도자는 광서제(光緖帝, 1871-1908)로, 그
는 이 기회를 통해 자희태후, 즉 서태후(西太后)의 그

광서제. 그는 18년 동안 자희
태후(慈禧太後)와 자안태후(慈
安太後)의 수렴청정 기간을 거
친다.

늘에서 벗어나 독립을 시도한다. 그는 강유위(康有爲,
1858~1927)와 그의 제자 양계초(梁啟超, 1873-1929)의
건의를 받아들여 정치체제, 교육제도의 개혁을 시도하
고, 서양식 학교를 세우는 등의 100여 가지의 개혁을 단
행한다.

이 개혁은 자희태후를 필두로 하는 수구세력과 필연
적으로 마찰을 유발했다. 자희태후는 자신의 세력이 점
차 약화하는 것을 느끼고, 1898년에 쿠데타를 일으키는
데 이것을 무술정변(戊戌政變)이라고 한다. 여기에는
광서제가 자신을 보호하기 위해 선택한 북양군대(北洋
軍隊)의 통솔자 원세개의 배신이 크게 작용했다. 결국,
광서제는 유폐되고, 변법을 주장하는 급진파와 온건파

강유위는 일개 평민에서 재
상이 된 경우다. 그는 『공자
개제고(孔子改制考)』라는 저
술에서 공자도 제도 개혁을
주장했다는 유가 경전의 새로
운 해석을 주장함으로써 변법
자강(變法自强) 운동에 유가
사상적 근거를 확립하고 제
시했다.

는 모두 권력에서 배제되었으며, 보수를 대변하는 자희태후 세력이 청나라 조정을 지배했다. 이것은 청나라가 몰락의 길을 걷는 신호가 되었다.

수구파의 거두, 자희태후

만주족의 군대 편제는 8개로 구성되어 있었는데 이것을 8기(八旗)라고 한다. 청나라가 세워진 다음 각 군대를 장악한 8기에 속한 만주인은 귀족 지위를 세습한다.[13] 자희태후(慈禧太后, 1835-1908)는 만주 8기 가운데 하나인 양람기(鑲藍旗) 출신의 여성이다. 그녀는 본래 함풍제(咸豐帝, 1831-1861)의 후궁에 불과했지만, 함풍제의 유일한 아들을 낳았고, 또, 탁월한 정치적 감각을 보여주었기 때문에 함풍제의 총애를 받았다.

아들이 6세의 나이로 동치제(同治帝 : 1856-1875)가 되면서, 그녀는 청나라 조정에 영향력을 행사하기 시작했고, 광서제(光緒帝)가 사망한 1908년까지 청나라 정권을 농단하며 엄청난 권력욕과 수완을 보여주었다.

그녀는 비교적 작은 일이라고 할 수 있는 동치제의 결혼부터 시작해서, 국가대사에 이르기까지, 자신의 수렴청정을 유지하기 위해 보여주었던 예리한 판단력과 과감한 결단력, 그리고 망설임 없는 행동력은 놀라운 수준이었다. 동치제를 이어 그 아래 항렬이 황제가 되면

---

13) 만주팔기 : 정황(正黃)·정백(正白)·정홍(正紅)·정람(正藍)·양황(鑲黃)·양백(鑲白)·양홍(鑲紅)·양람(鑲藍)

자신의 설 자리가 없어지리라 판단한 그녀는 3살에 불과한 자신의 조카 광서제를 옹립했다. 또, 자신이 주도했던 양무운동이 실패하고, 광서제가 무술변법을 통해 자신을 배제하려 하자 쿠데타를 일으켜 광서제를 폐위시키고 섭정을 이어나갔다. 또, 의화단(義和團) 운동으로 8국 연합군이 자금성에 밀려왔을 때, 광서제에게 궁에 남아 8국과 담판을 짓도록 권했던 광서제의 부인 진비(瑾妃)를 우물에 빠뜨려 죽이고, 광서제를 서민으로 분장시켜 자신과 함께 도망가도록 했다.

자희태후는 청나라 보수파를 영도했던 인물이다. 그녀의 행위를 돌아보면 청나라 만주족 황제의 존엄을 위해 노력한 부분도 있다. 하지만, 시대적 상황을 읽을 능력이 없었던 그녀의 한계로 인해, 그녀의 정치적 행보는 지나치게 자신의 권력에 집중되는 아쉬움을 남겼고, 이로 인해 사람들에게 많은 혐오감을 주었다.

우리에게 서태후로 익숙한 그녀는 정치적으로는 수구파의 지도자로서 정국을 주도하여 각종 개혁 운동을 저지하는 역할을 했다. 그녀가 서태후라 불리게 된 것에는 청나라 문종인 함풍제(咸豊帝)의 황후였던 자안태후(慈安太后)와의 관계 때문이다. 여러 학설이 있지만, 그 핵심은 황실의 예법에 따라 황후인 자안태후가 동쪽을 차지하고, 서열이 아래인 그녀가 서쪽을 차지했기 때문에 서태후라고 불렸다는 것이다.[14] 이렇게 보면, '서태후'라는 명칭은 그녀에 대한 불만 때문에 의도적으로 그녀를 낮춰 부르는 말인 것이다. 역사적으로는 그녀를 교육 수준이 낮아 국제적 감각이 부족했던 이기적인 여인으로, 또, 개인적 이익을 그 어느 것보다 소중히 했으며 그것이 왕조와 국가에 미치는 영향을 알

---

14) 『中華語文大辭典』: 清咸豊帝妃(1835-1908), ……, 因與慈安太后所住宮院分東西二宮, 故稱「西太后」。

지 못했던 어리석은 여인으로 평가하지만,[15] 당시 청나라 조정에서 이런 비판을 피할 수 있는 사람은 그리 많지 않을 것이다.

하지만, 서태후가 이끄는 보수파는 당시 절실하게 필요했던 국제정세에 대한 감각이 형편없었다. 이들은 열강의 요구를 강경하게 거부하고, 청나라 조정의 권위를 높이는 과거 방식으로 새로운 시대에 대응했다. 아편전쟁(1840-1842) 이후 57년이 지나 그녀의 이런 보수적 행보에 힘을 실어주는 사건이 발생했다. 1899년 2월 이탈리아가 현재 절강성(浙江省) 녕파시(寧波市)와 태주시(台州市) 사이에 있는 삼문만(三門灣)의 할양을 요구했을 때, 자희태후는 강경책을 진행했고, 같은 해 11월에 이탈리아의 항복을 받았다. 이 작은 성공은 보수파에게 자신감을 주었으며, 1899년 11월 자희태후는 서양과의 강화를 전면 거부하는 조서를 내린다. 서태후에 대한 평가가 어떻든, 그녀가 황실의 위한다는 명목으로 취했던 일련의 반개혁적 행보는 청나라를 멸망으로 인도했다.

민족주의의 태동

1898년과 1899년 동안 서구는 여러 구실을 만들어 중국을 약탈했다. 독일은 자국 선교사를 공격했다는 구실로 산동성(山東省)의 청도(靑島)를 점령하고 광산채굴권과 철도부설권을 요구했다. 영국은 산동반도(山東半島) 북부 위해위(威海衛)의 항구를 점령하고 자신들의 조차지로 해달라고 요구했다. 러시아는 요녕성(遼寧省) 여순

---

15) 쉬 이매뉴얼 C. Y, 위의 책, 378쪽.

(旅順)을 차지하고 요새를 세웠다. 프랑스는 해남도(海南島)를 점령하고 이권을 주장했고, 일본은 대만과 조선을 식민지로 삼고 만주를 노렸다.

제국주의 열강이 중국에 대해 벌인 각종 침탈은 중국인이 이제까지 경험하지 못한 것이었다. 중국은 과거 이민족에게 패배하여 그들의 지배를 받았던 것에 대해 마음으로는 승복할 수 없었다. 즉, 원래 한 번 해볼 만했지만 안타깝게 지고 말았다고 생각했다. 이런 사실은 종종 역사와 문학 속에서 쉽게 찾아볼 수 있다. 몽고족의 원(元)에 대해서는 악비(岳飛, 1103-1141)와 같은 영웅과 진회(秦檜, 1090-1155)와 같은 간신을 탄생시켰고, 만주족의 청나라에 대해서는 명장 원숭환(袁崇煥, ?-1630)과 매국노 오삼계(吳三桂, 1612-1678)를 등장시켜 국가 멸망의 모든 책임을 간신과 매국노, 그리고 무능한 황제, 또는 황제 곁의 여인에게 그 책임을 몰아넣었다. 중국은 이런 문학과 역사에 파묻혀 정신적으로는 자신을 위로하면서, 현실적으로는 문화적 우수성에 대한 만족을 통해 천천히 하지만 확실하게 심리적 우위를 가져갈 수 있었다.

하지만, 서구의 문화는 과거 중국인이 경험했던 것과 달리 중국의 문화를 뿌리째 흔들었고, 중국인은 대적할 수 없는 문화적 차이를 경험했다. 대부분의 중국인들은 중국이 열강에 의해 파멸할 수 있다는 불안감을 느끼고 있었다. 불투명해진 생존에 대한 불안감의 증대는 '중국인'이란 공감대를 형성했고, 개인의 생존과 중국의 존속을 위해서라면 누구나 무언가를 해야만 한다는 의식이 고조되었다.

이런 분위기에서 1898년에 변법파가 정계에서 축출되고 보수파가 집권하는 무술정변이 발생했고, 이 정변을 통해 권력을 잡은 자희태후는 대외관계를 강경한 쪽으로 선회하였다. 이것은 중국인이 서양에 대해 가지고 있던 불만에 정치적 정당성을 부여하는 효과를 가져왔으며, 누르고 있던 중국의 불만이 점차 현실적 행동으로 변화되는 것을 조장했다.

서구와 향촌사회의 갈등

청대 말, 선교사와 향신(鄕紳)은 갈등 관계에 있었다. '톈진조약'(1858)은 기독교의 자유로운 포교를 허용했고, '베이징 협정'(1860)은 선교사의 토지 소유권을 허용하여 선교사가 자유롭게 교회를 지을 수 있는 권리를 인정했다. 하지만 외래 종교에 대해 이질감을 느끼고 있던 중국인을 기독교로 개종시키기는 쉽지 않았다. 그래서, 선교사들은 하층민을 선교 활동의 대상으로 삼았다. 선교사들은 생활이 힘든 중국 하층민을 금전적으로도 도와주었으며, 이들이 정부나 향촌 지주의 억압을 받는 것을 자신의 외국인 신분을 이용해서 보호해 주었다.

물론, 이런 선교사의 활동을 악용해서 불법적 활동을 벌이고도 처벌을 피한 사람이 있었겠지만,[16] 인도적인 면이 분명히 존재했다. 선교사의 이런 활동에 대해 중국인들, 특히 기존에 세력을 가지고 있던 향촌 지주계급인 향신(鄕紳)은 곱지않은 시선으로 바라보았다. 기독교로 개종한 중국인은 향촌 사회의 정신적 가치인 조상 숭배를 거부할 수 있었고, 향신이 주도하는 향촌의 집단활동에 참여하지 않을 수 있었기 때문이다. 향신(鄕紳)들은 기독교를 사회 분열을 조장하는 이

---

16) 쉬 이매뉴얼 C. Y, 위의 책, 475쪽.

단으로 간주했다.

예를 들어보면, 1870년 즈음에 천진(天津)에 본래 황실 공원과 사당이 있던 자리에 거대한 천진 성당이 세워졌다. 마을에서는 기독교인들이 어린이를 불구로 만들고 고문하며 성적 학대를 한다는 소문이 퍼졌고, 선교사를 비난하는 화보가 붙었으며, 지식인들은 군중을 선동하였다. 당시 주 천진 프랑스 영사 퐁타니에(W. H. Fontanier)가 천진의 청나라 관리에게 여러 차례 항의를 했다. 그는 자신의 요구가 받아들여지지 않자, 관하로 들어가 삼구통상대신(三口通商大臣) 숭후(崇厚)에게 총을 쏘았다. 이 총은 천진의 지현 류걸(劉傑)의 수행원을 맞췄고, 분노한 군중은 퐁타니에를 비롯한 20명의 서양인을 죽이고, 프랑스·영국·미국 교회당과 고아원, 영사관에 불을 질렀다. 관련 국가들이 따지고 들어오자 청나라 정부에서는 강경파와 온건파가 대립했지만, 양무운동이 갓 시작된 청나라에서는 온건파가 득세한 상황이었다. 청 정부는 국법을 어긴 20명과 군법을 어긴 25명의 명단을 만들고 50만냥의 배상비를 지불했고, 나아가 숭후를 프랑스로 보내 사죄시켰다.[17] 하지만, 천진에서는 범법자가 된 사람들을 위한 사당을 건립하여 이들을 애도했고, 이들의 영웅적 행동을 담은 각종 예술 활동과 격문이 퍼졌다.[18]

이 사건은 청나라 정부의 무기력함을 보여주고 있으며, 동시에, 양무운동과 민족 정서의 괴리를 시사해주고 있다.

---

17) 왕사오팡 등, 『중국외교비사 1』, 알에이치코리아, 2018.(ebook)
18) 왕사오팡 등, 위의 책.

향촌의 붕괴

아편전쟁 이후 중국의 경제는 점차 내리막을 걸었다. 제국의 식민지에서 생산된 각종 제품, 예를 들면 영국의 면직물은 중국 가격의 1/3에 해당했고, 이는 중국 면직물 수공업을 점차 파산으로 인도했다. 또한, 청나라 정부는 양무운동과 무술변법을 거치면서 대량의 외국 차관을 들여왔는데. 국가의 빚은 백성들의 세금으로 충당될 수밖에 없었다. 청나라 정부는 막대한 적자에 대한 균형을 맞추기 위해 세율을 증가시켰고, 각 성에 헌금을 요구했다.

열강의 철도 건설은 중국의 전통적인 운송체계를 크게 파괴했다.

중국 선교의 대부 허드슨 테일러(Hudson Taylo)와 아내 제니 폴딩(Jennie Faulding), 그리고 중국인 기독교인을 찍은 사진이다. 허드슨 테일러는 중국에서 51년 동안 선교 활동을 했고, 최대 선교집단인 선교회(China Inland Mission, CIM)를 이끌었다. 하지만 의화단 사건에서 가장 큰 피해를 입은 선교집단이 되었다.

본래 중국에서는 남방의 물자를 북방으로 이송하는데 수나라 시대 건설된 대운하를 사용했고, 서쪽에서 들여오는 물품은 서쪽에서 출발해서 호북성(湖北省) 무한(武漢) 한구(漢口)로 와서 다시 북경으로 가는 육로를 사용했다. 하지만, 철도가 들어서면서 이 길들은 폐지되는 결과를 가져왔고, 기존의 운송업과 관련한 많은 인구가 실직자의 신세가 되었다.

엎친 데 덮친 격으로 자연재해도 뒤따랐다. 1898년에는 황하(黃河)가 범람하여 하남(河南)과 산동(山東)의 마을이 수재를 입었고, 100만 명이 넘는 사람들이 재해를 입었다. 비슷한 현상이 강소성(江蘇省)과 안휘성(安徽省)과 같은 남방의 양

중국 최초의 철로인 오송철로(吳淞鐵路). 영국이 1874년에 청나라의 허가 없이 상해와 오송(吳淞) 사이를 잇는 철로를 건설했다. 오송(吳淞)은 항구가 있는 곳이다. 하지만, 이 철로는 1877년에 철거된다.

자강 하류에서도 일어났다. 1900년에는 북경을 비롯한 천진(天津), 하북(河北), 내몽고지역과 같은 화북(華北) 지역에서 가뭄이 발생했다. 하지만, 청나라 정부는 이런 재해에 힘을 쓸 여력이 없었다.

중국에서는 이런 자연적 재해를 인간 세상의 부도덕함에 대한 하늘의 징벌로 해석하는 경향이 존재해 왔다. 민간에서는 외국 종교와 선교사가 조상과 하늘에 대한 불경죄를 저질렀기 때문에 이런 재해가 발생했다고 여겼으며, 특히 철도 건설이 본래 좋았던 풍수를 파괴했다고 여겼다.

민간에서는 자신들에게 닥친 문제를 해결하기 위해 서양에 대한 심판을 원했지만, 현실적으로는 이루어질 가능성이 전혀 없었다. 그런데, 이 일을 초자연적 힘의 도움으로 해낼 수 있다고 선전하고 믿는 사람들이 생겨났다. 또한, 이들은 특별한 수련과 부적을 통해 서양의 총과 대포에 맞설 수 있다고 믿기도 했다. 이런 세력이 점차 불어나자 이들은 자신들의 신앙에 도취했고, 점차 서구에 대한 합당한 책임을 지우는 일과 처벌을 스스로 진행하기를 원하게 되었다.

의화단義和團의 탄생

의화단은 의화권(義和拳)이란 권법을 수련하는 사회단체다. 즉, 일종의 무술 동호회인 셈이다. 의화단 운동을 주도적으로 이끈 세력은 1898년 산동의 서북지방에서 탄생한 집단인데, 산동성 남부에서는 일찍부터 서양 선교사와 중국인 개종자들에 대항하여 여러 종류의 비밀결사와 자위단이 성립되었으며, 전통 민간 무예를 수련했다. 그래서, 이들을 '권법을 하는 백성'이란 뜻의 '권민(拳民)'으로 부른다.

이 비밀결사 단체의 기원에 대해서는, 일반적으로 노내선(勞乃宣, 1843-1921)이 주장했던 1796년에서 1804까지 반청 운동을 했던 백련교(白蓮敎)의 한 지파인 팔괘교(八卦敎)의 한 분파라는 주장이 설득력을 얻어왔다. 이 학설의 근거는 1808년 청나라의 조서에 산동, 하남, 강남(강소성과 안휘성)에서 팔괘교들이 칼을 차고 시장에 모여서 현지인들에게 횡포를 부리고 있다는 기록 때문이다.[19] 이 주장은 백련교와 의화권 사이에 100년 남짓한 시간적 거리가 있어서, 역사적 연결고리가 약하다는 단점이 있다. 또, 이 무장한 권민 집단을 청나라 정권에 저항했던 백련교에 뿌리를 두고 있는 집단으로 규정한다면, 1890년대에는 그 색깔이 변화하여 정부를 지지하는 우파적 성격으로 변모했

---

19) 戴玄之, 『义和团研究』, 北京, 北京大学出版社, 2010.(ebook)

의화단. 이들은 민간 권법 친목 사회단체였다.

다는 특징이 있다. 새로운 연구에 의하면, 의화단의 기원은 산동성 은현(恩縣) 용장촌(龐莊村) 부근에 있던 "청양교(靑陽敎)"라는 비밀 조직에서 비롯된 것이다.[20] 하지만, 이런 복잡한 기원에 대한 천착보다는 이 운동의 역사적 의미를 추구하는 것이 더 좋을 것이다. 즉, 의화단의 역사적 의미는 다음과 같다. 이 운동이 일어나기 이전까지, 민간의 요구와 청나라 정부의 행동은 서로 그 방향이 달랐다. 하지만, 의화단 운동에서는 민중의 생존에 대한 요구가 국가 정권과 결부되어 민족주의적인 운동의 형태가 되었다는 것이며, 이것은 근대로 넘어가기 전 전근대 중국의 마지막 저항이라고 생각할 수 있다.

의화단의 성격

의화단에게는 외국인이 누리는 특권과 그 특권에 기댄 사람들에

---

20) 戴玄之, 위의 책.

대한 분노가 있다. 이들은 외국인을 "대모자(大毛子 - 긴 털 난 놈)"
라고 불렀고, 중국인 가운데 서양인에게 고용되거나 관련 업무에 종
사하는 사람들을 서양의 조력자란 의미로 "이모자(二毛子, 두 번째
로 털이 난 놈)"으로, 그리고 서양 물건을 쓰는 사람을 삼모자(三毛
子, 세 번째로 털이 난 놈)로 불렀고, 이 털이 난 놈(毛子)을 모조리
죽여야 한다고 주장하면서 기독교 선교사와 기독교인을 살해하거나
강도를 벌였다.

그리고, 의화단은 서구와 관련된 모든 것에 대해 적개심을 표출했
다. 1900년 6월 산동의 의화단은 북경과 천진으로 들이닥쳐 개종한
중국인 기독교신자와 외국 물품을 사용하는 사람들을 해쳤으며, 철도
를 파괴하고, 철도역을 불태웠으며, 전신선을 끊었다.

서양에서도 19세기 '러다이트 운동(Luddite)'을 통해 근대 기계문
물을 파괴했다. 이 명칭은 그들의 지도자라고 알려진 '네드 러드(Ned
Ludd)'라는 사람의 이름에서 유래했다. 일반적으로 이 사람을 실존
인물로 생각하지는 않는다. '네드 러드'는 공장 기계를 부순 직공들이
책임추궁을 당했을 때 책임을 돌리기 위한 가상의 인물이다. 이 운동
의 원인은 열악한 임금과 과중한 노동에 있고, 계급투쟁 노동운동의
성격을 지닌다.

의화단의 철도파괴는 '기계'라는 근대화의 상징성에 대한 적대적
행동이라는 점에서 러다이트 운동과 공통점이 있다. 다만 중국의 의
화단이 철도를 공격한 논리에는 중국 특유의 재이설(災异說)과 천인
감응설(天人感應說)이 존재한다. '재이설'은 자연재난이 인간 세상
의 문제를 말해준다는 것이고, '천인감응설'은 인간과 하늘이 상호작
용한다는 것이어서 비교적 능동적으로 하늘의 섭리에 간섭할 수 있
다. 의화단이 성립된 배경에는 산동과 하북지역에서 발생한 홍수와

가뭄이란 자연재해가 존재하는데, 의화단은 서양인이 철도를 건설해서 중국의 풍수(風水)를 해쳤기 때문에 가뭄이 들었다고 해석했다.

의화단 지도자들이 권민을 통제했던 방식은 주로 신의 예시였다.

러다이트 운동을 그린 삽화

> 의화권이 무르익을 때 서양 귀신은 틀림없이 멸망할 것이다. 천신의 뜻은 전선을 마땅히 끊고, 철로는 마땅히 절단되어야 하고, 서양 귀신은 머리를 잘라야 한다. 지금은 서양 귀신의 액운이 도래하여, 비를 내리는 시기가 아직 요원하다.[21)]

위의 글은 풍수를 해친 서양인을 제물로 바쳐야 풍수가 제대로 돌아오고, 천신의 노여움이 풀리게 되어 극심한 가뭄이 해소된다는 것을 주장하고 있다. 당시에는 "서양 귀신의 머리를 자르면, 장대한 비가 아래로 흐른다(杀了洋鬼头, 猛雨往下流。)"라는 말도 돌았다.[22)]

의화단은 본래 교육 수준이 낮은 하층계급 집단이었기 때문에, 비록 서양을 배척한다는 시대적 정신 아래 모이기는 했지만, 집단을 세부적으로 장악하는 이데올로기는 허약했다. 이들은 옥황상제, 관우(關羽), 제갈량(諸葛亮), 항우(項羽)등을 정신적 지주로 떠받들고 이들에 대해 제사를 지냈다.

---

21) 〈山西省庚子年教难前后记事〉又和拳成熟之日, 即洋鬼灭亡之时, 天神之意, 以为电线宜割断, 铁路宜拆毁, 洋鬼宜斩首。当彼之时, 洋鬼之厄运临头, 降霖之期尚远。戴玄之, 위의 책.
22) 李林『增补拳匪祸教记』。戴玄之, 위의 책.

특이한 복장을 하고 거리를 활보하는
의화단

또한, 이들은 중국 민간 주술, 예를 들면 하늘의
병사와 하늘의 장군을 부르는 부적과 주문을 통해
서양의 총과 대포를 중국의 칼과 창으로 이길 수
있다고 믿었다. 100일 동안 수련을 하면 총알이 몸
을 뚫지 못하게 할 수 있고, 400일 동안 훈련하면
하늘을 날 수 있다고 주장했다. 통속적 민간 의식
에 기반한 집단은 합리적이고 실질적인 조직력을
기대할 수 없었지만, 가뭄과 홍수와 같은 자연재
해가 발생해서 피해를 입더라도 아무런 구제도 받
을 수 없었던 산동 지역의 농민과 노동자는 살아
남기 위해 의화단에 가입했다.

의화단은 외국인들과 그에 동조하는 사람들, 즉, 서양 사무를 봐주
는 사람들, 양무운동에 종사하는 사람들과 기독교로 개종한 사람들에
대해 피의 응징을 진행했다. 이들은 자희태후의 비호 아래 좀 더 정치
적 색깔을 가지게 되는데, 이들은 자신이 섬멸할 대상을 "1마리 용,
2마리 호랑이로 표현했다. 1마리 용은 개혁을 추진한 광서제(光緖帝)
이고, 2마리 호랑이는 양무운동의 지도자인 경친왕(庆亲王) 혁광(奕
劻)과 이홍장(李鴻章)이다.[23]

이를 통해 알 수 있는 것은 이들이 낮은 수준의 교육을 받았으며,
대단히 단순한 사고를 가진 사람들이라는 점이다. 이들은 미신에 쉽
게 미혹되었던 것만큼 정부에게 신뢰를 보였고, 나와 적을 중국과 서
양으로 구분하였다. 적어도 이 운동의 민간 지도자들은 미신적 힘을

---

23) 戴玄之, 위의 책 : "愿得一龙二虎头", "一龙谓上, 二虎庆亲王奕劻, 大学士
李鴻章也。"

통해 서양 세력을 몰아내고 중국의 독립을 이룰 수 있다고 생각했다. 이런 어설픈 사고 속에는 국가적 불안감과 삶의 환경 악화를 애국적 민족주의로 해소하고자 하는 슬픈 소망이 들어있다는 점은 부정할 수 없다.

의화단 운동의 전개

1890년대 산동성의 의화단원들은 대도회(大都會)라고 불렸다. 산동성 순무 이병형(李秉衡)은 이들이 벌인 사건을 사사건건 비호했고, 이들을 진압하는 대신 분쟁 세력 간의 화해를 주선했다. 그러나, 1897년 두 명의 독일 선교사가 살해되는 사건이 발생하면서 그는 직위해제 된다. 독일은 이 일을 빌미로 산동성 교주만(胶州湾)을 조차지로 요구했다. 이병형의 후임인 육현(毓賢,

청대 말 민족주의자였던 육현은 산동성 순무가 되어 의화단에 정치적 합의성을 부여해주었다.

1842-1901)은 전임 순무보다 더욱 대도회를 옹호했다. 그는 자신의 관할지 공무원들에게 선교사와 신도들의 민원을 들어주지 말 것을 명령하였으며, 심지어 대도회에 자금을 대어주고 이들을 초청해 병사들을 훈련하기도 했다. 이렇게 되자 갑자기 800여 개의 무술 집단이 우후죽순처럼 출현했다.

이 무술 집단들은 대체로 대운하 서쪽 지역에서 생겨났는데, 이 지역은 당시 수재로 심각한 경제적 타격을 입은 곳이었으며, 서양의 철도 건설로 직장을 잃은 사람들이었다. 이 권민 집단이 갑자기 큰 세력으로 형성되자 육현은 이들에게 "의로우며 화합을 지향하는 단체"라는 '의화단(義和團)'이란 이름을 붙여주었다. 이름의 의미를 살펴보면 순무 육현은 이들의 행위를 정당하다고 생각했으며(의 義), 동시에 중국을 평화로운 미래로 이끌 힘(화 和)으로 생각했던 것 같다. 순무의 비호를 받은 권민은 자신들의 행위가 정치적으로 정당하다는 생각을 하게 되어 더욱 대담하게 행동했으며, 이와 동시에 기독교 선교사와 개종자들은 더욱 강한 폭력에 시달렸다.

결국, 1899년 청나라 조정은 외국의 압력을 받아 육현의 순무 직위를 취소하고 북경으로 불러들인다. 하지만, 북경으로 올라간 육현이 '권민'의 '정당성'과 '정치적 이용 가능성'을 보고하면서 분위기가 반전된다. 본래 서양 세력을 척결하고 청조의 독립을 추구했던 자희태후가 육현의 건의에 귀가 솔깃해진 것이다. 육현은 이 보고 때문에 산서(山西)의 순무로 발탁되고, 산동에서 권민을 진압하던 순무 대행 원세개는 권민을 징벌하지 말라는 명령을 받지만, 조정의 명령을 깡그리 무시하고 1900년 1월 3일 산동성의 권민을 제압했다.

조정은 비록 원세개를 제어하진 못했지만, 이미 권민을 이용할 생각은 굳혔다. 1900년 1월 12일 조정은 촌민이 자신을 위해서 군사훈련을 하는 것을 범죄로 여겨서는 안 된다는 명령을 공표했다. 동년 4월 17일 공표된 조정의 칙령에는 권민이 조직한 집단을 보호하라는 내용이 적혀있었다. 권민 조직이 고대의 '수망상조(守望相助)', 즉 상부상조하는 정신을 계승한 집단이라는 이유였다. 청나라 중앙 정부의 이런 우호적 신호를 받은 권민은 자신들의 생계와 나라를 좀먹는다고 생각되는 철도와 전선을 파괴하기 시작했다. 이들은 이것을 외국의 중국 침략을 상징하는 문물로 여겼다.

1900년 5월에 청나라 조정은 의화단을 군대로 조직할 것을 고려했지만, 북양의 군대를 장악하고 있던 원세개의 반대에 부딪힌다. 보수파의 우두머리이자 무술정변의 핵심 인물인 강의(剛毅)는 의화단이 주술을 통해 서양의 총과 대포를 무서워하지 않는다고 자희태후에게 보고했다. 이에 태후는 비밀리에 권민을 북경에 불러들여 궁중에서 시범을 보이도록 했고, 권민의 마술 쇼를 관람한 그녀는 만족스러운 표정을 지었다. 이 일이 있은 다음 권민은 중앙 정부의 무술교관이 되기도 했으며, 정부 정규군의 절반이 권민에 가입하여 의화권을 연마하기도 했다. 심지어 황족과 고위 관리들조차 권민의 신에게 향을 피우고 그들의 신을 위해 공양을 했다.

심상치 않은 분위기를 느낀 외교사절은 1900년 5월 28일 천진항에 주둔하던 군함의 병력을 불러들여 자신들을 보호하려 했다. 총리아문에서는 외국 군대의 수도 주둔을 거부했지만, 해당 요구를 각국이 호위병 30명을 뽑는 선에서 타협했다. 하지만, 6월 1일과 3일에 북경으로 진입한 군대는 이 수의 배를 넘었다.[24]

1900년 5월 29일에 조정에서는 각 성의 관리들에게 칙령을 반포했는데, 그 주요 내용은 권민의 활동을 방해하지 말라는 것이었다. 이 칙령의 고무된 의화단은 동년 6월 3일 북경과 천진을 잇는 경진철도(京津鐵道)를 파괴해 버린다. 이 사건은 의화단과 서양 군대의 무력 충돌을 일으키는 사건이 되었다.

양무운동의 총본산인 총리아문은 진보적인 인물인 경친왕(慶親王) 혁광(奕劻)에서 보수적인 단친왕(端親王) 재의(載漪)로 수장이 바뀌었다. 외국 사절은 청나라 조정이 북경의 모든 외국인을 살해할

---

24) 러시아·영국·프랑스가 각각 75명, 이탈리아가 40명, 미국이 30명, 일본이 25명 이었다. 쉬 이매뉴얼 C. Y 저, 같은 책, 481쪽.

음모를 지니고 있다고 판단하였고, 천진의 영국 해군 제독 시모어 (E.H. Seymour)에게 긴급 지원을 요청했다. 1900년 6월 10일, 시모어가 통솔하는 2,100명의 연합군이 천진에서 북경으로 이동했다. 연합군이 하북성 랑방(廊坊)을 통과할 때 권민과 만나 첫 전투를 벌였고, 권민은 이들의 진격을 저지할 수 있었다. 같은 날 권민은 영국 공사관의 하계 거처를 불태우고, 11일에는 의화군에 가담률이 상당히 높았던 동복상(董福祥)이 이끄는 청나라 군대가 일본 공사관을 습격해서 서기 스기야마 아키라(杉山彬)를 살해했다.

이 초반의 기세를 몰아 청나라 조정은 외국 군대의 북경 진입을 금지했다. 수많은 권민이 북경으로 진입하여 교회를 불태우고 선교사를 비롯한 외국인과 중국인 기독교 신도를 죽였다. 이들은 마테오리치와 같은 초기 선교사의 무덤을 파헤쳤고, 외국 공사관을 습격하였

하북성 랑방 박물관에 전시된 의화단의 깃발.

는데, 이 과정에서 독일 공사 클레멘스 폰 케텔러 (Clemens von Ketteler)도 살해되었다. 권민의 활동은 천진(天津)에서도 활발했다. 이들은 교회와 외국 상점을 파괴했고, 기독교인들을 살해하고, 감옥을 공격하여 죄수를 석방하고, 총독에게 무기를 달라고까지 했다.

1900년 6월 20일에 열린 어전회의에서 청나라 조정은 외국과의 전쟁을 결의했다. 신중한 인물이었던 태상시경(太常寺卿) 위창(袁昶)이 의화단의 법술은 허구이며 외국과 싸워 이길 수 없다고 주장했지만, 자희태후는 권민을 희생시켜 청조의 독립을 추구하려는 생각을 바꾸지 않았다. 그녀는 외국에 대한 전면전을 선포하고, 정식으로 각 성에 권민을 조직하여 외국 침

입에 저항하여 반격하라는 명령을 내렸다.

이에 권민은 정부로부터 '정의로운 백성'을 의미하는 '의민(義民)'의 자격을 부여받았고, 북경의 권민은 정부로부터 쌀과 백은을 하사받았다. 단친왕이 이끄는 권민 부대는 동복상의 군대와 연합하여 공사관을 공격했고, 권민은 외국 남성을 잡을 때마다 50냥의 포상금을 받았으며, 여성은 40냥, 아이는 30을 받았다. 자희태후는 이런 사실을 묵인했다.

포로가 된 의화단(1901)

즉, 자희태후를 비롯한 청나라 보수파는 애국심으로 무장된 권민을 이용해 공사관을 파괴함으로써 외국에 대한 증오심을 발산하고, 북경에 대한 외국의 위협을 해소할 수 있다고 본 것이다. 자희태후와 권민은 자신의 무력으로 청나라를 자유와 태평성대로 이끌 주역이 된다는 환상에 젖게 되었다.

하지만, 모든 지역이 청나라 조정의 명령을 따른 것은 아니다. 중국의 남쪽 성들은 조정의 명령을 거부했다. 광동의 이홍장, 남경의 유곤일(劉坤一), 무한의 장지동(張之洞), 산동의 원세개는 모두 선전포고 명령을 거부했고, 오히려 외국공사를 보호하고 권민을 진압하는 행동을 취했다. 연합국은 공사관의 인명에 대한 보호와 전란 중에 받은 손실에 대한 배상을 요구했다. 여기에는 독일 공사 클레멘스 폰 케텔러의 죽음도 있었다. 남방 13개성의 총독과 순무 역시 청나라 조정에 연합국과 동일한 요구 사항을 요청했다. 변화하는 정국을 주도할 능력이 없던 청나라 조정은 영사관의 외국인을 보호하는 조치를 시행했지만, 과거 산동성 순무(巡撫)로 권민을 지지했던 이병형(李秉衡)이 자희태후에게 전쟁을 주장하면서 다시 전쟁이 결정되었다.

1900년 6월 16일 이미 천진(天津) 대구(大口)를 점령한 연합군은 8월 4일 천진에서 북경을 향해 출발했다. 1만 8천 명으로 구성된 8국 연합군은 길을 가로막는 권민과 정부군을 학살하며 전진했다. 10일 만에 북경에 진입한 연합군이 자희태후를 찾았지만, 그녀는 이미 광서제와 함께 평민으로 위장해서 탈출한 뒤였다.

연합국과의 협정은 이홍장이 맡게 되었다. 이홍장은 이 문제의 핵심을 명확하게 뚫어보고 있었다. 당시 열강은 청나라 조정과의 전쟁이 아닌 권민의 진압을 위해 군대를 파견했다고 생각했다. 그래서, 이 문제의 해결은 두 가지 방법으로 압축되었다. 하나는 자희태후의 퇴출과 광서제의 복귀이고, 나머지 하나는 권민을 동원한 대신을 처단하고 자희태후의 권력을 유지하는 것이었다. 이 국면은 원세개에 의해 후자의 방법으로 처리된다. 그는 무술변법 당시 광서제를 배신했기 때문에, 황제의 복귀를 원하지 않았다. 결국, 정국은 그가 원하는 대로 흘러갔다.

의화단 사건은 독립을 원하지만 자기 인식이 부족한 청나라 정부와 낮은 교육 수준과 애국심으로 우경화된 민중의 연합으로 발생했다. 전자는 후자의 욕망이 분출되는 길을 공권력을 사용해 열어주었고, 후자는 그 길을 따라 자신의 불만을 터트린 것이다. 그 결과는 참혹했다. 청나라 정부는 무기 수입이 금지되고, 각종 국가적 배상금과 국가 지위의 하락을 인정할 수밖에 없었다. 게다가 권민의 무지하고 야만적인 행동, 그리고 연합군의 잔인한 무력진압은 중국과 서구의 우열관계를 명징하게 증명했다. 중국의 대외적 태도는 멸시와 적대에서 두려움과 아첨으로 변화하고 말았다. 그리고, 이 사건은 청나라 정부의 무능한 지도력을 드러나게 함으로써, 청나라에 대한 기대를 포기하도록 만들었으며, 중국이 새로운 이념으로 구성된 국가 체제로 향하도록 하는 힘으로 작용했다.

나가며

16세기 포르투갈과 에스파냐 탐험가들과 상인들이 신항로를 거쳐 중국의 남방에 도착한 이후 중국에 서양의 문물이 전파되면서, 중국은 과거 자연적 거리가 만들어주었던 '천하'라는 개념을 반성할 수 있었다. 최소한 이들은 마테오리치의 세계지도를 보고, 자신의 위치를 인식하고 자신들이 천하(天下)의 중심이라는 중국(中國)의 개념을 수정했어야 했다. 하지만, 청나라는 과거의 역사적 계승만을 생각했으며, 그 속에 머무르는 것을 선택했다. 건륭제의 시, 자희태후의 권력욕, 청나라 조정의 보수적 세력은 근대라는 현실 속에서 고대를 꿈꿀 수밖에 없는 슬픔을 보여주고 있다.

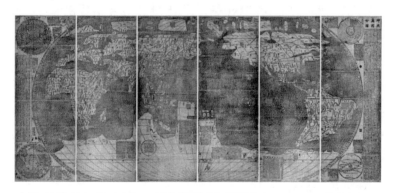

마테오리치와 이지조(李之藻)가 1602년에 작성한 『곤여만국전도(坤輿萬國全圖)』 원각본(原刻本). 궁성현도서관(宮城縣圖書館)에 소장. 마테오리치가 1584년에 만든 지도는 이미 소실되었다. 한국 실학박물관에 소장된 지도는 17C-18C에 제작된 후모본(後模本)이다.

고대 국가인 중국이 근대 국가인 제국주의 국가들과 역전된 위치에서 만났을 때, 중국은 열강 앞에 자신의 허약한 모습을 숨길 수 없었다. 식민 제국주의 열강과 중국이 맺었던 각종 불평등 조약은 국격의 하락뿐만 아니라 민초의 시련을 가져왔다. 이 당시 중국이 받았던 수치심과 고통은 스스로 천하의 중심으로 여기는 과거의 자아정체성을 버리는 방향이 아니라 오히려 이를 강화하는 민족주의의 흐름을 형성했다.

　이 민족주의 흐름은 다시 '전통주의'와 '혁명주의'라는 형태로 나타났으며, '전통주의'는 다시 '종족주의'와 '국가주의'로 나뉘어 흐름을 형성한다. '종족주의'는 한족과 만주족이란 구분을 비집고 분출된 것으로, 청나라를 멸망시키고, 명나라를 부활시키자는 '반청복명'을 기본 정신으로 하는 백련교(白蓮敎)와 천지회(天地會)를 출현시켰다. 종족주의는 청나라를 부정하는 것이었지만, 현실의 역사발전을 무시한 단순한 감정적 구분에 불과했고, 궁극적 목표가 한족 전통으로의 복귀에 있었기 때문에, 현실 문제 해결을 위한 과거로의 회귀라는 점에서 청대 관료들이 진행했던 무술변법보다 현실적 실효성이 적었다. 국가주의는 보수적인 형태로 기존의 청나라를 국가 체제로 인정하고, 청나라의 부족한 부분을 메워나가는 형태였다. 이는 청대 관료와 지식인 같은 청나라의 지도 계층과 최하위 계층에서 나타났다. 청대 지도 계층을 대표하는 변화의 시도에는 문물 개혁을 위한 양무운동과 제도 개혁을 위한 변법운동이 있었다. 하지만 그 기반이 중국전통에 있었고, 봉건적 의식에 대한 변화를 요구하는 시대적 상황과 결부될 수 없었기 때문에, 한계가 명백했다.

　최하위 계층에서 나타난 국가주의는 "부청멸양(扶淸滅洋 - 청나라를 도와 서양 오랑캐를 섬멸하자!)"이라는 구호로 대표되는 의화단이었다. 초기 의화단은 단순한 무술 집단으로서 시장에서 금품이나 갈취하는 무뢰배에 불과했다. 하지만, 열강에 의해 기존의 사회경제가 변화되어 실직자가 되고, 자연재해가 발생하여 끼니를 잇기 힘들어지면서, 의화단에 가입하는 민중이 증가했다. 이렇게 보면, 의화단의 발단은 생활고가 그 원천이다. 이들은 자신들의 고통에 대한 합리적 해석을 할 수 없었다. 합리적으로 해소되지 못하는 불만은 사회에 만연한 반서양적 정서를 따라 서양 세력에 대한 증오와 폭력으로 변화했다. 이들은 본래 정치적 세력으로 성장하기에는 너무나 허약한 계층이었기 때문에, 이들의 폭력은 단순한 폭동에 불과했다. 하지만, 자희태후를 비롯한 관료집단이 이들의 폭력에 국가적·정치적 정당성을 부여하면서, 의화단은 스스로 '민의'를 대표한다고 생각하게 되었으며, 처음으로 국가적 의지와 결합했다는 흥분은 국가를 위해 자신의 생명을 기꺼이 바칠 결심을 하도록 만들었다. 자희태후가 서양의 총칼을 튕겨낸다는 의화단의 술법이 미신이며 속임수라는 것을 모르지는 않았을 것이다. 그녀는 민중의 열망을 자신의 정치적 이익을 위해 이용했을 뿐이다.

결과론적 이야기지만, 근대를 맞이한 중국은 시대가 요구하는 합리적 정신과 제도가 필요했고, 그 길은 혁명뿐이었다. 혁명은 전통과의 단절을 선언하였고 서구의 사상체계와 결합했다. 홍수전은 기독교를 기반으로 하는 세상을 꿈꾸었고, 손문은 서양의 민주 정치사상을 기반으로 청나라 타도와 근대 국가 체제의 성립을 구상했다. 이후, 손문의 후계자를 자칭하는 장개석(蔣介石)이 출현했지만, 중국의 최후 선택은 마르크스주의에 기반한 농민혁명을 주장하는 모택동(毛澤東)이었다.

제7장

영화 보기에 앞서

영상과 진실

영화는 현상을 카메라에 담아 이야기를 구성한 것이다. 마치 시에 소재가 있고, 이것을 표현하는 언어가 있듯이, 영화도 소재가 있고, 표현하는 영상이 있다. 문학이 언어로 형성되듯 영상은 카메라를 사용한다. 시는 언어로 표현되기 때문에 운율로 느껴지는 감각, 즉 청각적 의미가 중요하지만, 영화에서는 화면을 구성하는 구도와 같은 시각이 중요하다. 초기의 영화는 모두 무성영화였다. 즉, 소리를 듣지 않아도 자막을 통해 영화를 감상할 수 있었다. 이런 점에서 영화에서 시각적 영상이 가지는 의미는 소리의 지분을 뛰어넘는다.

영상의 중요성은 곧 영상의 사실성과 관련을 맺는다. 영상은 그림이나 문자와 달리 현실을 있는 그대로 가져간다. 하지만, 영상의 내용이 카메라를 통해 인간 세상의 어떤 한 부분을 있는 그대로 담아간 것이라 하더라도, 나아가 사실주의를 표방하는 다큐멘터리 영화라고 하더라도, 영상은 있는 그대로의 완전한 현실을 담아낼 수는 없다. 여기에는 영화의 두 가지 특징을 고려해 볼 수 있다.

우선, 영상은 시각적으로 구체화 된 이미지만 전달할 수 있다. 이것은 영상 작품과 언어 작품의 차이점을 만든다. 언어로 창작된 작품은 언어를 통해 해당 상황을 독자가 상상해서 이해한다. 하지만, 영상은 언어와 달리 상상의 영역이 감독을 통해 구체화 되어서 영상에 담긴다. 즉, 언어로 된 작품에서 '아름답다'는 말은 독자의 영역에서 제각각 상상을 통해 형성되지만, 영상은 이 아름다움을 시각화된 영상으로 표현해야 한다. 이런 특징은 영화에 구체성을 부여하지만, 이 아름다움은 독자의 상상이 아닌 감독에 전적으로 의존하는 속성이 된다.

영화의 제약 가운데 다른 하나는 카메라다. 카메라는 시간과 공간에 존재하는 현실의 일부를 잘라서 담아야 한다. 이것은 달리 이야기하면, 영상에는 감독이 선택한 내용만 담기게 된다. 이런 영상의 선택성은 진실의 가공을 의미하고, 진실의 부분일 뿐이며, 나아가 진실이 왜곡되어 나타나기도 한다.

비록 영화가 진실과 아름다움을 다 담아낼 수는 없지만, 감독의 시각적 형상화와 화면의 선택에는 감독의 의도가 담기게 된다는 점에서 의미가 있다. 감독은 카메라의 구도, 특정 사물의 선택과 배치, 영상에 나타날 인물의 배치, 인물의 특정 부분의 확대, 그리고 사건의 배열 순서를 선택함으로써 자신의 의도를 효과적으로 전달할 수도 있고, 또, 숨길 수도 있다. 따라서, 영화를 감상하는 과정은 마치 시에서 언어 속에 담긴 의상(意象)을 느끼듯이, 영상에 남겨진 이러한 감독의 흔적을 쫓아 영상에 숨겨진 의미를 캐내는 과정이다.

훌륭한 작품은 현실이 단순히 영상으로 옮겨진 것이 아니라 감독의 세심한 가공을 거쳐 완결된 하나의 독자 세계를 구성한다. 즉, 영상이 현실을 완전히 반영하지 못하지만, 감독이 선별하고 편집한 영상의 내용은 여러 각도에서 주제를 향해 집약되는 형태를 가지게 되며, 이런 집약성은 작품이 독립된 하나의 세계를 만들도록 한다. 시간이 흘러도 감상자에게 새로운 느낌을 전달할 수 있는 작품을 훌륭한 작품이라고 한다면, 이런 집약성은 훌륭한 작품이 가진 요소 가운데 하나일 것이다.

영화 서사

모든 예술 작품은 인간을 표현한다. 그렇지 않으면 인간에 의해 감상 될 수 없다. 예술 형식을 통해 인격을 창조하는 것은 가장 어려운 부분 가운데 하나다. 예를 들어 부처의 조각상에서 얼굴에 드러나는 부처의 미소는 깨달은 자의 미소이어야 하므로, 부처의 인격 혹은 신격이 상징적이며 직관적으로 드러나야 한다. 부처 조각에서 다른 조각을 남겨두고 머리를 잘라가는 이유가 여기에 있다.

영화에 있어 인간은 사건으로 표현된다. 하지만, 아무리 인간의 일대기를 담은 영화라고 하더라도 한 인간의 인생 전체를 담을 수는 없다. 일반적으로 예술 영화라 하더라도 4시간을 넘기 힘들다. 만약, 대중을 겨냥한 영화의 경우

낙양 용문석굴(龍門石窟) 고양동(古陽洞) 고수감석존불두(高樹龕釋尊佛頭)는 1907-1921 사이에 도굴되어 프랑스, 벨기에, 미국인 수장가들이 소유했다가 2004년에 중국으로 되돌아온 작품이다.

라면 그 상영 시간은 대략 1시간 30분, 또는 길면 2시간 남짓한 시간을 할애할 수 있을 뿐이다. 이런 짧은 시간에 감독이 한 인간의 인격을 만들어낸다는 것은 매우 힘든 작업이다. 만약 자신의 영상에 책임을 지는 감독이라면, 그는 화면의 배치와 순서에 대단히 심혈을 기울

이게 될 수밖에 없다.

이런 제약은 감독에게 그가 전달하고자 하는 의미를 화면 속에 압축하도록 하고, 여러 사건과 소재, 플롯이 하나의 주제를 향하도록 강요하며, 불필요한 화면을 남겨두는 것을 허용하지 않는다. 다시 말해서, 영상은 고도의 압축성을 가지고 있다. 좋은 감독의 좋은 영화에는 불필요한 영상이 존재할 수 없다. 우리가 보게 되는 영상은 감독의 의도 아래에서 하나의 주제로 수렴하는 형태를 이루게 되는 것이다.

일본의 영화감독 오즈 야스지로(小津 安二郞 : 1903-1963)는 자신의 페르소나였던 류 치슈(笠智衆)에게 "우리 영화에서 중요한 것은 자네의 연기가 아니라 구도다"라고 말했다.[1] 이 말의 의미에 대해 여러 해석이 가능하겠지만, 감독에 있어 영상이 가지는 의미가 매우 크다는 것을 알 수 있다.

따라서, 처음 보았을 때 의미 없는 화면이라고 생각되면 여러 차례 봄으로써 영상이 가진 함축성을 추론하고, 영상에 스며든 논리적 의미를 탐구하고, 영상의 상징 의미를 이해하려는 시도를 통해 감독이 축약해 놓은 영상을 풀어내 독해할 필요가 있다.

이런 점에서 영화는 시와 소설을 닮아있다. 시인은 시라는 제한된 글자 수와 편 폭 속에 자신의 감정과 생각을 압축시키고 함축시킨다. 이 과정에서 하나의 시어는 전체 시 속에서 새로운 의미를 부여받고, 새로운 의미를 부여받은 시어는 다시 시 전체에 영향을 주게 된다. 또, 영화는 대체로 인간의 극적인 삶을 담아낸다는 점에서 소설과 닮아있다. 즉, 우리는 영화 속에 나타난 인물의 갈등과 이 갈등

---

1) 임재철, 『오즈 야스지로의 반(反)휴머니즘 (2003)』, http://www.okulo.kr/2016/07/critique-001.html

이 만들어내는 사건, 그리고 이 사건에 반응하고 참여하는 인물의 행위와 언어를 통해 주인공을 이해하고, 전체 작품의 의미를 이해하게 된다.

노인을 위한 나라는 없다

『노인을 위한 나라는 없다』라는 영화를 예로 들어보자. 영화의 제목은 아일랜드의 시인 예이츠(Yeats, William Butler, 1865-1939)의 시 '비잔티움으로의 항해(Sailing to Byzantium)'의 첫 구절 'That is no country for old men'에서 가져온 것이다. 아래에서는 영화의 인물을 영상과 시를 통해 해석을 시도해 보고자 한다.

영화에서 가장 무게감이 크고 충격적인 인물은 '안톤 쉬거(Anton Chigurh)'다. 왼쪽의 사진을 통해 우리가 알 수 있는 것은 무엇일까? 검은 옷을 입고 머리카락을 단정하게 빗고 있으며, 캐쥬얼 한 복장을 하고 있다. 즉 매우 평범하고, 어쩌면 바른 생활을 할 것 같다.

하지만 그는 캐틀건을 사용해서 살인하는 살인 청부업자다. '캐틀건(cattlegun)'은 글자 자체를 이해하면 쉽게 알 수 있다. 이 총(gun)은 소(cattle)를 죽일 때 사용한다. 총알이 아닌 공기의 압력으로 소를 도축하는 것이다. 여기서 무엇을 알 수 있을까? 그것은 그가 사람을 가축으로 생각한다는 것이다.

인간은 왜 가축으로 표현된 것일까? 예이츠의 『비잔티움으로의 항해(Sailing to Byzantium)』를 보자.

캐틀건을 든 안톤 쉬거. 그의 무덤덤한 모습이 주는 공포는 일상 속에서 닥치게 되는 징조 없는 불행이다.

저곳은 늙은이들이 살 나라가 아니다.
서로 껴안고 있는 젊은이들, 나무속의 새들은
- 저 죽어가는 세대들 - 그들의 노래에서
연어가 폭포처럼 튀어오르고, 고등어가 우글대는 바다에서
물고기, 짐승, 혹은 조류를 온 여름 내내 찬미하지만,
모든 잉태되는 것들은 태어나서 죽을 것이다.
관능의 음악에 사로잡혀
나이를 먹지 않는 지성의 기념비에 무관심할 것이다.
That is no country for old men. The young
In one another's arms, birds in the trees
-Those dying generations-at their song,
The salmon-falls, the mackerel-crowded seas,
Fish, flesh, or fowl, commend all summer long
Whatever is begotten, born, and dies.
Caught in that sensual music all neglect
Monuments of unageing intellect.

- 예이츠 『비잔티움으로의 항해』 제1수

첫 부분에 '저곳'이 나타난다. 저곳은 거리감을 느끼게 하는 말인데, 노인과 세상의 거리가 아득함을 보여준다. 노인은 왜 거리감을 느낄까? 그것은 육체의 삶이 얼마 남지 않았기 때문이다. 노인은 청년세대가 구가하는 육체의 생명력으로 가득한 세상과 거리를 느끼게될 뿐만 아니라, 이 세계와도 작별할 날이 얼마 남지 않았기 때문에 세상의 중심에서 굉장히 멀어져 있다. 즉 한쪽 발이 저승에 도달한 사람이 이쪽 세계를 바라보며 저곳이라고 하는 것이다.

노인이 청년세대를 바라보는 시선은 차갑고 냉소적이다. 노인은 보통 냉소적이기 마련이다. 통속적 언어로 '틀딱'이 되기 쉽다. 하지만, 젊은 사람들도 노인이 된다. 그 기간은 30·40년도 걸리지 않는다. 이

짧고 유한한 생명 속에서 젊은 사람들은 망각 속에서 육체의 욕망을 쫓기 때문에 노인은 냉소를 보내는 것이다.

시인은 육체의 욕망을 지방이 많은 비릿한 물고기인 연어, 고등어처럼 보고 있다. 이런 욕망에 휩싸인 존재는 모두 죽음의 연주 속에서 살고 있다. 즉, 육체의 생명력을 마음껏 발산하며 육체의 사랑에 빠져드는 젊은 세대는 감각의 축제를 벌이고 있지만, 이것이 죽음의 축제라는 것이다. 육체의 욕망은 육체의 점진적 소멸과 함께 소멸한다. 이런 욕망은 죽음 앞에 아무런 의미가 없다. 시에서 저세상의 지배자인 청년 – 사실은 인간을 의미한다 – 은 언젠가 닥칠 죽음을 망각하고 육체를 찬미한다.

영화에서 인간의 모습을 상징하는 존재는 영화의 축을 구성하는 또 한 명의 중요 인물인 르웰린 모스다. 그는 어느 날 사냥하러 갔다가, 총격전을 벌이는 갱들을 목격한다. 그 자리에서 거액이 들어있는 돈가방을 줍는다. 영화의 르웰린 모스는 죽어가는 갱의 요구를 무시하고 돈을 가진다. 비록 범죄자이지만 죽음 앞에서 한 잔의 물조차 마실 수 없다는 것은 논란의 여지를 남긴다. 즉, 시에서는 육체의 욕망을 '젊은 것들은 서로 껴안고 있지만'이란 구절을 통해 육체의 가장 근본적 욕망인 성욕을 암시하지만, 영화에서는 돈에 대한 탐욕으로 묘사된다. 즉, 영화에서는 인간을 인간성·도덕성이 사라진 돈의 노예가 된 동물로 인식한다.

안톤 쉬거는 매우 특별한 존재다. 이것을 그의 살인이 가진 특징을 통해 살펴보겠다. 쉬거의 살인은 불특정 다수를 대상으로 한다. 살인하는

르웰린 모스는 베트남전에서 저격수로 활동했다. 그는 물을 달라는 갱의 요구를 무시하고 돈가방을 챙긴다.

대상은 청부를 받은 타겟에 그치지 않는다. 그는 자신과 말을 나눈 모든 사람에게 죽음을 내린다. 그의 첫 등장도 상당한 상징성이 있다. 그는 처음 보안관에 의해 수갑이 채워진 채로 경찰차에 타고 있다. 이후, 보안관이 방심한 틈을 타 보안관을 죽이고, 자신을 태워주려던 사람을 죽이고 도망간다. 그가 탈출하는 동안 보안관은 전화로 "걱정하지 마십시오. 모든 것은 제 통제하에 있습니다."라는 말을 하지만 그 말이 끝나자마자 살해당한다.

쉬거의 살인은 우연성이 존재한다. 가장 인상적인 특징은 휴게소에서 그가 동전을 던져서 살인을 선택하는 장면이다. 그는 필요한 것을 구하기 위해 휴게소에 들러 계산을 하는데, 주인이 상투적으로 건넨 인사의 꼬투리를 잡고 그의 일생을 분석해버린다. 주인이 "원래 장인어른이 살던 곳"이라고 하자 휴게소를 노리고 결혼했다고 단정한다. 마치 주인의 도덕성을 비판하는 듯한 이 말은 그에게 살인의 빌미를 제공하는 듯하다. "동전 던지기로 잃어본 가장 큰 게 뭐요?"라고 하며 동전 던지기 게임을 해서 주인이 동전의 앞뒷면을 맞추자 주인을 죽이지 않고 그냥 나온다.

이상의 묘사가 의미하는 것은 무엇일까? 그는 죽음을 상징하는 존재다. 죽음은 누구에게나 공평하게 진행되며, 법으로도 규제할 수 없

휴게소에서 주인과 대화하는 안톤 애쉬. 몇 마디 대화로 긴장감을 최고로 끌어낸다.

다. 죽음은 그가 선한 사람이든, 악한 사람이든, 그가 보안관이란 제도와 법을 지키는 존재이든, 돈이 많든 적든, 모든 사람에게 찾아오며, 또한, 그 시기가 언제인지도 알 수 없다. 동전 던지기는 죽음이 합리적으로 이해될 수 없으며, 언제 닥칠지 알 수 없다는 것

을 의미하며, 그의 등장과 관련된 일련의 죽음은 모두 필연적인 우연이란 죽음의 속성을 보여주고 있다.

안톤 애쉬의 마지막 장면 역시 인상 깊다. 그는 교통사고를 당하는데, 소설에서는 그 차가 마약을 한 운전사가 환각 상태에서 몰던 차로 묘사되고 있다. 약간은 지나친 해석이 될 수도 있을 것 같지만, 인간은 환각을 통해 죽음의 두려움을 피하고 있다는 해석도 될 수 있을 것이다. 안톤은 2명의 소년과 만나게 된다. 안톤은 이 두 소년으로부터 도움을 받고 돈을 준다. 이 설정은 이해가 어렵지만, 이 두 소년이 안톤이 준 돈을 나누는 문제로 다투는 장면을 통해 유추해본다면, 이두 소년이 나중에 르웰린처럼 될 것이라는 말을 하는 것으로 보인다.

영화가 이 장면을 통해 주장하는 것은 대대로 돈의 노예가 되는 타락을 세습한다는 것으로 생각된다. 이런 절망을 시에서는 반어적으로 표현하고 있다.

> 거기엔 영혼의 장려한 기념비를 배우는
> 노래학교만이 있다.
> Nor is there singing school but studying
> Monuments of its own magnificence;
>
> − 예이츠 『비잔티움으로의 항해』 제2수

『노인을 위한 나라는 없다』는 곧 노인이 만나게 되는, 혹은 모든 인간이 우연히 그리고 필연적으로 만나게 되는 죽음에 대한 것을 가르쳐줄 곳이 없다는 것이다. 죽음은 인간이 유한한 존재임을 자각하게 만들고, 두려움에 빠지게 한다. 이런 괴로움으로부터 인간을 지켜줄 것은 이 세상에 없으며, 노인이 느끼는 무력감과 냉소의 본질이 여기에 있다.

시에서 이처럼 표현된 막막함은 영화 마지막 장면에 보이는 벨 보안관의 대사에서 드러난다. 벨 보안관은 "자신이 쫓던 범죄에 대해 이해하지 못하겠다"라고 하는데, 이것은 그가 "이 불가항력적인 시대 변화를 절감한 후, 세대에서 세대로 계승되는 가치관과 윤리의 전수가 허망한 꿈일 뿐"이라는 것을 말하고 있다.[2)]

영화는 이처럼 암담한 현실에 대한 한탄으로 끝을 맺지만, 시에서는 불멸의 가치를 추구하는 길이 제시된다.

> 한 번 자연에서 벗어나면 나는 다시는
> 내 육신의 형상을 어떤 자연물에서도 취하지 않으리.
> Once out Of nature I shall never take
> My bodily form from any natural thing,
> – 예이츠 『비잔티움으로의 항해』 제4수

이 자연의 법칙을 벗어나는 길, 즉 차안에서 피안으로 도약하는 길이 시인이 생각하는 인생의 참된 길이며, 이 길의 여정이 바로 시의 제목인 '비잔티움으로 가는 항해'다.

> 오 황금 모자이크 벽에서와 같이
> 신의 성화(聖畵) 속에 서 계신 성현들이시여,
> 그 성화에서 나와 빙빙 선회하여 내려오사,
> 내 영혼의 노래 스승이 되어 주소서.
> 나의 심장을 소멸시켜 주소서, 욕망으로 병들고
> 죽어가는 동물에 얽매여서
> 내 심장은 제 처지도 모르오니. 그리하여

---

2) 강지현 〈미국서부와 프런티어 신화〉, 『외국문학연구』, 70, 2018, 63-95쪽.

나를 영원한 세공품으로 만들어 주소서.

O sages standing in God's holy fire
As in the gold mosaic of a wall,
Come from the holy fire, perne in a gyre,
And be the singing-masters of my soul.
Consume my heart away; sick with desire
And fastened to a dying animal
It knows not what it is; and gather me
Into the artifice of eternity.

- 예이츠 『비잔티움으로의 항해』 제3수

이 시에서 앞서 나왔던 '영혼의 장려한 기념비(Monuments of its own magnificence)'에 대한 확정적 단서를 알 수 있다. '영혼의 장려한 기념비'는 앞의 시에서 '노래 학교(singing school)'에서 배우는 것이라고 했고, 여기에서는 직접적으로 '영원한 예술품(artifice of eternity)'이라고 언급했다. 이것은 유한한 생명을 지닌 인간, 그리고 이 인간에게 동물과 차별화된 존재 자격을 부여한다. 왜냐하면, 예술은 현실적 욕망에서 벗어나 있고, 궁극적으로는 유한한 인간을 영원으로 인도하기 때문이다.

시인은 신과 같은 영원불멸의 영혼을 담은 예술 작품, 즉 시를 통해, 후대에 기념비로 남아 기억되는 것으로 자신의 유한한 생명이 가진 한계를 넘어서고자 한다. 따라서, 시의 제목에 '비잔티움'이란 말은 '신의 세계'이며, 이 신의 세계와 관계하는 예술 창작품이야 말로 현실의 욕망과 육체의 욕망이 사라진 '신의 세공품'이 된다.

오직 희랍 금세공이
졸음 오는 황제를 깨어 놓기 위해

혹은 비잔티움의 귀족과 귀부인들에게 과거, 현재, 미래를
노래해 주도록 황금가지 위에 앉혀놓은
쳐 늘인 황금 혹은 황금에나멜로 만든
그런 형상이 되리라.

Once out of nature I shall never take
My bodily form from any natural thing,
But such a form as Grecian goldsmiths make
Of hammered gold and gold enameling
To keep a drowsy Emperor awake;
Or set upon a golden bough to sing
To lords and ladies of Byzantium
Of what is past, or passing, or to come.

– 예이츠 『비잔티움으로의 항해』 제4수

‘졸음 오는 황제’는 황제처럼 사는 사람들이다. 역대 황제는 인간적 물욕을 무한하게 충족하는 부류다. 이들의 꿈은 현세의 지속이기에 끊임없이 불사약을 찾아 헤맨다. 이런 미망을 시에서는 ‘졸음’으로 표현하고 있다. ‘과거, 현재, 미래’를 ‘노래’하는 예술은 인간에게 유한한 생명을 일깨워주며, 무엇이 영원한 것인가를 노래한다.

상징적 표현

위에서는 인물에 부여된 상징성과 이것이 영화에서 가지는 의미를 생각해보고 이것이 주제와 관계되는 부분을 살펴보았다. 아래에서는 소재, 대사, 플롯에 나타나는 논리성, 상징성이 서사와 주제에 관계하는 부분을 살펴보겠다.

논리적 의미와 상징적 의미는 감독이 선택한 배경적 소재에서 나타나기도 한다. 소재는 영화의 주제를 강화하거나 설명하기도 하고, 인물에 대해 의미부여를 하기도 하며, 상징성과 논리성이 함께 나타나기도 하고, 주제를 부각해 보여주기도 한다. 소재가 가진 상징성을 오즈 야스지로의 『동경 이야기(東京物語)』(1953)에서 살펴보자. 『동경이야기』는 슈키치·토미 부부가 동경에 사는 자식들을 만나고 돌아오는 과정을 담은 작품이다.

아래 사진에서 '등대-1'은 출발 시기, '등대-2'는 어머니 토미의 임종 이후에 나타난 영상이다.

등대-1

등대-2

등대-1에서는 등대 전체가 드러나고, 등대-2에서는 등대 한 면이 완전히 사라진다. '등대-1'에는 분주히 움직이는 사람들이 나타나고, '등대-2'에는 사람의 흔적이 없다. 그래서 전자는 삶, 후자는 죽음을 상징적으로 표현하게 된다.

아래 장면은 지아장커(賈樟柯)의 『천주정(天注定)』(2013)에서 가져왔다. "장면-1"은 농부가 말을 가혹하게 때리는 장면이다. "장면-2"는 주인공 샤오위가 돈으로 맞는 장면이다.

장면-1

장면-2

　이 두 영상은 같은 이미지를 전달한다. 즉 농부가 말을 채찍으로 때려 노동을 착취하듯, 현대 자본주의 시장경제체제 아래의 중국 사회에서는 돈으로 사람을 때리고 착취한다는 것이다. "장면-1"은 영화 첫 부분에 나타나는 장면이며, 농부가 말을 때리는 장면이라 의미를 쉽게 알 수 없다. 하지만, "장면-2"에 이르면 "장면-1"이 의미하는 것이 현대 중국의 경제 체제 속에서 사람은 동물과 같은 존재라는 것을 전달하는 것임을 이해할 수 있다. 즉, "장면-1"에 나타난 소재의 상징성은 "장면-2"를 통해 영화 주제와 연결되고, 충격적인 장면의 비유와 대조를 통해 주제를 강화하는 역할을 하는 것이다.

　영상의 소재가 가지는 상징성은 역사적 관계를 맺기도 하는데, 이것을 보통 "오마주"라고 한다. 만약 영화의 어떤 장르에 대한 역사적 이해가 있다면 이런 "오마주"를 찾는 것이 즐거움을 줄 수 있다. 아래 장면은 지아장커의 『천주정(天注定)』이다.

장면-3

장면-4

　"장면-3"은 『천주정』의 주인공 샤오위이고 "장면-4"는 호금전(胡金权)의 『협녀(侠女)』(1971)에 나타나는 여주인공이다. 이 둘은 사용하는 무기, 머리 모양, 옷의 색 등이 모두 같아서, 지아장커가 호금전의 『협녀』를 '오마주'한 것을 알아 볼 수 있다. 호금전의 '협녀'는 어두운 시대 부패한 국가 권력에 맞서 가족의 명예와 국가의 안전을 위해 싸우는 여성을 주인공으로 삼아 이야기가 전개된다. 『천주정』의 샤오위는 자신의 정조와 생명을 위협하는 두 남성을 향해 칼을 들었다. 두 이야기는 폭력의 원인을 시스템의 문제로 삼고 있는 공통점이 있다.

　영상의 논리성에 대한 예로써 다시 『동경이야기』를 보겠다. 두 화면 모두 슈키치의 막내 쿄코가 걸어가는 장면이다. 쿄코는 중학교 선생님인데, "장면-5는 쿄코가 일하러 가는 장면이고, "장면-6"은 어머니를 문병 오는 동경의 언니 오빠들을 마중하러 가는 장면이다. "장면-6"에서는 책가방을 멘 학생이 쿄코에게 인사를 하고 있다. "장면

장면-5   장면-6

-5"에서는 동네 아이들이 앉아있다. 이 두 장면을 통해 우리는 전자의 시간 배경이 주일이고 후자가 주말임을 알 수 있는데, 이 정보는 인물의 성격을 드러내는 사실이 된다. 동경에 살고 있는 슈키치의 첫째 코이치(아들)와 둘째인 시게(딸)는 부모의 장기간 방문으로 자신의 생활이 불편해지는 것이 부담스럽다. 하지만 어머니가 위독하다는 전보를 받는 순간 이들은 그날 밤 급행열차를 타고 부모가 있는 오노미치 현으로 간다. 여기까지 시간에 대한 정보는 숨겨져 있다. 하지만 위의 장면을 통해 이들이 주말을 선택했다는 것을 알 수 있다. 그리고, 어머니의 장례를 마치자마자 둘째 며느리 노리코를 제외하고 모두 동경으로 돌아간다. 노리코가 돌아가는 날 쿄코는 동경으로 이미 돌아간 오빠와 언니가 오늘까지 있었으면 좋았겠다라고 하며 출근한다. 따라서, 위의 화면은 슈키치의 자식과 노리코가 동경으로 돌아가는 시간을 관객에게 알려줌으로써 인물의 성격과 특징을 독자가 스스로 파악하게 만들어주는 장치다.

영화의 대사 역시 인물의 변화를 상징적으로 전달할 수 있다. 『천주정』에서 예를 들어보자.

장면-7

장면-8

위의 장면은 『천주정』의 따하이 이야기 부분이다. "장면-1"에서 따하이는 "라오까오(老高)"라고 불리고, "장면-2"에서는 따하이(大海)"로 불린다. 이름이 이렇게 불리는 까닭은 전자는 그가 지아오성리(焦胜利)의 부하에게 린치를 당해 마을의 웃음거리가 되었기 때문이다. 후자는 마을 탄광을 사유화한 인물들을 처단하기 위해 집을 나서는 장면이기 때문에, 그의 이름을 되찾아준 것이다. 즉, 전자는 영웅의 수난을, 후자는 영웅의 출현을 의미하는 것이다.

영화의 포스터나 첫 영상은 영화 전체를 집약하기도 한다. 제시된 『동경이야기』의 포스터를 보면 사원을 배경으로 탑, 슈키치, 노리코가 두 손을 모은 체 편안히 앉아서 같은 곳을 바라보고 있다. 전체적인 느낌은 부조화 속의 조화를 나타낸다고 생각된다. 부조화를 만들어내는 것은 이들의 복장과 배경으로 나타난 불교사원이다. 사원은 전통 가치관을 담고 있는 존재인데, 이 두 사람은 모두 사원의 밖에 나와 있다. 그렇다고 사원의 영향력을 완전히 벗어났다고도 볼 수

동경물어 포스터-1	동경물어 포스터-2

없다. 따라서 사원이라는 배경은 전통시대를 벗어나 근대로 진입했지만, 여전히 전통이 그 영향력을 발휘하고 있는 시대적 배경을 말해 준다.

인물의 배치는 가장 좌측에서부터 옛 등대, 슈키치, 노리코가 서 있어서, 좌에서 우의 시간 배열로 안배되어 있고, 역사의 흐름을 의미한다. 시아버지 슈키치가 입은 옷은 일본의 전통 복장이다. 복식이 문화를 상징한다면, 슈키치는 일본 전통문화를 상징한다. 둘째 며느리 노리코의 복식은 신여성이고, 일본의 근대 문화를 상징한다. 이것은 전통과 근대의 차이와 그로 인한 갈등을 다룬 영화의 플롯을 숨기고 있다. 그런데도 전체적으로는 대단히 평온하며 두 사람의 표정도 온화하다. 이 두 사람의 동작을 보면 이들은 모두 두 손은 공손하게 모으고 있다. 이것은 서로에 대한 존중을 나타내고, 이것이 두 사람 사이의 조화를 만들어내고 있다.

그리고, 이 둘의 머리는 사원 너머에 존재한다. 즉, 이들은 사원으로 대표되는 전통 가치관과 현대 가치관이 공존하는 곳에서 함께 사원의 담을 넘어 미래를 보고 있고, 시선은 평행선이지만 같은 곳을 바라보고 있는데, 이것은 작품의 주제인 전통 세대와 근대 세대가 종속이 아닌 독립된 개체로서 조화를 지향하는 형태를 드러내고 있다.

다음은 티에닝(铁凝)의 소설을 영화한 『오, 시앙쉬에(哦, 香雪)』(1987)의 도입부 영상을 나누어본 것이다.

화면-1　　　　　　　　화면-2

화면-3　　　　　　　　화면-4

한 무리의 농촌 소녀들이 아름다운 산세를 배경으로 하여 서로 즐겁게 떠들며 철로 위를 걷고 있다. 터널을 지날 때 기차가 다가오고, 아이들은 흩어진다. 다가오는 열차를 바라보는 소녀들의 얼굴은 긴장으로 가득 차고, 지나치는 기차 소리에 귀와 눈을 막고 가만히 서서 어찌할 줄 모른다. 이 작품은 가난하지만 순박하게 사는 농촌 여자아이들이 도시 문물을 접하면서 겪게 되는 동경, 비하, 그리고 그 극복을 그리고 있는 영화다. 이 첫 장면은 새로운 도시 문물을 상징하는 기차가 농촌을 흔들어 놓는 것을 상징적으로 드러내는 장면이다.

이어지는 영상은 강아지풀이 기차에 흔들리고 안정되는 장면을 롱테이크로 보여준다.

화면-5 화면-6

이 영상의 의미는 기차가 강아지풀을 뽑혀버릴 듯 흔들지만, 얼마 가지 않아 자연에서 불어오는 바람에 하늘거림을 되찾는다는 것이며, 농촌 아이들이 도시 문명을 자연스럽게 치유한다는 의미를 전달한다. 영화 마지막에는 주인공 시앙쉬에가 철길을 걸어서 30리 떨어진 집으로 돌아가는 장면이 있는데, 이것은 기계에 대한 인간의 도전과 극복을 도시와 농촌의 관계로 확장한 것이며, 첫 화면과 수미상응 관계를 형성하는 것을 알 수 있다.

이야기의 사건 역시 상징적으로 주제를 상징할 수 있다. 이안(李安)의 『음식남녀(飮食男女)(1994)』에서 주인공인 주(周)사부는 뛰어난 쉐프이지만, 혀의 미각세포가 죽어서, 음식을 맛을 볼 수 없다. 그가 맛을 되찾는 과정을 보면, 이 작품의 주제를 어느 정도 이해할 수 있다. 스포일러가 되겠지만, 주사부는 젊어서 부인이 죽었고, 혼자 3명의 딸을 길러낸다. 하지만, 지금은 둘째 딸의 대학 동기와 사랑하는 사이이고, 이미 아이를 가지고 있다. 그는 아버지이기 때문에 이 사실을 자녀들에게 밝힐 수 없다. 또, 그는 둘째 딸과 갈등하고 있다.

둘째 딸은 요리를 좋아하여 가업을 이을 수는 있지만, 여성이라는 이유로 주방에서 쫓겨난다. 영화의 마지막에, 이 두 사람은 화해하여 한집에서 살게 된다. 주사부는 가족과 애정의 갈등이 모두 해소되고 나서야 음식의 맛을 볼 수 있는 능력을 회복한다. 따라서 이 영화의 주제는 애정에 대한 자신의 솔직한 인정, 그리고 전통과 현실로 상징되는 세대 간의 화합을 통해 인간 본연의 생명을 되찾는 것이다.

이안의 음식남녀. 주사부와 둘째 딸 주자첸. 이 둘은 서로를 너무나 잘 이해한다고 생각하지만, 서로에 대해 너무나 모른다.

나가며

영화가 만들어지고 난 다음에 영화는 스스로가 완결된 하나의 작은 세계를 형성하기 때문에 독자적 생명력을 지니게 된다. 즉, 감독은 작품을 만들어내는 순간 영화에 대한 해석권을 관객에게 주게 된다. 하나의 작품에 나타나는 동일 화면을 보고 여러 해석이 가능한 것은 이것 때문이다. 하지만, 영화의 감상에서 금기할 부분은 이미 이럴 것이라는 생각을 가지거나, 무엇을 발견하겠다는 생각을 가지고 작품을 대할 때 발생하는 경우가 많다 이런 마음의 그물을 미리 쳐놓고 물고기가 그물에 걸리기를 바라게 되는 경우 생명력이 넘치는 물고기는 자기 힘으로 낡은 그물을 찢어버리고 사라지게 될 위험이 있다. 미리 그물을 치려는 유혹을 벗고 스스로 부딪쳐 물고기를 잡을 수 있는 모험을 시도해 볼 가치는 충분히 있다.

제8장

전근대 산골과 근대 도시

: 왕하오웨이 『오, 시앙쉬에』

작가 티에닝鐵凝

영화 『오, 시앙쉬에(哦, 香雪)』는 티에닝(1957-)이 1982년에 쓴 소설을 영화로 만든 것이다. 이 소설은 전국 우수단편소설상과 제1차 청년문학상을 받았고, 1989년에 영화로 만들어져 1990년에 상영되었다. 현재 티에닝은 중국문학예술연합회 주석이다.

티에닝은 1957년 중국 허베이(河北)에서 태어났다. 그녀의 아버지 티에양(鐵揚, 1935-)은 화가이며, 허베

티에닝문집(1996)에 실린 작가의 사진

이성(河北省) 문화예술학원, 중앙희극학의 교수였고, 어머니는 톈진(天津) 음악학원을 졸업한 성악가였다.

티에닝은 예술가 집안에서 비교적 순탄한 어린 시절을 보냈다. 하

지만, 9세 때(1965년) 문화대혁명을 겪는다. 이 시기에 부모가 부르주아 사상의 영향을 받은 수정주의(修正主義) 예술가로 몰려 사상 재교육에 소집된다. 그녀는 결국 가족과 헤어져서, 북경의 외가에서 13세까지 성장한다. 1년 뒤에 아버지가 정상적인 생활로 돌아오자, 그녀는 다시 허베이성 바오딩(保定)으로 돌아가 가족과 생활할 수 있었다.

아버지 티에양은 딸의 문학적 능력을 키워줄 생각을 했다. 그는 딸이 16살 때 지은 작품을 허베이성 출신의 저명한 작가 쉬광야오(徐光耀)에게 보여주고 호평을 받는다. 이후, 그녀의 작품 『날 수 있는 낫(會飛的鐮刀)』이 아동문학집(북경출판사)에 발표된다.

1975년(19세), 그녀는 고등학교를 졸업하고, 허베이 산골인 보예현(博野縣)에서 산골 생활을 하며 작품을 창작하기 시작한다. 4년간의 산골 생활 체험은 그녀의 문학 창작에 있어 좋은 경험과 소재가 된다. 이런 산골 체험을 바탕으로 그녀는 『밤길(夜路)』, 『상사(喪事)』, 『꽃술의 대오(蕊子的隊伍)』를 썼다.

4년간의 산골 생활을 마친 그녀는 본격적으로 문학 활동에 참여한다. 1979년(23세)에는 허베이 바오딩 문학예술연합회(文學藝術聯合會, 이하 '문련')에서 『화산(花山)』이란 잡지의 편집일을 했고, 1980년에는 본격적으로 문학 수업을 받으면서 활발한 창작 활동을 하게 된다.

티에닝이 발표하는 소설은 매번 주목을 이끌었다. 그녀가 창작한 『오, 시앙쉬에(哦, 香雪)(1982)』와 『유월의 대화(六月的話題)(1984)』는 모두 전국우수단편소설상을 획득했고, 『오, 시앙쉬에』는 중국 교과서에 실리게 된다. 1985년 작품인 『단추 없는 빨간 블라우스(沒有紐扣的紅襯衫)(1985)』를 영화화한 『홍의소녀(紅衣少女)』는 '금계

상(金雞獎)'과 '백화상(百花獎)', 그리
고 '최우수 시나리오상'을 받는다. 또한,
1991년에는『오, 시앙쉬에』가 제41회 베
를린영화제 '어린이 영화제/14 플러스'
에 출품되었다.[1] 1992년 산문집인 『여인
의 백야(女人的白夜)』, 그리고 2000년
에 출간한 중편소설 『영원은 얼마나 멀
까(永遠有多遠)』는 각각 제1회·제2회

회의석상에서의 티에닝

루쉰문학상을 수상한다. 중국 현대문학의 대부인 루쉰의 이름을 내건
'루쉰문학상'은 1986년부터 시작되었고, 중국 내의 문학상 가운데 가
장 권위있는 상 가운데 하나다.

티에닝은 소설이 성공하면서 사회적 지위도 높아졌다. 그녀는 29
세 때 중국작가협회(中國作家協會) 이사가 되었고, 44세 때는 중국
작가협회 부주석이 되었으며, 50세 때는 중국작가협회 주석이 된다.
그리고 60세(2016)때 중국문련(中國文聯)의 주석이 되어 중국 문예
계의 수장이 된다.

---

1) 많은 중국 자료에서 이 작품이 베를린 영화 '어린이영화제/14 플러스(Kinderfil
   mfest/14plus)'에서 상을 받은 것으로 기록하고 있다. (Zhiwei Xiao『In Encyclope
   dia of Chinese Film』, Routledge, 2002, 119쪽), Tan Ye의『Historical Dictionary
   of Chinese Cinema』에서는 '크리스탈 베어상'을 받았다고 기록하고 있다(Rowm
   an & Littlefield, 2012, 119쪽). 하지만, 이 영화가 1991년 베를린 국제 영화제
   아동영화 부분에서 상영된 것은 맞지만, '크리스탈 베어상'을 받은 것은 확실하
   지는 않다. 왜냐하면, 이 해의 베를린영화제 아동영화상(Children's Jury)은 마이
   클 루보(Michael Rubbo)감독의『명화의 외출(Vincent And Me)』에게 돌아갔기
   때문이다. '크리스탈 베어상'은 5명의 어린이 심사위원단(14세 이상)이 최고
   작품을 선정하여 주는 'Children's Jury Prize'다. : https://www.berlinale.de/en/arc
   hive/jahresarchive/1991/02_programm_1991/02_programm_1991.html)

감독 왕하오웨이 王好爲

왕하오웨이(1940-) 감독은 총칭(重庆)에서 태어났고, 북경전영학원(北京电影学院) 감독 학과를 졸업했다. 중국에서 영화감독을 하기 위해서는 국가의 허가를 받아야 한다. 23세 때(1962) 조감독을 시작했고, 35세부터(1974) 직접 영화를 감독했다. 그녀의 작품은 대체로 개혁개방 이후 도시와 산골 소시민의 생활을 담고 있는 드라마가 많다.

줄거리

주인공 시앙쉬에는 허베이성(河北省) 타이얼거우(台儿沟)라는 산골 마을에서 사는 소녀다. 그녀가 사는 마을은 타이항산맥(太行山脉)이 외부의 환경을 막고 있는 오지의 산골 마을이기 때문에 이곳에서의 생활은 매우 척박하다. 이곳 사람들은 황무지를 힘들게 개간해서 농사를 짓고, 거친 음식을 먹고, 남루한 옷을 입고, 돌집에서 살고 있다. 이런 묘사는 기차를 타고 있는 도시 승객들의 모습과 대비를 이루고 있다.

이런 고달픈 생활 환경 속에서 살고 있지만, 이곳 사람들은 서로를 아끼며 살아가고 있다. 주인공인 시앙쉬에(香雪)는 펑지아오(鳳嬌)와 우애가 깊고, 이들은 어머니 아버지의 일을 열심히 거들며 살아간다. 그녀의 부모 역시 두 딸을 잘 돌보고 있다. 더욱이, 그녀에게는 즐거움과 고됨을 함께하는 친구들이 있다.

외부와 단절된 이곳에 베이징(北京)으로 가는 기차가 1분간 정차하는 기차역이 생기면서 작은 변화가 생긴다. 단순했던 생활을 하던 어린 여자아이들은 기차를 보면서 외부 세계에 대한 꿈을 키운다.

산골 소녀들이 기차역에서 만난 중요한 인물은 화가·차장·승객이다. 화가를 통해 시앙쉬에는 자신들이 인식하지 못하고 있는 타이얼 거우의 자연이 가진 아름다움과 자신들이 가진 순수한 아름다움을 인정받고 인식한다. 언니 펑지아오는 역 승무원을 만나면서 사랑을 꿈꾼다. 또한, 이곳 소녀들은 역사에 정차한 기차의 창문을 통해 도시 여성의 생활과 도시 문화를 간접적으로 경험하게 된다. 하지만, 이런 기대와 바람, 동경은 자신들의 상상 속에 존재할 뿐, 현실 속에서 실현될 수 없었고, 이런 불만은 서로 간에 갈등을 형성하게 된다.

영화의 클라이맥스는 시앙쉬에가 승객이 가진 플라스틱 필통에 이끌려 기차를 타게 되는 사건이다. 이 사건을 통해 펑지아오가 좋아하는 승무원이 이미 결혼을 한 상태라는 것을 알게 된다. 실망한 그녀는 달걀과 바꾼 필통을 들고 기차에서 내려 30리 길을 걸어서 집으로 돌아온다. 시앙쉬에의 친구들은 시앙쉬에가 북경행 기차를 타고 떠났다는 것을 발견하고, 기찻길을 따라 걸으며 시앙쉬에를 마중 간다. 영화는 이렇게 끝을 맺는다.

등장인물

시앙쉬에(香雪)
그녀는 착하고, 똑똑하고, 부모에게 효도하고, 친구들과 우애 있게 지내는 산골 소녀다. 공부를 잘해서 동네에서 유일하게 중학교에 입학하고, 장래에 북경에서 대학을 다니고 싶어한다.

펑지아오(凤娇)

시앙쉐에보다 나이가 많은 언니다. 시앙쉐에와 절친한 사이며, 열차 승무원인 '베이징화'와 연애전선을 형성한다. 다른 산촌 아이들보다 유복한 환경에서 살고 있으나, 베이징화를 만나면서 자신의 모습이 그에 비해 초라하다는 생각을 한다.

베이징화(北京话)

열차의 승무원이다. 타이얼거우에 사는 산골 소녀들과 이야기를 나눈다. 펑지아오와 연애전선을 형성한다.

화가

타이얼거우의 아름다운 자연에 이끌려 역사에서 그림을 그리다가, 산골 소녀들과 만나게 되고, 시앙쉐에를 그려준다.

시앙쉐에의 아버지

과묵한 사람이지만 시앙쉐에를 잘 보살펴주는 자애로운 아버지로 그려지고 있다. 그는 시앙쉐에게 나무필통을 깍아준다.

주제

이 작품의 배경이 문화대혁명 이후의 상황이라는 소개가 있지만,[2]

---

2) 『百度百科』: 文化大革命時期, 政治性、阶级性成了人唯一属性和文艺批评的唯一标准, 人道主义完全被驱逐出文艺创作的领域。文化大革命结束后, 人道主义才又在中国兴盛起来。铁凝的小说『哦, 香雪』正是产生于这个

영화에서는 문화대혁명의 호흡을 느낄 수 없다. 왕하오웨이 감독은 앞서 보았듯이 개혁개방 이후 나타난 소시민의 삶을 그리고 있어서 문화대혁명에 관한 묘사를 찾아보기 어렵다.

이 영화가 포착한 지점은 중국 산골 소녀의 순수한 마음이 도시 근대 문명과 만나 흔들리는 부분이며, 이 흔들림이 어떻게 치유되는 것인가에 주목한다. 중국 현대문학 연구자 천스허(陈思和)는 이 소설에 대해 이렇게 평가하고 있다.

> 소설은 북방의 편벽한 작은 산촌인 타이얼거우가 서술과 서정의 배경이다. 소설은 시앙쉬에 등 시골 소녀의 심리를 묘사하고, 매일 1분간 정차하는 기차가 줄곧 고요했던 산골 생활에 가져오는 파란과, 이로 인해 생겨나는 아름답고 의미가 풍부한 감정을 서사화하고 있다. 시앙쉬에는 기차가 1분간 정차하는 동안 기차에 뛰어올라 줄곧 가지고 싶어하던 플라스틱 필통을 40개의 달걀과 바꿨다. 그녀는 부모의 질책을 감내하고서 30리 길을 걸어서 집으로 간다. 평소에 말도 별로 없고, 소심했던 산골 소녀가 이런 행동을 하기 위해서는 대단한 용기가 필요하다. 작가는 시앙쉬에의 이러한 심리를 통해 외부 문명에 대한 시앙쉬에의 동경, 낙후된 산촌 환경을 변화시키고 빈곤을 벗어나려는 열망, 그리고, 시골 소녀의 자존심을 보여주었다. 산골 생활을 하는 소녀 시앙쉬에가 가진 도시 문명에 대한 동경을 맑고 깨끗한 필치로 표현하고 있고, 여기에는 농후한 향토적 색채가 있다.3)

时候, 小说借台儿沟的一角, 写出了改革开放后中国从历史的阴影下走出, 摆脱封闭、愚昧和落后, 走向开放、文明与进步的痛苦和喜悦。(https://baike. baidu.com/item/%E5%93%A6%EF%BC%8C%E9%A6%99%E9%9B%AA/63827#re f_[3]_9678240.)

3) 陈思和主编, 『中国当代文学史教程』: 复旦大学出版社, 1999, 225-227쪽. (『百度百科』)

위의 말에서 알 수 있는 것은 이 작품이 시앙쉬에로 대표되는 산골 소녀들의 심리묘사에 집중하고 있다는 점, 그리고, 이 심리에는 도시 문화와 시골 문화의 충돌에서 발생하는 자극과 반응이 존재한다는 점이다. 기차가 던져준 자극은 산골 소녀들이 처음 경험하는 도시 문화이며, 산골 소녀들의 반응은 도시 문화에 대한 동경과 열망이다. 이 열망의 원인을 현실 개혁이라는 주제로 보기에는 산골 소녀들의 농촌 현실에 대한 문제의식이 너무 없다.

이 산골 소녀들이 도시 문화를 쫓아가는 것은 낭만적 호기심에서 비롯된 열망이며, 이런 열망이 현실 속에서 이루어질 수 없기에 실망과 질투로 이어진다. 영화의 진행 서사를 살펴보면, 소녀들이 겪는 이러한 좌절은 외부의 힘이 아닌 산골 공동체의 힘, 즉, 효의 가치와 공동체 의식으로 치유된다. 이상을 종합하면, 이 작품의 주제는 변화의 길에서도 유지되는 농촌의 천진난만하고 순수한 마음이 가진 힘, 즉 농민성의 긍정이 주제가 된다.

서사 구조

영화의 서사 구조는 다음과 같다. 허베이성 타이얼거우의 척박한 환경 속에서 사는 중국 산골의 어린 소녀들이 기차역이 생기면서 기차를 통해 새로운 도시 문화를 만나게 된다. 이를 통해 그녀들은 도시에 대해 동경을 가지게 되는데, 이런 희망이 현실 속에 실현되지 못하면서 도시에 대한 열망과 자기 현실에 대한 비관이란 심리적 갈등을 겪게 되지만, 자신이 가진 본연의 가치로 극복한다는 것이 이 영화의 플롯이 된다. 이런 갈등을 도식화하면 다음과 같은 형태가 될 것이다.

산촌(농촌 문화) → 기차(도시 문화) → 소녀들의 동경 → 열망의 좌절
→ 상처의 극복

영화에 나타난 타이얼거우의 모습은 타이항 산맥이 외부 환경을
가로막고 있는 형태다. 이는 이 산맥을 가로질러 오는 기차를 통해
아름답게 형상화되고 있지만, 이곳에 사는 사람들이 사는 집, 먹는
음식, 입은 옷, 하는 일을 보면 이곳 상황이 매우 힘들다는 것을 알
수 있다.

산골 주민들이 가진 순수한 마음과 소녀들의 우정은 영화 곳곳에
서 드러나고 있다. 시앙쉬에의 부모는 시앙쉬에의 중학교 입학을 축
하해주기 위해 반찬에 간장을 한 국자 더 부어주고, 또, 직접 나무를
깎고 그림을 그려서 책가방과 필통을 만들어준다. 그리고, 그녀가 기
가 죽어 점심을 먹지 않고 오자 평소와는 달리 맛있는 점심도 싸준다.
한편, 시앙쉬에는 아버지가 농토를 개간하는 것을 열심히 도와주며,
펑지아오가 또래 아이들에게 놀림을 받고 괴로워할 때 다정하게 위
로해준다. 시앙쉬에의 이러한 소박하고 순수한 모습은 그녀가 화가를
만나면서 사회적 확인을 받게 된다.

시앙쉬에의 부모는 타이얼거우에 기차역이 생기는 것에 대해 무관
심하며, 이곳에 사람이 내릴 리가 없다고 하면서 변화를 부정하지만,
기차는 그들이 생각하는 것보다 훨씬 많은 것을 타이얼거우에 가져
오게 된다. 산골 아이들은 기차역이 생기기 전부터 기차가 오는 시간
에 기차를 보러 간다. 또, 기차역이 생기면서 아이들은 역사에서 1분
간 정차하는 기차를 통해 이전에 보지 못하던 신기한 물건과 새로운
사람들을 보게된다.

그녀들은 역사에 비치된 전보기계, 지도 등등이 마냥 새롭기만 하

며, 역사 직원들이 하는 말은 들어도 무슨 말인지 알 수 없다. 특히, 산골 소녀들은 기차 속 승객들의 옷과 장신구를 신기해하며 호기심을 느낀다. 이 호기심은 그녀들이 보게된 물건을 가지고 싶은 마음을 일으키고, 또, 따라 하고 싶은 마음을 생겨나게 한다. 소녀들은 도시 여성의 장신구를 들꽃으로 만들어 머리에 꼽아도 보고, 북경어투를 흉내 내 보기도 한다. 하지만, 이런 열망은 자기현실에 대한 비하의 감정으로 흐른다. 영화에서 이런 비하는 펑지아오의 짝사랑과 아이들의 질투, 시앙쉐에의 학교생활로 그려지고 있다.

펑지아오는 기차 차장을 기차역에서 만나 이야기를 나누게 된다. 기차 차장은 북경어를 구사하고 피부도 하얗고 다정다감한 세련된 도시 남자다. 그녀는 그를 만나는 순간 좋아하게 된다. 하지만, 자신의 신발을 승무원이 쳐다보자 이내 신발을 숨기며 부끄러워한다. 이 신발은 그녀가 본래는 아끼고 어루만지며 좋아하던 것이다.

마을 소녀들은 모두 도시 청년의 세련된 모습을 보고 좋아하지만, 농사일로 검게 그을린 자신들의 피부와 자신들의 가난한 처지를 돌아보며 자신들과 북경 사람은 어울리지 않는다고 생각한다. 그래서, 그녀들은 펑지아오가 '베이징화(기차 차장의 별명)'를 좋아하는 것을 못마땅하게 생각하게 된다. 그래서 펑지아오가 '베이징화'를 만나기 전에 깨끗하게 씻는 모습도 놀리게 된다. 이것은 사소해 보이는 다툼이지만, 이제껏 이들이 경험하지 못한 갈등이었을 것이다.

한편, 시앙쉐에는 기차 뿐만 아니라 중학교에 다니면서 동일한 경험을 하게 된다. 그녀는 마을에서 유일한 중학생이다. 이 때문에 마을 소녀들의 부러움을 사지만, 그녀의 학교생활은 생각만큼 즐겁지 않다. 다른 학생들이 평소에 먹는 음식은 그녀가 꿈도 못 꾸는 음식이다. 그리고 자신은 하루에 2끼만 먹지만 다른 친구들은 3끼를 먹는 것이 너무나 자연스러운 일이라는 것도 알게 된다. 그녀는 화가가 그려준 그림을 보여주며 자기의 자존과 아름다움을 주장해 보지만, 반 친구들은 그림과 그녀의 관계를 인정해 주지 않는다. 그녀는 자신의 거친 점심 도시락을 부끄러워하면서 점심을 꺼내 먹지 못하고 물로 배를 채운다. 또한, 그녀는 반 친구들이 모두 플라스틱 필통을 가지고 있고, 이것을 자랑하는 것을 보면서, 아버지와 어머니가 만들어준 필통이 아니라 플라스틱 필통을 더 가지고 싶어 하게 된다.

펑지아오·시앙쉐와 마을 아이들의 서먹해진 감정은 쉽게 해소되지 못한다. 마을 친구 중 한 명이 시앙쉐가 비록 중학생이지만 나무는 못 탈것이라고 하자, 펑지아오는 시앙쉐에게 다른 누구보다 높이 올라가서 감을 따라고 한다. 시앙쉐가 감나무 높이 올라가자 누구나 할 것 없이 모두 시앙쉐를 함께 걱정한다. 마을 소녀들은 시앙쉐를 걱정하는 마음이 누구에게나 있다는 것을 서로 느끼고 소통하게 되고, 이를 통해 불편한 감정을 해소한다.

산골 소녀들과 도시의 갈등은 현실 순응적으로 해소된다. 시골 아이들은 마을 농산물을 기차 승객들에게 팔지만, 돈을 벌기 위해서가 아니다. 시앙쉐는 감과 달걀을 승객에게 팔지만, 그 값을 승객이 주는 대로 받는다. 즉 이들은 도시 문화와 농촌 문화의 경계를 넘어가는 대신, 도시 문화를 자신들의 현실 속에서 한 번쯤 발생하는 해프닝으로 바라보고 상상으로 즐긴다. 이러한 태도를 통해 도시와 농촌의 갈등을 해소하고 자신의 현실 속에 남는 선택을 한다. 영화 마지막에 옹기종기 앉아 있는 시골 소녀들의 머리를 장식하고 있는 작은 머리띠는 그녀들의 사이좋고 천진난만한 모습을 직관적으로 전달함으로써 서로 간에 존재했던 갈등과 외부 세계와의 갈등이 해소되었다는 것을 보여준다.

시앙쉬에

시앙쉬에는 영화 주제가 집약된 인물이다. 그녀 역시 다른 소녀들처럼 도시 환상에 젖고 도시와 농촌이란 갈등을 경험한다. 하지만, 그녀의 갈등은 다른 소녀들과 몇 가지 다른 특징이 있다.

첫째, 그녀가 겪는 갈등은 다른 산골 소녀들이 겪는 갈등보다 훨씬 현실적이며 구체적이다. 왜냐하면, 다른 소녀들은 도시를 직접 체험하지 못하고 상상으로 도시와의 만남, 설렘, 좌절을 경험한다. 산골 소녀들의 경우 도시 여성들을 따라 하기 위해 머리에 단 장식은 실제 도시의 물건이 아닌 꽃으로 만든 것이다. 또, 펑지아오가 북경 청년에게 느끼는 감정은 '베이징화'의 실체를 전혀 알지 못하는 상황에서 형성된 것이지만, 시앙쉬에는 학교라는 공간을 통해 자신의 경제적 상황을 인식하면서 자기비하를 경험하며, 열차에 직접 뛰어올라 열차의 비좁은 내부를 직접 경험한다.

둘째, 그녀와 도시의 관계는 다른 산골 소녀와 마찬가지로 도시 환상에서 비롯한 것이지만, 그녀의 욕망은 기차라는 외부 자극이 아니라 내적 욕망에서 출발한다는 특징을 지니는데, 그것은 바로 교육에 대한 열망이다. 영화에서 그녀는 다른 산촌 소녀들이 기차로 상징되는 도시 문화에 대해 열렬한 관심을 보이는 것과 달리 기차의 영향을 비교적 덜 받는 것으로 묘사된다. 영화의 첫 장면에서 소녀들은 요란한 기차 소리에 눈과 귀를 막지만, 시앙쉬에만 아랑곳없이 열차 칸을 헤아린다. 또, 마을 소녀들이 화가를 만났을 때, 그녀를 제외한 나머지 소녀들은 기차가 역사에 들어오는 소리를 듣고 기차를 보러 달려가지만, 시앙쉬에만은 화가의 그림을 유심히 본다. 즉, 다른 소녀들의 도시 환상은 피상적인 애정과 도시 유행 문화로 구성된 것이지만, 시앙쉬에의 도시 환상은 교육에 대한 열망이라는 보다 구체화된 욕망을 축으로 형성되었기 때문이다. 그녀가 교육에 대한 열망을 가지게 된 이유와 동기에 대해서 작품에서는 뚜렷하게 서사화되지 않고 있지만, 영화 곳곳에서 이런 열망을 포착할 수 있다. 그녀는 마을에서 유일하게 중학교에 다니며, 그녀가 기차 승객과 나누는 첫 대화는 북경에 있는 대학에 관한 이야기다. 즉, 시앙쉬에는 이런 교육에 대한 열망이 존재했기 때문에 중학교에 입학한 것이라고 할 수 있다. 시앙쉬에가 농산물을 승객에게 팔다가 플라스틱 필통에 이끌려 열차에 뛰어든 사건 역시 그녀의 교육에 열망을 상징하는 장면이다.

셋째, 그녀와 도시 사이에 형성된 갈등은 표면적으로는 도시와 농촌의 대결을 형성하고, 내면적으로는 자아와 세계의 갈등이란 구도를 가진다. 그녀의 갈등은 구체적으로 두 가지다. 하나는 상대적 빈곤감에서 오는 자기 비하다. 그녀의 도시락은 그녀의 삶이 가진 환경의 척박함을 단적으로 상징하는 사물이라고 할 수 있다. 시앙쉬에는 자신의 점심 도시락이 형편없다는 생각에 점심 도시락을 먹지 못하고 그대로 가져온다. 두 번째는, 자기 환경에서는 얻을 수 없는 교육에 대한 열망이 가져오는 고통으로, 이것은 필통으로 상징되어 나타나고 있다. 플라스틱 필통은 그녀의 현 상황으로는 가질 수 없는 물건이다. 그녀가 이 필통에 집착하는 것은 기차로 대표되는 도시문화가 가져온 외부로부터의 자극이 아니라, 학교생활에서 오는 비하감이 그녀의 교육에 대한 내적 열망을 자극하여 나타난 현상이다.

넷째, 그녀의 갈등은 도시에 대한 동경과 실망에 대한 해결, 도시와 농촌 사이에 존재하는 상대적 빈곤감에서 오는 자기비하, 그리고 도시가 제공하는 교육에 대한 열망으로 구성되어 있는데, 이 갈등의 해결 형태에는 모순성이 존재한다.

시앙쉬에는 도시에 대한 환상이 부서지는 실망감을 공동체 의식으로 극복한다. 시앙쉬에는 필통에 이끌려 열차에 올라타게 되는데, 자기 눈으로 직접 본 열차 안의 실상은 창문 밖에서 바라보며 상상했던 신비로운 공간이 아니라 복잡하고 어수선한 곳이라는 것을 발견하고 첫 번째 실망을 한다. 그리고, 그녀는 열차 안에서 "베이징화" 차장을 만나 이야기하는 과정에서 그가 결혼했다는 사실을 알게 되는데, 이 것은 그녀에게 두 번째 실망을 가져다준다. 그녀는 사람들의 권유와 만유를 뿌리치고 다음 정거장에서 내려 30리 떨어진 집으로 걸어 돌아온다. 하지만, 그녀의 귀향이 외롭지 않은 이유는, 반대편에서 말을 하지 않아도 서로가 어떻게 행동할지를 잘 알고, 그녀를 굳게 믿어주는 친구들이 그녀를 걸어서 마중을 오고 있기 때문이다. 소녀들은 어두운 터널을 통과하여 재회할 것이고, 서로에 대한 믿음을 확인할 것이다. 이것은, 현실이 가져온 상상과 동경의 파괴를 공동체로 복귀하는 과정을 통해 치유된다는 것을 전달하고 있다.

시앙쉬에는 상대적 빈곤감에서 오는 자기비하를 가족에 대한 사랑이라는 가치를 통해 자신의 삶을 긍정함으로써 극복한다. 시앙쉬에가 점심 도시락을 먹지 못하는 이유를 눈치챈 부모는 다음날 밀가루를 듬뿍 넣은 점심을 싸준다. 그녀는 먼 거리를 걸어서 등교해야 하므로, 부모보다 먼저 일어나 도시락을 챙긴다. 이때 시앙쉬에는 밀가루가 가득 들어간 특별한 점심을 발견하고 잠시 기뻐하지만, 이내 이 밀가루 전병(煎餠)을 놓아두고 잡곡 전병(煎餠)을 점심으로 가져간다. 이날부터 그녀는 점심시간이 되자 다른 학생들의 화려한 음식을 더 이상 부러워하지 않고, 자신이 가져온 거친 음식을 자신 있게 먹는다. 그녀는 같은 반 친구가 먹으라고 주는 반찬도 거절한다.

필통은 도시가 제공하는 교육에 대한 시앙쉬에의 열망을 상징한다.

이 필통에 대한 시앙쉬에의 태도는 앞의 두 사건에서 보여준 자세와 판이한 모습을 가진다. 그녀가 기차에서 내려 걸어서 집으로 돌아오는 모습과 자신의 도시락을 당당하게 먹는 모습에는 모두 자기 현실에 대한 긍정의 의미가 들어있다. 하지만, 시앙쉬에는 부모가 만들어 준 나무필통보다 플라스틱 필통에 대해 강한 애착을 보인다. 본래 소심하고,4) 다른 사람의 말을 잘 들어주며, 좀처럼 자기 의견을 제시하지 않는 그녀가 기차에 뛰어올라 플라스틱 필통을 계란 40개, 더 정확히 말하면 광주리까지 주고 자신의 소유로 만든다. 영화가 가지는 다른 두 가지 갈등의 해소 서사 논리에 비춰보면, 시앙쉬에는 플라스틱 필통보다는 아버지가 만들어 준 나무필통을 더 좋아해야 한다.

시앙쉬에는 척박한 생활은 부모에 대한 사랑으로 극복할 수 있고, 동경이 사라진 서글픈 마음은 친구들이 어루만져 줄 수 있지만, 교육에 대한 열망은 오직 도시적 가치로만 극복할 수 있다. 이런 모순은 어디에서 오는가? 작품 내적으로 해석해 보면, 시앙쉬에와 도시 사이에 형성된 동경과 갈등이 교육에 대한 열망에서 비롯된 것이기 때문에, 그녀로서는 도시가 제공할 수 있는 교육 환경을 제외한 나머지에 대해서는 열망이 없다고도 할 수 있다.

하지만, 사회적으로 해석하면 조금 다른 결론을 얻을 수 있다. 영화가 보여주는 갈등 서사가 도시와 산골의 갈등이라는 점을 놓고 볼 때, 이 영화는 80년대 중국의 개혁·개방 이후에 발생한 빈부격차와 그 갈등이 영상 서사의 역사적 배경이 된다. 즉, 이 영화는 도시와 산골의 경제적 격차에서 오는 사회적 갈등을 농민 소녀의 순수한 감정으로 극복하는 모델을 선택하고 있고, 동시에, 도시와 산골의 빈부

---

4) 陈思和, 위의 책, 225-227쪽.(『百度百科』)

격차를 극복하는 방법으로 교육이라는 제도를 제시하고 있다. 이런 점에서, 이 영화는 중국 정부의 빈부격차 해소 이데올로기 서사를 영화 서사 속에 숨겨두고 있다.

시앙쉐에의 친구 펑지아오는 '베이징화'와 함께 세련된 도시 남성과 순박한 시골 여성의 애정 서사를 간직한 인물이다. 하지만, 펑지아오라는 인물은 주인공 시앙쉐에가 가져야 하는 애정 서사 분량을 나누어 가진 인물로 보아야 한다. 산골 소녀와 도시 남자 사이의 애정 사건이 펑지아오에게서 나타나는 점은 작품의 구조를 긴밀하게 만들지 못한다. 즉, 그녀는 시앙쉐에로 하여금 좀 더 입체적인 인물이 되지 못하도록 하며, 영화 서사 맥락이 시앙쉐에에게 집중되는 것을 방해하는 역기능을 가지고 있다.

기차

영화에서 거대한 산맥을 뚫고 달리는 기차는 자연과 현대 문명의 공존을 보여주지만, 미묘한 긴장감과 불안감을 전한다. 이 불안감은 기차의 무관심과 아이들의 동경이 만들어낸 것이다. 아이들을 스쳐 지나치며 큰 소리를 내는 기차는 무서울 정도의 무관심을 표현하고 있다. 하지만 동시에 기차는 시골 아이들에게 기차에 신기함과 도시에 대한 욕망을 부여했으며, 자신의 삶을 되돌아보는 기회도 주었다.

기차가 주변 지역에 가지는 무관심은 일찍부터 지적된 부분이다. 철도가 일으킨 공간과 시간의 변화는 여러 의미가 있지만, 프랑스 문학가 하인리히 하이네(Heinrich Heine)가 『루테치아(Lutezia)』에서 언급했던 "철도에 의해 공간이 살해당했다."라는 말에서 직접 드러난다. 철도는 확실한 도착만을 추구하는 근대적 가치의 산물이며, 중간에 놓인 과정은 더욱 단축되는 쪽으로 발전하기 때문에, 철도의 궤도에 진입할 수 없는 지역은 자신의 가치를 상실하게 되는 것이다.[5] 이 말은 기차에는 출발과 목표만 존재할 뿐 그사이에 놓인 공간이 의미가 없다는 뜻이다. 영화에서는 기차역에 걸린 지도에서 이런 점이 나타난다. 역사에 걸린 지도에는 마을에서 중요한 우물과 다리가 표시되어있지 않다. 즉, 열차 지도는 타이얼거우의 삶을 반영하지 않는다. 또한, 역에서 전보치는 일을 하는 역무원과 표를 파는 역무원은 아이들과 아무런 교류를 하지 않는다.

기차의 가장 큰 역기능은 산골 소녀들에게 자신의 가난한 모습을 부끄러워하도록 만들었다는 점이다. 펑지아오는 세련된 북경어를 하는 승무원을 좋아하게 되면서, 그녀는 처음에는 아끼고 어루만지며 좋아하던 자신의 신발을 부끄러워하게 된다. 또한, 기차는 산골 소녀들에게 실현될 수 없는 환상을 주었고, 그 결과 서로 갈등하게 만들었다. 펑지아오는 차장과의 감정 교류를 기대하며 대추를 선물했지만, 차장은 그녀에게 대추 값을 지불한다. 서로 감정선이 틀어진 것에 대해 펑지아오는 투정을 부린다. 아이들은 들꽃으로 기차에서 보았던 도시 여성의 머리 장식을 흉내내며 놀지만, 이내 싫증을 낸다. 또, 이들은 "북경어(北京话)"를 멋지게 구사하는 도시 청년의 세련된 모습에 반해 그를 "베이징화(北京话)"라 부르고 동경하지만, 농사일로 검게 그을은 자신들의 피부처럼 가난한 자신들의 처지를 돌아보며 어울리지 않는다고 생각하게 되고, 펑지아오를 놀리면서 시앙쉬에 ·

5) 이상의 논설은 볼프강 쉬벨부쉬 저·박진희 역, 『철도 여행의 역사』(파주, 궁리, 1999) 53쪽을 참고.

펑지아오와 갈등을 형성하게 된다. 이런 점은 모두 기차가 매개한 역기능이라고 할 수 있다.

한편, 기차가 가지는 순기능도 있다. 아이들은 기차와 기차를 타고 있는 승객들을 보고 새로운 자극을 받는다. 기차는 자동으로 문이 열리고 닫히며, 그 속에는 신기한 물건들이 가득했다. 또 승객들의 손목시계, 과일을 깎는 칼, 머리 장식, 머리 모양 등은 모두 그녀들의 마음을 동요시켜 도시에 대한 환상을 품게 했다. 이런 환상과 즐거움이 비록 갈등을 가져오긴 했지만, 삶에서 이런 새로운 자극이 나쁜 것이라고 할 수는 없을 것이다.

기차의 순기능이 가장 높게 일어난 것은 화가의 등장이다. 시앙쉬에는 작가가 그리고 있는 이상적 산골 소녀이며, 작가는 화가를 등장시켜 시앙쉬에의 아름다움과 산골의 아름다움을 구체화한다. 영화에서 화가는 타이얼거우 역에서 내린 유일한 승객이다. 그는 이곳의 산수에 이끌려 그림을 그리기 위해 타이얼거우 역사에 머문다. 이 과정에서 역사로 놀러 나온 아이들을 만나는데, 이 예술가의 눈에 비친 아이들의 모습은 빛나는 순수함으로 가득했다. 화가는 아이들 가운데 기차소리에 흔들림 없이 그림을 눈여겨보는 시앙쉬에를 그려주고, 시앙쉬에는 그 답례로 농사지은 옥수수를 비를 무릅쓰고 가져다준다. 그녀는 화가가 등장하기 전에는 자신의 아름다움을 알지 못한다. 기차는 그녀들의 존재가 가진 가치를 인정해 주는 순기능의 역할을 하였다.

나가며

첫 화면에서 한 무리의 산골 소녀들이 허베이(河北)의 아름다운 산속에서 서로 즐겁게 떠들며 철로 위를 걷고 있다. 잠시 뒤, 기차가 철로 위를 지나치며 그녀들의 웃음소리를 삼키고, 옹기종기 즐겁게 모여 있던 소녀들을 흩어놓는다. 〈통행금지〉라는 푯말을 두고, 철로를 바라보는 소녀들의 얼굴은 긴장으로 가득차고, 기차소리에 귀와 눈을 막고 가만히 서서 어쩔 줄 몰라 한다. 하지만, 이러한 긴장감은 그리 오래 가지 않는다. 마치 기차가 내는 소리와 바람에 강아지풀이 뽑힐 듯 흔들리다가도, 이내 자연이 불어내는 바람에 하늘거림을 되찾듯이, 그녀들은 곧 천진난만한 즐거움을 되찾는다. 그녀들은 곧이어 어두운 터널 속을 걸어가야 하지만, 그녀들이 가진 천진난만한 순수한 웃음소리는 마치 멀리 보이는 출구의 빛처럼 그녀들이 걸어갈 길을 즐거움으로 가득 채운다. 이 영화의 도입부는 영화의 이러한 전체 줄거리를 집약적으로 드러내고 있다.

하지만, 영화는 기차로 상징되는 개혁개방의 변화의 길을 걷는 중국의 농민들을 대상으로 순수한 농민성의 긍정을 통해 빈부격차에서 오는 갈등을 극복하는 심리 구조를 제시하고 있다. 이것은 영화가 이 문제를 대하는 방식에 있어 지역성에 대한 과도한 긍정과 근대와 이동이라는 현상에 대한 부정이라는 비교적 낡은 구도를 선택하고 있음을 의미한다. 또한, 영화가 산골 아이들에게 교육이라는 제도를 제시함으로써, 농촌 아이들의 도시 이동 가능성을 열어둔 것 같지만, 현실 산골의 교육 환경을 고려해 볼 때 교육을 통해 산골 아이들이 북경에서 대학을 다닐 기회가 생길 수 있을지 의심스럽다. 대부분의 현실 속의 시앙쉬에들은 영화의 시앙쉬에처럼 도시의 꿈을 접고 걸어서 집으로 돌아오는 길을 선택할 것이지만, 그 선택에 담긴 마음은 다를 것이다. 이런 점에서 영화가 서사화하는 시앙쉬에의 "변화의 길에서도 유지되는 천진난만하고 순수한 마음"은 어두운 현실에 대한 외면일 수 있다.

제9장

전근대와 근대의 충돌

: 오즈 야스지로 『동경 이야기』

감독 오즈 야스지로

오즈 야스지로(小津安二郎, 1903-1963)는 일본 고전 영화를 대표하는 감독 가운데 한 명이다. 그는 살아 있을 때 세간의 관심을 별로 받지 못하다가, 사후 70년대부터 서방에서 그의 영화에 관한 관심이 크게 일어나면서 일본 내에서 재조명 받은 감독이다.

오즈 야스지로는 도쿄에서 태어났고, 13

오즈 야스지로(1951)

세 무렵 도쿄에서 서쪽으로 400km 떨어진 미에현(三重県)으로 가서 성장한다. 그는 대학을 가서 교사가 되고자 했지만 합격하지 못한다. 23세 때 쇼치쿠(松竹) 영화사에 입사해서, 25세 때 첫 작품인 『참회의 칼(懺悔の刀)』(1927)이란 시대극을 만든다. 하지만, 이후 그는 다시는 시대극을 만들지 않았다. 이후 30년대 중반까지 오즈 야스즈로는 서민의 생활상을 코미디로 담았다.

하지만, 그의 작품은 단순한 코미디만 전하지는 않았다. 그가 1932년에 촬영한 『태어나기는 했지만(大人の見る繪本 生れてはみたけれど)』은 부조리한 사회 속에서 서민이 겪는 고통의 단면이 희극의 형식으로 표현되어 있다.

그의 영화적 시각은 2차 세계대전 이후의 작품에서 변화한 모습을 보여준다.[1] 그의 전쟁 이전 영화가 사회와 가족관계에서 발생하는 모순을 가벼운 코미디로 표현했다면, 전후의 작품에서는 서사의 주제는 여전히 사회와 가족에 맞춰져 있지만, 인간의 내부를 진지하게 파고드는 모습을 보여준다. 1945년 일본의 패전 이후 1949년에 촬영한 『만춘(晩春)』은 홀아버지와 딸의 이별을 주제로 두 사람의 내면적 진실을 영상으로 담는다. 이후 가족 서사는 그의 대표작이라고 할 수 있는 1953년의 『동경 이야기(東京物語)』에서 다양한 각도에서 탐구되고 있다.

다다미 쇼트

그의 영화를 접하는 사람은 '다다미 쇼트(tatami shot)'라는 말에 도달하게 된다. '쇼트'는 영화 영상에 대한 용어이며, '다다미'는 일본에서 사용되는 전통식 바닥재이며, 일본 문화를 상징한다. 이 두 단어가 함께 사용된 '다다미 쇼트'는 그의 영화적 관점을 함축하는 말이 된다.

영화의 영상은 영상의 의미를 구성하는 3개의 요소인 쇼트(shot),

---

1) 전쟁 동안 그는 중국에서 보병대에서 근무하였고, 1943년에는 미얀마에서 선전 영화를 촬영한다.

「동경 이야기」의 다다미 쇼트

씬(scene), 시퀀스(sequence)를 가진다. 영화는 시공을 움직이는 사물을 영상으로 담기 때문에, 동작을 단위로 삼는다. 즉, 쇼트는 인물의 한 가지 동작을 의미하고, 씬은 여러 동작이 모여 의미를 이루는 것이고, 시퀀스는 의미가 서사를 이룬 것을 의미한다. 언어에 비유하자면, 쇼트는 한 문장(S+V)이며, 씬은 쇼트가 모인 문단이되고, 시퀀스는 사건의 시작, 과정, 끝이 담기는 의미 단락이 된다. 그래서 '다다미 쇼트'는 오즈 감독이 담은 영상의 가장 작은 단위이지만, 사실 씬과 시퀀스를 다 포괄하고 있다.

일본 사람은 다다미에 앉아서 밥을 먹고, 대화한다. 일본인의 생활을 카메라에 담기 위해서는 카메라 높이를 낮출 수밖에 없다. 그리고, 그 낮아진 높이는 정확히 앉은 사람의 눈높이에 맞춰진다. 따라서, 다다미 쇼트의 의미는 다다미에 앉은 사람의 시선으로 본 장면이 된다. 그래서, 오즈 감독의 관객은 일본인의 시선으로 영상 속 인물들의 생활과 활동을 접하게 되는 것이다. 이처럼 위치가 낮은 카메라 앵글은 일본 사람보다 서양 사람들에게 훨씬 더 이질감을 발생시켰을 것이고, 그의 영화가 주목받는 계기가 되었을 것이다.

오즈 감독의 영화에서 '다다미 쇼트'는 카메라의 높이가 낮아진다는 의미 외에도, 카메라의 이동이 없다는 특징이 있다. 즉, 카메라가 현실을 담는 범위라고 할 수 있는 프레임(frame)이 쇼트뿐만 아니라 씬에 이르기까지 이동이 없다. 이 점은 카메라가 담을 수 있는 공간을 제한하고, 마치 연극을 보는 듯한 느낌을 주기 때문에 영상의 확장성을 제한한다. 즉, 영상에 자유롭고 확장적인 인간을 담는 대신 철저히 감독에 의해 형상화된 인물이 들어가게 되는 폐쇄성을 부여하게 된다. 이런 점은 인간 존재의 확장과 자유를 추구하는 사람이라면 오즈 감독의 영상을 예술지상주의적인 인공의 산물로, 또, 그가 서사화하는 인물을 거짓된 가면을 쓴 존재로 파악하도록 만든다.[2]

하지만, '다다미 쇼트'는 대단히 짙은 일본적인 감성을 만든다. 하나의 씬에 하나의 고정된 프레임이 유지됨으로써 프레임에 고요함과 안정감이란 정적(靜的) 요소가 강조된다. 더욱이, 앉아 있는 눈높이에서 바라보기 때문에 현상을 관조하듯 바라볼 수 있다. 이렇게 되면 화면의 구도 및 인물의 감정과 행동으로 형상화되는 이미지가 마치 시의 의상(意象)처럼 공간에 남아, 화면에 독창적인 분위기가 연출된다. 이런 영화적 의상은 감독의 인격과 예술적 역량도 함께 화면에 녹아들기 때문에, 다른 사람이 그의 촬영 테크닉을 모방한다고 하더라도 같은 결과를 도출하는 것은 불가능하다.

---

2) 이마무라 쇼헤이(今村 昌平)는 오즈 야스지로 감독의 세상을 '거짓'이라고 비판했다. 이마무라 쇼헤이는 쇼치쿠 누벨바그를 대표하는 작가로 1983년 『나라야마 부시코(楢山節考)』, 1997년 『우나기(うなぎ)』로 칸 영화제 황금종려상을 수상했다. 한상호, 『씨네21』, 〈[한창호의 오! 마돈나] 신화가 된 스타의 삶〉 http://m.cine21.com/news/view/?mag_id=79555(2015-04-10)

줄거리

히라야마 슈키치(平山周吉)·토미(平山富子) 부부는 막내딸 쿄코(京子)와 함께 오노미치(尾道)에서 살고 있다. 부부는 도쿄에서 가정을 꾸리며 사는 자식들을 보러 도쿄행 기차를 탄다. 도쿄에는 첫째인 아들 코이치(幸一)가 의사가 되어 개인 소아과 병원을 하고 있고, 둘째인 딸 시게(志泉)가 미용실을 하고 있다. 그리고, 전쟁에서 행방불명 된 셋째 쇼지(昌二)의 아내 노리코(紀子)가 살고 있다.

하지만, 노부부가 도쿄에서 머무는 시간이 길어지면서 자식들과 갈등이 형성된다. 자식들은 자신들의 생활에 불편을 가져오는 부모의 존재가 점점 부담스러워지고, 부모는 자식들에게 피해를 주는 자신의 모습에 미안함을 느낀다. 동시에 그들이 자신들에게 잘하지 못하는 것을 도쿄 생활이 쉽지 않다는 것으로 이해하려고 하지만 서운함을 느끼는 것을 피할 수 없다.

노리코는 도쿄에서 회사에 다닌다. 그녀의 남편 히라야마 쇼지는 전쟁에서 행방불명되어 현재까지 소식이 없는 상태다. 그녀는 노부부가 왔을 때 노부부의 자식과 달리 극진히 모신다. 노리코는 하루 휴가를 얻어 부부의 도쿄 여행을 함께했고, 자기 집에서 음식을 정성스럽게 대접했으며, 갈 곳이 없어진 토미에게 잠자리를 내어준다. 이는 자식들의 행동과 대비효과를 이루어 인물의 형상을 더욱 두드러지게 만든다.

자식들은 노부부를 위한다는 명목으로 아타미(熱海) 온천 여행을 보낸다. 하지만, 이 여행은 슈키치·토미 부부에게 더 큰 불편함과 섭섭함을 느끼도록 한다. 자신들이 자식들에게 폐가 된다는 생각을 피부로 느낀 노부부는 오노미치로 돌아간다. 하지만, 본래 건강이 좋지 않았던 토미는 17시간이 걸리는 도쿄 여행으로 건강이 악화되어, 넷째 케이죠(敬三)가 사는 오사카에서 잠시 휴식하고 오노미치로 돌아오지만 결국 세상을 떠난다.

　도쿄에 사는 자식들과 며느리 노리코는 어머니가 위급하다는 소식을 듣고 오노미치로 와서 어머니의 임종을 지킨다. 하지만, 오사카에 살고 있는 케이조는 늦게 도착해서 어머니의 마지막을 보지 못한다. 상을 치른 다음날 자식들은 곧 다시 자신의 생활로 돌아가지만, 노리코는 마지막까지 남아 시아버지 슈키치를 위로한다. 슈키치는 노리코에게 재가하라는 말과 함께 토미의 시계를 선물한다. 노리코 역시 도쿄로 떠나고 슈키치는 홀로 남게 된다.

등장인물

히라야마 슈키치

72세. 아내 토미, 막내 쿄코와 함께 오노미치에서 살고 있다. 아내와 함께 도쿄에 사는 자식들을 보기 위해 도쿄에 간다. 자식들의 모습에서 섭섭함을 느끼지만, 그들을 이해하려고 노력한다. 술을 좋아해서 가족들에게 핀잔을 듣는다. 관대하고 너그러운 모습으로 나타난다.

히라야마 토미

68세. 슈키치의 아내다. 자애롭고 상냥한 사람이고, 자식들을 이해하기 위해 노력하지만, 자식들에게 섭섭함을 느낄 수밖에 없다. 자기를 극진히 모시는 노리코에게 깊은 애정을 갖게 된다. 긴 도쿄여행으로 건강을 해쳐서 결국 죽게 된다.

히라야마 코이치

부부의 큰아들이고, 아내 후미코(文子)와 함께 도쿄의 변두리에서 소아과 병원을 하고 있다. 바쁜 병원 일 때문에 부모와 함께 시간을 보내지 못한다. 이성적인 사람으로 감정의 변화를 크게 보이진 않는다. 도쿄 체류가 길어지는 부모를 둘째 시게와 함께 상의하여 아타미 온천에 보낸다.

가네코 시게

부부의 둘째이자 장녀다. 도쿄에서 미용실을 하고 있다. 직선적이고 과격한 성격을 가지고 있어서 부모에게 싫은 말 좋은 말을 가리지 않는다. 비교적 시야가 좁은 인물이지만, 그렇다고 심성이 못된 사람은 아니다.

히라야마 노리코

슈키치와 토미의 셋째 쇼지의 아내다. 도쿄에서 회사를 다니고 있고, 쇼지가 세계2차 대전으로 행방불명된 다음에도 재혼하지 않고있다. 도쿄에 온 시부모에게 잘 대해 준다.

히라야마 케이조

슈키치와 토미의 넷째다. 오사카에서 회사에 다닌다. 부모에 대한 관심이 부족한 편이다. 어머니가 위독하다는 소식을 듣고도 서둘러 기차를 타지 못해 어머니의 임종을 지켜보지 못한다.

히라야마 쿄코

노부부의 막내다. 중학교 선생님이며 노부부와 오노미치에서 산다. 언니와 오빠의 행동에 대해 실망하고, 자신의 마음을 노리코에게 털어놓는다.

슈키치의 자식들

『동경 이야기』에 등장하는 인물은 긍정적 모습과 부정적 모습을 동시에 갖추고 있는 양면성을 가지고 있어서, 이들을 선악의 한 편으로 놓기 상당히 어려운 부분이 있다. 하지만, 그들은 근대성과 전통성의 갈등에서 어느 한쪽을 선택한 것으로 나타나는데, 이 부분이 영화 서사의 중심이 되며, 인물에 대한 가치판단을 내리는 기준이 된다.

슈키치의 자식들은 막내 쿄코를 제외하고 모두 근대적 인간상을 보이고 있다. 이들의 가치관은 편리성과 합리성으로 무장된 개인주의와 경제적 이윤추구로 정의할 수 있다.

둘째인 시게는 근대적 소시민의 모습을 담고 있다. 그녀는 직선적인 성격과 강한 행동력을 부여받고 있어서, 자칫 파고들기 힘든 근대인의 내면 심리를 직접 전달하는 역할을 하고 있다. 아래에서 그녀의 행동을 나열함으로써 그녀를 분석해 보겠다.

① 코이치의 집에서 마치 안주인처럼 행동한다.
② 며느리 노리코 앞에서 어머니 토미가 뚱뚱하다고 이야기한다.
③ 아버지가 술을 먹었다고 심하게 구박한다.
⑤ 어머니의 유품에 대해 욕심을 부린다.

이상의 행동은 그녀가 매우 직선적이며 교양이 부족한 모습을 가지고 있다는 사실을 드러낸다.

① 역에 마중 나간 사람은 코이치, 시게, 그리고 노리코다. 하지만 노리코만 함께 돌아오지 않는다.
② 부모님께 드리는 간식은 전병으로 충분하다며 장인 장모를 드리

기 위해 팟빵을 사온 남편에게 바가지를 긁는다. 또 가부키를 보여 주겠다는 남편의 제안도 거절한다.

③ 어머니에게 미용실에 사용되는 천을 바느질시킨다.

④ 상복을 미리 준비한다.

⑤ 위독한 모친을 만나기 위해 주말에 맞추어 기차를 예약한다.

⑥ 장례를 끝낸 다음 주말에 맞춰 도쿄로 돌아간다.

⑦ 아버지가 어머니보다 먼저 죽는 것이 나았다고 이야기한다.

⑧ 유품에 대해 욕심을 부린다.

이상을 통해 시게라는 인물이 편리성과 실리성을 추구한다는 것을 알 수 있다. ①은 부모가 도쿄에 도착하자마자 부모를 위한다는 이유로 노리코를 기다리지 않고 코이치의 집으로 가는 판단을 내렸다고 충분히 추측할 수 있다. ②는 부모에게는 더 좋은 간식이나 문화적 삶이 의미가 없다고 판단한 것이다. 왜냐하면, 부모는 더 좋은 것을 먹거나 보지 않아도, 또 보다 못한 것을 먹거나 보더라도 충분하기 때문에 돈과 시간을 더 쓸 필요가 없다고 생각한 것이다. 즉, 부모를 위해 어떤 행위를 하는 것을 내 마음을 표현하는 행동이라고 생각하기 보다는 상대에게 얼마만큼의 가치가 있는가를 판단하고 있다. ④에서 ⑤⑥은 편리함과 실용적 인식을 보여준다. 어머니가 아직 돌아가시지 않았는데도 상복을 준비한다는 것은, 나중에 상복을 준비하는 불편함을 피하고자 함이다. ⑤⑥에서 시간이 주말이라는 것은 영화에서 직접 언급되지 않고 있지만, 쿄쿄의 영상과 대화를 통해 코이치와 쿄코가 다녀간 날이 주말임을 정확히 유추할 수 있다. 그리고, ⑦⑧은 그녀가 부모를 대하는 방식에 있어 생사 부분까지 현실적 실리성과 편리성으로 판단하고 있음을 보여준다.

① 부모의 도쿄 여행을 둘째 며느리 노리코에게 떠맡긴다.
② 부모님의 아타미 온천 여행을 추진한다.
③ 미장원의 품위를 위해 부모를 모르는 사람처럼 이야기한다.
④ 미장원에서 세미나가 있다는 이유로 부모님을 집에서 재워주지 않는다.

　이상은 부모로 인해 자신의 일상을 방해받고 싶지 않은 시게의 욕망을 드러내는 장면이다. ③과 ④는 자신의 생업과 관련된 부분이다. 머리 모양은 자신을 위한 것이 아닌 남에게 보이기 위한 부분이다. 머리 모양은 도시인이 타인에게 자신의 도시적 감성을 가장 강하게 표현하는 부분이다. 따라서, 시게가 부모를 쫓아낸 이유는 부모가 손님에게 미장원이 구식이라는 느낌을 주는 것이 두려워서다. 미장원이 도쿄의 변두리에 있다는 사실은 이 미장원이 도시의 주류 문화에서 벗어난 곳이라는 것을 의미한다. 비용과 시간에 상관없이 머리를 예쁘고 도시적으로 만들기 위해서는 도심의 미장원에 가는 선택을 할 것이다. 시게는 자신의 미장원 수준을 도쿄 중심가에 맞춰야 한다. 이런 점에서 시게가 삶을 대하는 태도는 억척스러운 모습을 띨 수밖에 없다.
　코이치는 노부부의 장남이다. 역시 아래에서 그의 행동을 나열함으로써 그의 성격을 분석해 보겠다.

① 그는 쉬는 날 부모를 모시고 도쿄 관광을 하기로 했지만, 환자가 생기자 문진을 나간다.
② 아내 후미코가 그 대신 도쿄 관광을 시켜드리겠다고 하자 병원에 찾아올 환자가 있을 수 있다고 막는다.
③ 저녁 메뉴로 스키야키와 회가 어떻냐고 물었을 때 스키야키로만

충분하다고 하고, 도쿄 유람을 하러 가는 날 점심을 아이들이 좋
아하는 백화점 음식으로 결정한다.

④ 그는 어머니의 임종과 장례식에 아내와 자식을 데려오지 않
았다.

그는 부모와 관련된 일의 대부분을 시게의 판단에 따르고 동조한
다. ①과 ②는 코이치가 독립적으로 판단하는 사건이다. 이것을 환자
를 위해 휴일도 없이 일하는 인도적인 의사처럼 해석될 수도 있지만,
모두 돈을 버는 일과 관계있다는 것을 부정할 수 없고, 부모님을 모시
고 나가는 것을 부담스러워한다고도 해석할 수 있다. ③은 시게와 인
식을 공유한다. 그리고, 음식의 선택에 있어 부모를 기준으로 생각하
기보다는 자기 가족을 중심으로 생각한다. ④는 자식들의 교육과 병
원의 운영 때문일 것으로 해석된다.

넷째인 케이조 역시 이기적인 사람이다. 케이조는 어머니의 임종을
보지 못했다. 케이조가 마쓰사카(松阪市)로 출장을 가서 늦었다하지
만, 그는 자신의 편의를 위해 늦은 기차를 타는 선택을 한 것이다.
또, 상례를 마치고 남아있으려고 하다가 회사 일과 야구를 이유로 들
며, 서둘러 돌아가는 모습에서 그가 유흥적이고 쾌락적인 삶을 더 중
시한다는 것을 잘 알 수 있다.

노리코와 슈키치

둘째 며느리 노리코는 슈키치 자식의 반대편에 위치한다. 그녀는
자식보다 더 자식 같은 행동을 한다. 이런 점은 전근대적 가치를 완전
히 실현하는 사람으로 보이도록 한다. 그녀의 행동을 아래에서 기록

하면 다음과 같다.

① 셋째 쇼지가 전쟁에서 행방불명된 지 8년이 지났지만, 여전히 회사에서 "히라야마"라는 성을 쓰고 있고, 집에는 남편의 사진을 걸어놓고 있다.
② 시부모에게 음식을 정성 들여 대접하며, 시아버지 슈키치가 좋아하는 술도 준비한다.
③ 휴가를 쓰면서까지 도쿄를 찾은 노부부에게 도쿄 관광을 시켜준다.
④ 상례를 미치고 월요일까지 기다렸다가 도쿄로 돌아간다.

①을 통해 그녀가 자신을 '히라야마' 가문의 며느리로서 자신을 자각하고 있다는 것을 알 수 있다. ③과 ④는 코이치와 시게의 모습과 정반대의 행동이 되어서, 그녀의 효행을 더욱 부각시키는 효과를 내고 있다. 하지만, 마지막 장면에 나타난 그녀와 시아버지 슈키치의 대화를 통해 그녀의 이러한 전근대적 모습이 사실은 그녀의 본심을 억누른 행동이었으며, 그녀가 깊은 내면적 갈등으로 괴로워했다는 사실을 알 수 있다.

슈키치는 영화에서 근대성을 평가하는 존재다. 그는 효의 가치를 제대로 수행하지 못하는 자식들을 평가하고 용서해 주는 존재로 그려지며, 노리코의 불안을 화해로 이끌 수 있는 존재로 그려지기 때문에 매우 긍정적인 존재다. 하지만, 그의 전통성은 근대성과 평등하게 비판되어야 한다.

그는 전통의 정통성을 장악한 권력적 존재이며 동시에 불편한 존재다. 근대성과 전통성을 평등하게 저울 한다면, 슈키치 부부가 자식들의 근대적 일상을 힘들게 했다는 점은 분명하게 지적되어야 한다.

비록, 그들이 자신의 존재가 짐이 된다는 것을 알고 있으며, 그들을 받아준 자식과 며느리에게 감사하는 모습을 표현하고 있지만, 불효를 판정하는 역할이 더욱 강하게 그려진다. 화해와 용서에서 그 균형이 한쪽으로 기울어지는 구도로는 원만한 조화의 모습을 구현하는 것에 일정 정도 손상이 있다.

또한, 그가 가진 전통의 가치는 그의 세대가 가진 세계에 대한 부채로 인해 인류적 가치에 손상을 입는다. 그는 전쟁을 일으킨 세대에 속한다. 슈키치는 과거에 시의 교육과장이었고, 그의 친구인 핫토리는 병무 담당관이었으며, 누마타는 경찰서장이었다. 모두 과거 제국주의 시대 교육과 군경이라는 핵심적 역할을 담당했던 인물들이다. 표면적으로 자식을 잃었기 때문에, "전쟁이 싫다"라고 하지만, 자식들을 전쟁으로 내몰았던 주체는 다름 아닌 그들 자신이다. 비록 이들이 가족 상실의 아픔으로 전쟁을 부정하지만, 경쟁에서 살아남는 것을 자식에게 요구하는 모습은 자신의 과거 정신으로 현세를 극복할 수 있다는 것을 의미한다. 이는 전쟁 행위는 부정하지만, 일본 정신은 긍정하는 모습이다.

따라서, 노년의 이들이 젊은 청년세대에 대해 가하는 "무기력하다"라는 비판은 인류사에 보편적으로 존재하는 자신의 세대를 긍정함으로써 청년세대를 비판하는 노인의 모습이 있지만, 하지만 이처럼 슈키치가 이성적으로는 부정하지만, 감정적으로는 인정할 수밖에 없는 "자식에 대한 욕심"이 현실화 되는 과정에는 과거 일본의 제국주의적 가치관이 유물로 남아있다.

영화의 서사와 주제

이 영화는 인간관계가 주는 내면적 고통과 그 극복의 아름다움에 관한 이야기다. 『동경 이야기』 서사의 초점은 전통 도덕 가치인 효(孝)가 근대의 편리성와 합리성, 그리고 물질추구에 부딪히면서 허물어지는 모습과 그것을 힘겹게 유지하는 인간의 모습에 있다.

효는 동아시아 사회를 지탱하는 문화의 축 가운데 하나다. 어떤 인간이 효의 가치에 위배되는 행동을 한다면, 그는 사회적인 비난을 피할 수 없다. 효는 부모와 자식이란 생물학적 관계를 인간관계의 상하 문화로 발전시킨 것이다. 전근대 사회는 씨족 중심의 농업사회였고, 성씨 집성촌을 이룬 인간 집단은 효라는 가치를 통해 가족 활동의 질서를 이룩했다. 즉, 효란 전근대 사회가 유지되는 절대가치 가운데 하나가 된다. 하지만, 근대화가 진행되면서, 자녀는 부권(父權)의 영향력을 벗어나 보다 큰 사회 구조 속에서 생활하는 형태로 변화했다. 그 결과 근대사회에서의 아버지와 아들의 관계는 상하관계에서 평등관계를 지향하는 쪽으로 변화된다.

영화에서 노부부가 사는 오노미치는 제2차 세계대전에서 오는 직접적인 영향을 거의 받지 않은 곳이므로, 슈키치·토미 부부의 가치관은 전통적 색채를 가지고 있다. 반면에 도쿄는 전쟁의 후유증을 근대화를 통해 극복하려는 곳으로, 근대화의 최첨단을 달리는 곳을 의미한다. 그곳에 사는 코이치, 시게 등은 극심한 경쟁 사회 속에서 살아남기 위해, 또 동경의 중심부로 진입하기 위해 자신의 삶을 합리성과 편리성이란 근대적 사상으로 무장해서 살아갈 수밖에 없다.

첨단 근대 도시 도쿄에 사는 자식의 처지에서 본다면, 왕래가 드물었던 부모의 장기간 체류는 필연적으로 불편함을 양산할 수밖에 없다. 자신의 바쁜 일상을 버려두고 도쿄 생활에 익숙하지 못한 부모를 하나부터 열까지 챙겨주는 것은 자신들의 바쁜 일상을 포기해야만 가능하다. 코이치의 아이들이 할아버지와 할머니를 낯설어하고 이들의 방문을 불편해하는 장면은 이들의 솔직한 마음을 나타내고 있다.

이런 점에서, 코이치와 시게가 부모에게 느끼는 불편은 근대라는 시대를 사는 인간이란 측면에서 이해될 수 있고, 충분히 느낄 수 있는 불편함이다. 노부모의 자식들은 부모가 찾아 왔을 때, 잠자리, 먹을 것 등등 생활의 여러 편의을 제공했기 때문에, 이들은 모두 부모에게 해야 할 일들을 빠짐없이 시행하였다고 할 수 있고, 어머니의 죽음 앞에 누구 하나 거짓으로 슬퍼하지 않았다. 케이죠는 어머니의 장례 절차 가운데 염불 소리를 견디지 못하는데, 그는 염불 소리가 어머니의 모습을 희석하기 때문이라고 이야기한다.

좀 더 나아가면, 장남 코이치는 아들·딸의 역할 뿐만 아니라 아버지·어머니의 역할 역시 해야한다. 즉, 이들은 스스로 한 가정을 돌볼 책임이 존재한다. 하지만, 며느리 노리코는 아직 재혼하지 않고 있으므로 그녀는 착한 며느리 역할만 잘하면 될 뿐이다. 노리코 역시 이런 점을 잘 알고 있다. 이것은 토미의 장례식 이후 코쿄와의 대화에서 노리코가 말하는 "누구나 자신의 삶이 중요해진다", "나도 그렇게 될 것 같다"라는 말의 의미와 연결된다. 그녀가 말하는 자신의 삶이란 근대적 인간의 편리성과 합리성에 맞춰진 삶이다.

편리성과 합리성으로 구성된 근대적 삶의 방식이 전통 가치의 실현에 대한 의지를 허약하게 만드는 것은 이미 피할 수 없는 현실이며 이것을 애써 부정할 필요는 없다. 이런 상황에도 불구하고, 자식들의 행위가 심리적 불편을 자아내는 이유는 이들이 선택한 근대적 가치인 편리성·합리성의 척도가 인간의 본질을 가늠하는 부분이며, 이런 부분에 대해 전통적 효로써 포장하는 행위가 서로 모순을 일으키기 때문이다.

코이치와 시게는 부모의 방문이 자신의 생업에 영향을 주는 것을 싫어하고 있다. 그래서 점차 부담스러워지는 부모님을 아타미 온천에 보내고서, 은근히 오래 있기를 바란다. 하지만 아타미 온천은 젊은 도시 남녀가 하루 정도 쾌락을 맛보기 위해 술과 노래, 그리고 도박을 하러 오는 곳이었고, 조용한 생활을 원하는 노부부의 요구와는 거리가 먼 곳이었다. 그런데도 이 둘은 여행을 잘 보내 드렸다고 주장한다.

또, 시게는 어머니의 위독함이 도쿄 여행 때문일 것이라는 것을 부정한다. 부모의 죽음에 안타까움을 느낀다면 그럴 수 있다는 개연성을 솔직히 인정해야 한다. 비록 코이치는 이 사실을 인정하지만, 이것은 그의 의사로서의 판단이다. 케이조가 "부모가 관에 들어가기 전까지는 아무도 돌봐주지 않는다", "부모의 장례 절차가 부모를 잊혀지게 한다"라며 효심을 드러내지만, 이는 임종을 지키지 못한 자신에 대한 일시의 자책이면서, 동시에 이 시대를 사는 사람이라면 대부분 모두 이렇게 하고 있다는 것을 통해 마음의 짐을 벗기를 원하는 모습이다. 관객은 앉아서 관조하듯 바라보는 '다다미 쇼트' 화면을 통해 이들 속에서 자신의 모습을 발견하게 되어 부끄러움을 느끼게 된다.

노리코는 사실 근대의 생활 편리성과 전통 도덕성 사이에서 발생하는 갈등을 내면적으로 가장 깊게 지니고 있다. 그녀는 슈키치의 자식들이 근대성으로 무장한 것과 달리 전통 가치 속으로 자신의 내면을 억압한다. 그녀의 이런 억압은 토미의 죽음으로 분출된다. 장례를 마친 슈키치는 그녀에게 죽은 아내가 도쿄에서 노리코 집에 있을 때가 가장 즐거워했다고 말해준다.

하지만, 그녀 역시 근대화의 물결 속에서 허물어져 가는 자신의 전통 가치관을 절실하게 느끼고 있다고 토로하면서, 이러한 자신의 모습을 감추고 슈키치와 토미로부터 자식 같은 사랑을 받는 자신을 "뻔뻔하다"라고 이야기한다. 즉, 그녀가 근대적 욕구를 전통적 가치로 억누르며 살았다는, 이야기하지 않으면 아무도 모를 그녀의 본심을 솔직하게 슈키치에게 드러낸다. 여기에서 인간의 진실한 만남이 이루어진다.

슈키치는 그녀의 고백을 듣고 "정말 착하다"라고 평가하며 그녀에게 아내가 차던 시계를 선물한다. "시계"는 시간이며, 인간의 생과 불가분의 관계를 이룬다. 노리코는 동경에서 살고 있지만, 근대적 가치와 전근대의 가치 사이에서 8년 동안 시간이 정지되어 사는 사람이다. 토미의 시계는 시어머니 토미의 전근대적 삶을 함께 해왔다. 이것을 슈키치가 그녀에게 주었다는 것은 두 가지 의미를 지닌다. 하나는 노리코가 토미의 시간을 이어서 살라는 의미다. 즉, 토미와 노리코의 시간이 접점을 이루어 이어지게 해주는 의미가 있다. 둘째, 이 시계를 주며 재가를 하라고 한다는 점에서, 그녀가 8년 동안 멈추어진 그녀의 삶에 근대적 시간이 흐르도록 한다. 이상을 종합하면, 시계는 그녀에게 있어 전근대와 근대의 가치가 이어진 시간을 살아갈 것이라는 희망을 간직하고 있다.

근대인이 자신의 편리와 안정을 추구하는 것은 경쟁 사회에서 생존하기 위한 필연적 선택에 속한다. 노리코가 과거 열녀처럼 수절한다는 것은 근대사회를 살아가기를 포기한 것과 같다. 그러나, 타인을 위해 자신을 희생하는 행위는 근대와 전근대를 관통하는 시대를 초월한 가치를 지니고 있다. 이 타인에 대한 인내와 희생, 그리고 이에 대한 감사를 통해 근대와 전근대는 화해의 극복을 이룰 수 있다는 것이 이 영화의 줄기가 되는 생각이다. 즉, 이 영화의 주제는 새로운 근대적 가치관과 일본의 전통적 가치관이 함께 화합하는 세계를 지향하고 있다.

기차

영화에서 기차는 근대화의 상징, 가치관의 충돌, 화해의 이미지, 그리고 인물의 속성을 드러내는 역할을 한다.

우선, 영화의 시작 무렵 오노미치를 통과하는 기차는 나지막한 산을 배경으로 전통 기와집을 가로지른다. 기차는 시작점과 종점, 그리고 이동 노선을 옮길 수 없다. 또, 기차를 이용하는 인구의 접근 편리성을 위해서 기차는 어쩔 수 없이 도시 중심부에 세워지며, 철로 역시 도심을 가로지른다. 오노미치는 원래 변화에 무딘 지역으로, 2차 세계대전의 영향도 거의 받지 않은 곳이다. 이곳을 기차가 지나간다는 것은 일본의 근대화가 이미 상당히 진행되었다는 것을 의미한다. 이런 일본의 성공적인 근대화는 근대적 가치의 긍정으로 이어지게 될 것이다.

기차의 이동성은 정주를 통해 화목하고 평화로운 대가족을 이상으로 삼는 전근대적 삶을 변화시키는 환경을 제공한다. 영화의 첫 장면에서 슈키치·토미 부부는 기차 시간을 이야기하며, 도쿄에 사는 자식들을 만나는 설렘으로 가득 차 있다. 기차로 17시간 남짓 소요되는 도쿄 여행은 과거에는 있을 수 없는 일이었고, 근대화가 진행되지 않았다면 히라야마 가족은 틀림없이 오노미치에서 함께 살았을 것이다.

하지만, 고생스러운 기차 여행의 결과는 만족보다 서운함이 많았다. 즉, 영화에서 기차는 다양한 인간의 가치를 만나게 하는 역할을 함으로써, 가치관의 충돌이란 사회 문제를 던져주는 역할을 한다. 즉, 기차는 거리의 극복이란 근대적 현상을 통해 혈연으로 맺어졌지만, 그 관계가 전통과 근대로 나누어진 인간을 서로 조우시키고, 근대와 전근대의 가치관이 서로 충돌하고 갈등하도록 만들었다. 그 결과 오노미치의 전통 가치가 도쿄의 근대성에 의해 상처받게 했고, 자식들을 불효자로 만들었다. 영화에서 처음 등장하는 기차는 근대화로 인해 분산된 가족을 이어주는 근대적 문명의 편리함을 의미하지만, 오노미치에 사는 부모와 도쿄에 사는 자식의 가치관 충돌을 이끄는 매개체의 역할을 하였으며, 장기간 기차 여행은 결국 토미의 건강을 악화시켰다.

기차의 시스템은 일단 형성되면 임의 수정이 불가능한 시스템이다. 기차가 임의로 정차하거나 지나치고, 정해진 속도를 넘어서거나 방향을 바꾸는 것은 사고다. 즉, 기차는 마치 천체의 운행처럼 정해진 시간, 속도로 정해진 공간을 향해 오차 없이 움직여야 한다. 이런 속성은 인간이 기계에 종속되기를 요구하는 근대적 환경을 체현하고 있다. 인간은 기차의 운행에 저항할 수 없고, 오직 타고 내리는 순간만 선택할 수 있다. 그래서 인간은 시간과 역사에 자신의 흔적을 남긴다. 영화에서 코이치와 시게는 급행열차를 타고 오노미치로 오지만, 이들이 선택한 날은 주말이다. 그리고 장례가 마치자마자 각자 생활을 위해 다시 돌아가는 날도 주말이 된다. 그리고, 케이죠는 늦은 열차를 타는 바람에 오노미치와의 거리가 도쿄에 사는 형과 누나보다 가까움에도 불구하고 어머니의 임종을 보지 못한다. 여기에서 이들이 가지고 있는 사고의 편리성과 합리성을 읽을 수 있다.

전통 문학에서 흐르는 물이 인간에게 시간의 흐름을 자연의 감각으로 전달하며 이별과 상실의 이미지를 주었듯이, 멈추지 않는 기차는 시간의 흐름을 직관하는 근대적 상징물이 되어 시간의 흐름을 근대적 감각으로 전달한다. 기차는 정해진 역을 향해 일정한 속도로 쉬지 않고 전진하는데, 이것은 자신이 바라본 지점 외에는 결코 멈추어 서지 않는 특징이 있다. 또한, 기차는 시간의 축약과 거리의 단축이란 근대의 속성을 달성하기 위해 부단한 기계적 발전을 도모한다. 또한, 기차의 목적지는 근대의 가치가 존재하는 곳이며, 사회의 욕망이 집적된 곳이다. 즉, 엄청난 속도로 달리는 기차가 지나치는 것을 바라보는 노년의 인간은 근대로부터 버려진 느낌과 함께 삶의 공허라는 인간적 쓸쓸함을 느끼게 된다. 영화에서 토미가 손주 이사무와 함께 집 앞 공터에서 손주를 바라보며 느끼는 장면, 그리고 노부부가 도쿄에서 서로 헤어지는 장면에서 지나가는 기차와 기차 소리로 인해 슬픔과 상실의 감정이 증폭되는 것은 이 때문이다.

하지만, 젊은 세대의 경우는 다르다. 젊은 세대는 앞으로 다가올 근대가 새로운 삶의 터전으로 제시된다. 따라서, 슈키치나 토미와는 달리 그들의 손자와 며느리 노리코는 기차를 보며 오히려 새로운 출발에 대한 기대로 가득차게 된다. 이런 점에서 마지막 장면에 등장하는 기차는 근대화라는 기차의 상징이 긍정적으로 나타난다. 세차게 도쿄로 달려가는 기차를 가까이서 촬영한 화면은 대단히 역동적이며 새로운 희망으로 가득 차 있는데, 이것은 영화의 서사와 결합한 결과다. 이 기차는 노리코가 전통적 가치관과 자신 사이에 용서와 화해 그리고 조화를 발견하고, 새로운 힘으로 미래를 개척하는 것을 상징하고 있으며, 힘차고 활기찬 미래를 가진 도쿄를 희망하는 감독의 메시지를 전하는 매개물로 나타나게 되는 것이다.

제10장

좀비와 인간 사이

: 연상호 『부산행』

감독 연상호

연상호 감독은 1978년에 서울에서 태어났고, 대학에서 서양화를 전공했다. 연상호 감독은 20살 때『D의 과대망상을 치료하는 병원에서 막 치료를 끝낸 환자가 보는 창밖 풍경』라는 작품을 만들었다. 그리고, 2003년『지옥 – 두개의 삶』이란 애니메이션을 통해 본격적으로 이름을 알린다. 그의 출세

연상호 감독

작은 2011년에 학교폭력을 다룬『돼지의 왕』이란 장편 극장 애니메이션 작품이다.『돼지의 왕』은 한국 장편 애니메이션 역사상 처음으로 2012년 칸 영화제 감독주간(비경쟁 부문)에 초청되었고, 이후 이 영화는 각종 국제 영화제에 초청된다. 2012년에는 군대 폭력 문제를 다룬『창』을 제작했고, 2013년에는 종교 문제를 다룬『사이비』를 감독했다.『사이비』는 세계 3대 판타스틱 영화제 2013년 제46회

시체스 국제영화제(sitges film festival)에서 애니메이션 최우수상을 받았다.

현재까지 연상호 감독의 애니메이션을 살펴보면, 우울한 분위기로 진행되는 서사 속에 사회 비판적인 내용을 담는 특징이 나타나고 있다. 감독의 독립 애니메이션 작품을 좀 더 구체적으로 살펴본다면, 연상호 감독의 소재는 대체로 인간의 죽음과 심판(『지옥－두개의 삶』), 아이들의 학교 폭력(『돼지의 왕』), 군대에서 행해지는 폭력(『창』), 하층 시민의 위에 군림하는 사이비 종교의 폭력(『사이비』)과 같은 사람들이 친숙하다고 생각하지만, 그 실상에 대해 잘 알지 못하는 문제를 다루고 있다. 또한, 연상호 감독의 영화 속에는 감정적으로 섬세한 애니메이션 캐릭터가 등장하며, 이들은 우리가 익히 들어봄직한 공간에서 상상을 초월하는 선정적인 폭력을 행사하거나 당함으로써, 우리가 피상적으로 익숙하다고 여겨왔던 공간을 공포스럽고 낯선 미지의 공간으로 재창조한다. 즉, 그의 애니메이션 영화는 과장되고 거친 폭력을 통해 인식의 맹점(盲點)에 존재하는 사회적 문제를 폭력적 환타지로 형상화하여 충격을 줌으로써 깊은 인상을 남긴다. 이렇게 본다면, 그의 영화가 가지는 특징은 사회 문제에 대한 분명한 시각을 바탕으로 한 애니메이션적인 선정적 폭력 묘사가 될 것이다.

2015년 제작된 『부산행』은 감독이 2D 애니메이션을 벗어나 작업한 첫 번째 실사 영화다. 한국의 첫 번째 좀비 블록버스터라는 타이틀을 건 이 영화는 한국 내에서 엄청난 흥행에 성공함으로써 대중성을 증명했고, 2016년에 제69회 칸 영화제에서 '미드나잇 스크리닝'에 초청받음으로써 어느 정도 주목할 만한 작품성을 입증하게 된다.[1]

---

1) 칸 영화제의 '미드나잇 스크리닝'은 액션, 스릴러, 공포, SF 등 장르 영화 중

줄거리와 등장인물

주인공 서석우는 이기적 성격을 가진 펀드매니저다. 그는 경제적으로 부유한 중산층에 속하지만, 가정생활은 원만하지 않다. 그는 아내와 이혼상태이며, 일에 바빠서 딸 서수안에게 많은 관심을 주지 못한다. 서수안은 서석우에게 부산에 있는 어머니를 보고 싶으니 부산으로 가자고 하지만, 서석우는 일을 핑계로 거절한다. 하지만, 딸의 학예회 영상을 보고 마음을 바꾸어 부산행 KTX에 올라탄다. 주인공이 탄 기차로 급하게 뛰어 들어온 소녀가 좀비로 변해서 승객을 물어뜯어 감염시키면서, 기차 안은 혼돈의 도가니가 된다.

서석우

현대 한국의 상위 중산층에 속하며, 타인에 대한 배려가 자신의 생존을 보장하지 못하리라 생각한다. 그는 경제적으로는 풍족하지만, 가정은 분해되어 있다. 아내와는 별거 중이고, 딸의 정서는 돌보지 못한다.

서수안

서석우의 딸이고 초등학생이다. 서석우에게 자신의 생일선물로 부산에 거주하는 엄마를 보러 가는 것을 요구한다. 어린이의 순수함보다는 어른스러움을 보여주고 있다.

독특한 작품성과 흡입력을 가진 감독들의 작품 가운데 매회 2~3편을 선정해 초청한다.

윤상화

자상하고 가족을 사랑하며, 사회적으로도 자기 일을 다하는 인물로 그려진다. 일반적인 소시민 캐릭터지만, 좀비 문제에 대해 도덕적으로 상당히 높은 판단을 한다. 그는 강한 육체를 바탕으로 좀비를 물리치는 액션을 담당하고 있다.

용석

현대 사회의 냉혹하고 이기적인 성격을 대변하는 인물이다. 좀비 문제를 냉정하고 현실적으로 판단함으로써 자신의 생존을 도모한다. 하지만, 모든 것을 자기중심적인 기준에서 판단하기 때문에 공적 도덕성은 매우 낮다.

노숙자

어려운 상황에서 인간적 희생의 가치를 보여주기 위해서 만든 캐릭터다. 가출 소녀와 더불어 『서울역』과 세계관을 이어주는 역할을 하지만, 그 비중은 크지 않다.

좀비의 역사

좀비는 죽었으면서도 살아 움직이기 때문에 비자연적이며 모순적 존재다. 하지만, 좀비의 이 모순성에 대해서 어느 정도는 합리적 이해가 가능한 부분이 있다. 역사적으로 좀비를 조종하고 탄생시켰던 최초의 문화는 제3세계 문화다. 이후 외계문명, 다시 인간 사회의 모순으로 변화하는데, 이것은 좀비의 탄생 근원이 야만의 공포에서 외계의 공포로, 다시 사회의 공포로 이동하는 현상을 보여준다. 이 과정에서 좀비는 주술자의 지배로부터 점차 독립해서, 스스로의 존재 독립성이 강화되는 형태를 지니며, 점차 인간화되는 특징을 보여주고 있다.

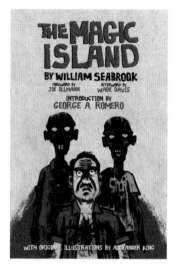

좀비(Zombie)의 기원은 아프리카-아이티인(Afro-Haitian)의 종교인 부두교(Vodou)에서 출발한다. 사실 좀비라는 단어는 18·19세기 로버트 사우디(Robert Southey)가 썼던 영어 어휘집에 들어있지만,[2] 서구 사람들에게 좀비라는 단어가 광범위하게 전파된 것은, 제1차 세계대전 시기 미국이 아이티를 점령한 기간에 (1915-1934), 윌리엄 시브룩(William Seabrook, 1884-1945)이 아이티섬에서 들은 이야기를 기록한 『마법의 섬(The Magic Island)』(1929)을 통해서다.

윌리엄 시브룩의 『마법의 섬』

이 책에서 좀비는 추장의 주술로 죽은 뒤에도 되살아나 사탕수수밭에서 일한다. 그래서, 원시 좀비는 "과거를 기억하지 못하고 초점 없는 눈으로 흔들리는, 연약하고 쓸쓸한 존재"이며,[3] 좀비의 의미는 "착취당하고 강요당한 노동력에 대한 은유"(Gyllian Phillips)가 된다.[4] 즉, 죽어서 영혼이 사라진 뒤에도 계속해서 일해야 하는 좀비는 피지배 노동계급의 상처를 담은 존재다. 그래서 그런지 초기의 좀비는 노동자계급이었고, 좀비가 된 존재 가운데는 부유한 자본가나 고

---

2) 『Encyclopedia Britannica』

3) Robert Ervin Howard 등, 『좀비 연대기』, 서울, 책세상, 2017.(ebook)

4) 이철, 〈좀비가 자본주의를 만났을 때-영화 〈부산행〉에 나타난 주인공들의 역할 분석을 중심으로〉, 『신학사상』178, 2017, 209쪽.

위관료는 없었다.[5]

30년대 미국에서는 시브룩의 아이티 문화 기록지『마법의 섬』에서 영향을 받은 좀비 영화가 출현하기 시작했다. 『화이트 좀비(White Zombie)』(1932), 『좀비들의 반란(Revolt of the Zombies)』(1936), 『좀비의 왕(King of the Zombies)』(1941), 『나는 좀비와 함께 걸었다(I Walked with a Zombie)』(1943)등의 작품이 잇달아 제작되었다. 이 영화들에 나타난 좀비는 주술사에 의해 조종되며, 주술사의 목적을 위해 움직인다는 특징이 있다. 이처럼 좀비가 주술사의 절대적 지배를 받는 특징은 고전적 좀비(classic Zombie)와 신세대 좀비(New age Zombie)를 가늠하는 특징이 된다.

50년대 후반에 나타난 에드 우드(Ed Wood)의 『외계로부터의 9호 계획(Plan 9 Outer Space)』(1959)과 에드워드 L. 칸(Edward L. Cahn)의 『인비저블 인베이더(Invisible Invaders)』(1959)에도 좀비가 출현하는데, 여기서는 좀비를 지배하는 존재가 주술자(Sorcerer)에서 지구를 위협하는 외계인으로 치환되었다. 냉전 시대의 우주경쟁(Space Race)이라는 시대 분위기를 반영하는 좀비 주술사의 변화는 신세대 좀비 탄생 이전에 나타난 과도기적 현상이라고 할 수 있을 것이다.[6]

본격적인 신세대 좀비는 리처드 매드슨(Richard Matheson)의 소설 『나는 전설이다(I Am Legend)』에서 영감을 얻은 조지 A.로메로

---

5) 이철, 위의 논문, 209쪽.
6) 『위키피디아』: 우주 경쟁은 1957년 10월 4일 소비에트 연방이 세계 최초의 인공위성 스푸트니크 1호를 쏘아 올리면서 시작되었다. 우주 경쟁은 군비 경쟁과 비슷한 데서 나온 표현이다. 우주 경쟁은 냉전 당시 미국과 소비에트 연방의 문화적, 기술적, 이념적 대립의 중요한 부분이 되었다. 우주 기술은 이런 경쟁 중 특히 중요하였는데, 우주 기술이 군사 분야에 응용되었고 국민의 자존심이 걸린 문제였기 때문이었다.

(George A. Romero)가 제작한 저예산 독립 영화인 『살아 있는 시체들의 밤(The Night of Living Dead)』(1968)에서 나타난다. 로메로의 이 영화는 좀비 영화사적으로 획기적인 작품에 속한다. 어느 날 갑자기 시체들이 좀비가 되어 사람을 공격하여 인육을 먹는다는 설정, 그 원인을 '방사능 오염'과 같은 과학에 두는 설정, 그리고, 좀비에 대항하여 모인 사람들이 하나둘씩 죽어가고, 살아남은 주인공이 구조대에 의해 좀비로 오인되어 살해된다는 영화 서사적 설정은 후대 좀비 영화의 틀을 구축한다.

조지 로메로의 『살아 있는 시체들의 밤』 포스터

비록 로메로 감독이 처음 이 영화를 만들 때, 좀비를 염두에 두고 만든 것은 아니지만,[7] 로메로의 좀비는 과거 고전 좀비들과 현격한 차이를 가진다. 가장 큰 것은 주술사의 부재란 속성이다.

우선, 주술사의 부재는 좀비의 출현에 관한 해석적 공간을 확장시켰다. 고전적 좀비는 자신을 지배하는 주술사에게서 벗어날 수 없었다. 하지만, 로메로의 신세대 좀비는 자신을 지배하는 존재가 없고, '방사능'이라는 자신들이 항거할 수 없는 사회적 흐름에 의해 좀비가 되었다. 즉, 신세대 좀비의 주술사와 주술은 사회적 모순 자체가 된다.

---

7) 로메로 감독은 영화에 나오는 사람을 공격하고 먹는 존재를 구울(ghoul)이라고 했지만, 각종 매체에서 영화에 대해 언급하며 좀비라는 단어를 사용해서 좀비가 되어버렸다. 구울은 아랍 신화에 등장하는 사람을 먹는 괴물로, 구울을 기록한 가장 오래된 문헌은 『천일야화』다.

『마법의 섬』에 실린 A. King의 주술사와 좀비 삽화

좀비의 생산에 있어 또 한 가지 생각해 볼 수 있는 전환은, 감염 때문에 좀비가 된다는 점이다. 본래 스스로 좀비가 되지 못했던 고전적 좀비와 달리 신세대 좀비는 좀비에 물리는 것을 통해 좀비가 될 수 있고, 이 때문에 신세대 좀비는 마치 공장에서 찍어내듯 거대한 좀비 집단을 형성할 수 있다.

고전적 좀비가 가진 주술자 종속성은 조지 로메로에 의해 사라졌지만, 이 속성으로 인해 파생된 다른 속성들, 즉 ① 좀비의 자유 의지 부재 속성, ② 영혼이 사라진 육체에 유일하게 존재하는 인간의 살에 대한 압도적인 욕구, ③ 머리를 공격해야 죽는 속성은 신세대 좀비에게 그대로 계승된다.

① '좀비의 자유 의지 부재'는 좀비가 이미 죽은 자라는 설정 때문이다. 즉, 그는 육체적으로 죽은 존재이므로 육체가 지니는 욕망이 없고, 또 영혼이 없으므로 의지가 없는 존재다. 하지만, 좀비는 '인간의 살에 대한 압도적인 욕구'를 가지고 있고, 이 욕구는 좀비를 살아 움직이게 만든다.

하지만, '욕망(desire)'은 산자의 특징이지 죽은 자의 특징이 될 수 없다. 고전 좀비에게서 이 '인간의 살에 대한 욕구'는 자신을 주술로 되살린 주술사의 '인간 존재의 죽음'을 요구하는 욕망을 이어받은 것이다. 하지만, 신세대 좀비는 이 욕망을 부여하는 존재가 없으면서도 이 욕망이 있다. 그래서, 이 욕망은 신세대 좀비의 출생을 주관한 사회와 과학에 대한 인간의 두려움과 혐오를 계승한 것이라고 해석 할 수 있다.

　이런 점은 로메로가 1978년에 만든 『시체들의 새벽(Dawn of the Dead)』에서 수백 마리의 좀비가 백화점을 배회하는 장면을 통해 표현된다.

> 　피터 : 그들(좀비들)은 이유도 모른 채 여기(백화점)에 오는 거야. 그들은 (살았을 때) 자신의 욕구를 기억하고 오직 그 기억 때문에 여기를 찾는 거지. 그들은 우리야.
>
> 　　　　　　　　　　　　　　　　　- 김정대, "〈조지 로메로의 시체〉 시리즈"[8]

　이 '쇼핑에 물든 좀비'는 자본주의 체제하의 대중에게 생겨나는 소비지향성을 지적하는 말이다.

　마지막으로, 좀비는 본래 죽은 자이기 때문에 몸에 총알이 박혀도 계속 움직일 수 있다. 좀비를 죽이기 위해서는 머리를 공격해야 한다. 머리에 대한 공격이 좀비의 움직임을 멈출 수 있는 이유는 고전 좀비의 경우 '머리'를 파괴하는 행위가 주술자와 좀비 사이의 지배－피지배 관계를 파괴하는 의미를 지니기 때문이다. 하지만, 자신을 생산한 인격적 존재를 잃어버린 신세대 좀비가 여전히 이런 속성을 가지고 있다는 것은 신세대 좀비가 여전히 고전 좀비의 DNA를 간직하고 있다고 해석된다. 이것은 신세대 좀비가 아직 진화적으로 불완전하다는 의미다. 또한, 주술자의 부재는 좀비의 독립성을 의미하기 때문에, 이 점은 좀비가 죽은 자라는 설정과 모순을 형성하여 좀비의 죽음을 완전히 해석하지 못한다. 이런 점은 미래의 좀비가 죽은 자가 아닌 산자로서 재해석될 여지를 남기고 있다.

---

8) 이철, 위의 논문, 210쪽.

좀비 서사

좀비 영화 서사는 크게 두 가지 주제를 가진다. 하나는 좀비이고 하나는 인간이다. 이 가운데 좀비에 대한 서사는 좀비를 다룬 작품의 세계관을 구축하는 것으로, 좀비와 인간의 대결이 주된 내용이 된다. 이 인간과 좀비의 관계를 해석하는데 가장 중요한 것은 주술자의 정의에 있다. 주술자가 있어야 좀비가 탄생할 수 있으며, 좀비의 인간에 대한 공격성이 해석될 수 있고, 좀비의 죽음이 완성될 수 있다. 사실, 좀비에 대응하는 인간의 서사는 재난 앞에서 한없이 나약해지는 인간성이 되거나 고난 앞에서 굳건히 일어서는 인간성이란 비교적 단순한 구조를 가진다.

『부산행』에서 묘사하는 좀비 생성 원인을 통해 영화의 좀비서사를 살펴보자. 서석우는 개인과 집단의 발전을 위해 부실기업(유성 바이오)을 우량기업으로 둔갑시키는 비윤리적 행동을 한다. 그리고, 이 부실기업이 만든 물질은 좀비를 생산하게 된다. 서석우는 왜 이렇게 행동한 것일까? 단순히 그를 개인적 인격의 문제로 볼 수도 있지만, 현대사회를 살아가는 우리의 모습 속에서도 이런 모습을 쉽게 발견할 수 있다.

현대 사회는 집단화되고, 여러 집단이 유기적으로 얽힌 사회다. 과거 사회는 일반인의 경우 집단(조직)이 다양하지도 않고, 서로 연결이 밀접하지 않았다. 특수한 직책을 가진 소수를 제외한 일반 개인이 합리적 도덕 판단을 했을 때, 비슷한 집단이 느슨히 결합한 사회에서는 큰 문제없이 공적 행위로 인정될 수 있다. 즉 그의 판단이 사회 전체의 인정을 받을 수 있다.

하지만, 현대 사회가 되면서 개인은 집단 의존적이 된다. 결국, 집단이 비윤리적이라도 개인은 자신의 생존을 장악한 집단에 반하는 도덕적 행동을 하기 어렵다. 첫 번째 이유는 개인의 생존이 집단에 종속되어 있어서, 집단에 반하는 행동을 하게 된다면 자신의 생존을 스스로 파괴하는 행위가 된다. 둘째, 집단 속의 개인은 자신의 도덕적 판단을 집단에 위임하여 책임을 회피하는 경우가 있다. 예를 들어, 시민을 죽이라는 명령을 들은 군인은 살인의 책임을 국가 명령에 돌리게 된다. 즉, '집단을 위한 어쩔 수 없는 행동'이란 개인의 생존을 위해 도덕적 판단을 자신이 소속된 집단에 위임하여 책임을 회피하는 비도덕적 행동을 의미한다. 이것은 집단이 개인에게 행사하는 정신적 장악으로 해석될 수 있으며, 고전적 좀비의 주술사가 바로 이 집단이 된다.

"미지의 상황이 주는 공포 속 인간 군상의 모습이 좀비 영화의 핵심"이라는 감독의 말처럼, 영화는 좀비의 충격적 묘사를 통한 '공포감'과 공포스러운 좀비를 물리치는 호쾌한 액션과 신파에 집중함으로써, 이전 작품에서 보여준 사회문제의식을 뚜렷하게 드러내지는 못한다. 이런 좀비의 사회적 성격은 오히려 『서울역』에서 두드러진다.

연상호 감독은 2015년에 『부산행』의 프리퀄 애니메이션에 해당하는 애니메이션 『서울역』을 제작했다. 『서울역』은 『부산행』 영화의 하루 전 일을 기록한 것이다. 이 두 작품의 내용은 연결되는 부분이 별로 없지만, 동일한 감독이 좀비라는 동일한 소재로 제작한 영화라는 점, 또, '역'이라는 출발과 '기차'라는 이동을 의미한다는 점, 그리고, 차기 작품인 '반

『서울역』 석규(좌), 혜선(중간), 기웅(우).

도'와 '집으로'가 '도착'과 '새로운 출발'이란 의미 맥락을 가지는 점 때문에, 『서울역』과 『부산행』의 주제는 어느 정도 공유되는 부분이 있고 할 수 있다. 이런 점에서 두 영화를 관통하는 좀비에 대한 인식의 공통점과 차이점을 살펴본다면, 『부산행』에 나타난 좀비의 의미를 좀 더 분명하게 인식할 수 있다.

우선, 『서울역』에서 최초 좀비 전파자로 나타난 사람의 사회적 신분은 노숙자다. 그가 좀비가 되는 과정은 사회로부터 도움을 받지 못한 상황에서 발생한다. 또한, 주인공 혜선이 좀비가 되는 과정을 보면 좀비의 사회적 의미가 좀 더 명확해진다. 가출 소녀 혜선은 매춘 생활을 청산하고 새로운 출발을 위해 매춘굴을 탈출한 상황이다. 하지만, 그녀는 남자친구 기웅에게서 돈을 착취당하고, 아빠라고 불리는 포주 석규로부터 몸을 착취당한다. 그녀가 좀비가 되는 시점은 석규가 강간하려는 시점이다. 현실적 상황으로 생각하면 그녀는 석규의 폭력에서 벗어날 수 없겠지만, 영화에서는 혜선이 좀비로 변화하여 석규를 공격한다.

이상의 고찰을 통해 좀비의 사회적 의미를 생각한다면, 좀비는 하층계급이 사회로부터 버려지고, 또, 불합리한 폭력으로부터 받은 고통을 자신을 버린 사회와 폭력의 가해자에게 되돌려주는 사회 보복적 폭력성을 지닌다. 따라서, 『서울역』의 좀비 바이러스는 사회 최하층 인간의 억눌린 폭력성에서 기인한다. 이 영화는 좀비라는 환타지를 통해 억압받는 하층민에게 초월적 힘을 주면서 벌어지는 상황을 보여준다고 할 수 있다.

『부산행』에서도 주인공이 탄 KTX 기차에 좀비 바이러스를 퍼트리는 첫 전파자가 가출 소녀라는 점이 『서울역』과 이어지지만, 『부산행』의 좀비에게서는 계층성이 없다. 『부산행』의 좀비는 공권력에 대항하는 시민도 있고, 길 가던 사람도 있다. 군인 좀비도 있고, 펀드매니저도 있고, 고위 신분을 가진 사람이며, 고등학생도 있다. 즉, 누구나 좀비가 될 수 있다. 그리고, 이들이 좀비가 되는 이유 역시 각기 다른 서사를 가지기 때문에, 『부산행』의 좀비는 특정한 사회 계층성을 가지지 않는다. 즉, 누구나 좀비가 될 수 있다.

두 영화에 나타나는 공통적인 좀비 인식은 정부에게서 읽을 수 있다. 『서울역』과 『부산행』에서의 정부는 모두 좀비가 일으키는 재난을 '폭력사태'라는 다소 모호하고 추상적 개념으로 접근한다. 좀 더 구체적으로 보면 『서울역』에서 지구대의 한 경찰은 상부에 보고하면서 "노숙자들이 일반인을 공격하고 있다.", "노숙자들이 폭동을 일으켰다."라고 말한다. 즉, 정부는 노숙자를 좀비와 동일한 존재로 인식하고 있다. 이것은 좀비가 하층민 계급에서 탄생했다는 사실과 일관성을 가진 서사라고 하겠다.

한편, 『부산행』에서 정부는 좀비를 좌파세력으로 간주한다. 정부는 국민에게 "폭력사태"가 북한의 소행일 수 있다고 주장하고, 이런 위기가 곧 안정될 것이기 때문에, 국민이 정상적으로 생활할 것을 요구한다. 그러나, 『부산행』에서 이런 정부의 좀비에 대한 좌파적 성격 부여는 영화 전체 서사에서 큰 의미가 없다. 왜냐하면, 영화에서 좀비의 정치 이미지화는 좌파나 우파 어느 한쪽으로 치우치지 않고 있기 때문이다. 좌파적 이지미가 보이는 부분은 휴대전화에 나온 DAUM 뉴스에서는 좀비를 북한 공작원 소행이라고 하는 부분과 TV 뉴스에서 보수적 정권에 저항하는 시위대가 좀비로 나타나는 부분이다. 하지만, 대전역에서는 출현한 군대 좀비는 5.18을 연상시키고, 보수적 지역인 대구에서는 수많은 좀비 떼가 나타나 보수적 지역성을 드러내며, 문재인의 고향인 부산은 생존을 위해 도착해야하는 희망의 지역이다. 이처럼 좀비는 정치적 진영 없이 묘사되기 때문에, 자신의 정치적 색깔을 가지지 않는다.

『부산행』에서는 좀비에 대한 시각이 인간과 괴물 사이를 오가고 있다. 『부산행』에서 좀비는 목이 완전히 뒤로 돌아가도 움직이고, 사람의 목과 살을 물어뜯는 명백히 비인간적 행동을 한다. 하지만, 이런 좀비를 직접 눈으로 목격한 사람들은 좀비를 비현실적 존재로 바라보는 것이 아니라 인간을 바라보는 것처럼 행동한다. 예를 들면, TV 뉴스에서는 좀비의 공격적 행동을 "폭력사태"라는 언어로 정의하고, 일부 등장인물은 좀비를 마주하고서도 마치 인간을 바라보는 듯한 덤덤함을 보여준다. 하지만, 일부 인물들은 좀비를 "괴물"이라고 하며 두려워하고, 좀비에게 물린 자신의 변화하는 몸을 바라보며 자신이 좀비라는 괴물이 되어가는 것을 두려워한다.

이처럼 영화가 좀비를 인간과 괴물 사이의 존재라는 이중적 표현은 인간과 좀비의 경계를 흐리는 연출이며, 그 상관관계의 명확한 대비가 흐린 상태다. 이런 점은 좀비의 비중을 줄이고, 인간 서사를 강화하기 위한 것으로도 해석이 될 수 있지만, 좀비에 대한 분명의 의미 전달에 취약성을 드러내고 있다.

인간 서사

블럭버스터 재난영화의 초점은 과장된 폭력성을 통해 대중적 소비를 자극하여 투자된 자본보다 높은 수익을 올리는 것이다. 이런 점을 계승한 『부산행』의 좀비는 단순한 '재난'이라는 의미를 강하게 전달한다. 즉, 『부산행』의 좀비는 사회적인 의미 보다 인물의 영웅화를 위한 소재로 더 많이 활용된다.

재난영화에서 인간은 이 죽음에서 벗어나기 위해 노력하지만 죽음은 피할 수 없다. 남은 것은 재난 앞에서 어떻게 죽느냐이며, 이것을 어떻게 찬미하느냐의 문제다. 일반적으로 부정적 인물은 인간성의 마지막 한 조각마저 상실함으로써 좀비보다 더 무서운 인간이 된다. 한편, 긍정적 인물은 타인을 위한 희생을 통해 영웅의 형상을 획득한다. 그리고, 영화의 마지막 생존자는 영웅을 기리고 악인을 비판하는 살아 있는 증언으로 작동한다.

서석우는 딸을 위해 부산으로 가게 되면서 차갑고 이기적인 성격에서 사회적이고 이타적 성격으로 변화를 겪는 입체적 인물이다.

주인공 서석우는 입체적 캐릭터이며 영화의 영웅이다. 그는 사회적 강자이며 부유한 중산층이며, 자신의 안전과 발전을 위해 남을 희생하는 것을 당연하게 여긴다. 그래서, 영화의 악당 용석과는 생존 철학에 있어 본래 차이가 없는 인물이다. 그러나 딸인 서수안과 윤상화 때문에 점차 이기적인 성격이 변화하고, 결국에는 윤상화의 아내 성경을 구하기 위해 자신을 희생한다. 즉 그는 자신과 아무 상관이 없는 약한 사람을 지키기 위해 자신을 희생한 것이다.

서석우의 영웅 스토리 텔링은 재난 영화의 진부한 서사에 속한다. 사실, 감독이 하고 싶은 이야기는 주인공이 아닌 사람들의 죽음을 통해 전달된다. 감독은 이 영화를 통해 모든 과거의 사회적 문제를 야기한 세대가 사라지기를 바랐다고 했다.[9] 그래서 그런지 영화에 나타나

---

9) 『한겨레』, 〈차라리 좀비세상이 낫겠다는 절망감이 〈부산행〉의 시작〉.
 http://www.hani.co.kr/arti/culture/movie/755624.html(2016-08-08)

는 등장인물은 한국 사회의 세대를 대표하고 있고, 각 세대의 죽음 역시 저마다의 이유를 가지고 주저 없이 좀비의 길을 걷는다. 인길과 종길은 노인 세대를 상징하는 인물들이다. 이 둘은 이념적 대립을 보이지만, 사실은 서로 깊이 아끼고 있다. 인길이 좀비가 되자, 종길은 삶을 위해 바둥거리는 후속 세대를 멸시하며 좀비에게 문을 열어주고, 자신도 좀비가 된다. 청소년 세대를 상징하는 민영국은 좋아하는 여학생 김진희가 좀비가 되자 그녀에게 물려 좀비가 되는 로맨스를 보여준다. 그리고, 많은 사랑을 받은 케릭터인 윤상화는 아내와 배속의 아이를 위해 자신을 희생하는 소시민 가장의 모습이 강조된다. 노숙자는 자신을 희생해서 사람들을 구하고, 어린이인 서수안은 도덕적이며, 여성이자 임산부인 성경은 지적으로 묘사된다. 이들은 감독의 약소계층에 대한 따뜻한 눈길을 의미하며, 동시에 서석우와 윤상화의 영웅적 행위를 증명하는 존재들이다.

좀비와 인간의 경계

『부산행』에는 타인의 공포와 집단논리가 들어있다. 『부산행』의 좀비에는 현대인의 모습이 구현되어 있다. 이것을 영화가 묘사하는 좀비의 행동 원리와 행위 특징을 통해 살펴보면 다음과 같다.

우선 좀비는 문을 열지 못하고, 시각이 상실되면 목표를 찾지 못하며, 소리가 없으면 목표를 인지할 수 없다. 동시에 그들은 후각이 예민하지 못하다. 즉 그들은 후각을 제외한 감각의 차원에서만 인식하고 행동할 뿐, 감각을 넘어 이성적 사유를 통해 목표를 인지할 수 없다. 이것은 좀비가 감각만 존재하고 이성이 없는 비인간적 존재임을 의미한다.

하지만, 인간이 '좀비 바이러스'에 감염되면, 즉시 인간성을 잃고 좀비가 된다. 하지만, 사람들은 그 변화를 잘 알아차리지 못한다. 이런 설정은 나의 주변에 존재하는 누구나 나에게 적대적 존재가 될 수 있다는 현대인의 두려움을 의미한다. 따라서 좀비는 인간관계가 이익으로 첨예하게 대립하는 사회 속에서, 그 누구도 믿을 수 없는 인간 사회의 일면을 드러낸다고 할 수 있다.

좀비가 가지는 또 하나의 특징은 좀비는 오직 인간을 향한 폭력을 행사하고, 다른 좀비를 공격하지 않는다는 점이다. 또, 좀비는 자신과 다른 존재에 대한 집단 폭력 행사를 통해 나와 다른 사람을 자신과 같은 존재로 만든다. 좀비가 다른 존재를 같은 존재인 좀비로 만들고 나서야 공격을 멈춘다는 점에서, 소통 불가능한 집단의 폭력성을 드러낸다. 이것은 진영 논리로 나누어진 한국사회의 정치세력에 대한 이미지로 이어지고 있다. 이와 같은 진영 논리와 정치색은 인간의 마비되고 물화된 이성, 차이를 존중하지 않은 폭력성, 기어이 나와의 다름을 지우고 나서야 폭력을 멈추는 전체주의적 사고를 상징한다는 점은 인간 본성에 대한 비판에까지 닿을 수 있다.[10]

『부산행』에는 현대인의 좀비화가 나타난다. 소수의 희생이 당연시되며, 다수의 생존이 더 우선시되는 사회 속에서, 죽음의 선택(좀비 되기)은 인간성을 실현하는 행위가 되고, 살아남기 위한 선택은 필연적으로 타인을 배제하거나 이용하는 이기적인 행동을 수반한다. 이런 점은 서석우가 처음 등장하는 장면에서 읽을 수 있다.

---

10) 양종근 등 〈동아시아 영화들에 구현된 폭력의 상징으로서의 기차와 그 극복 -『오, 시앙쉬에』, 『동경 이야기』, 『부산행』을 중심으로〉, 『中國人文科學』74, 2020, 491-510쪽.

증권회사 펀드매니저인 주인공 서석우에 대한 평가는 영화 중 윤상화(마동석)의 입을 통해 나온다. 곧 "개미핥기"이다. 기차에서 윤상화는 서석우의 직업을 들은 후 "아, 펀드매니저, 개미핥기, 남들 피 빨아먹고 사는 새끼들"이라고 말한다. 실제로 서석우는 증권회사 팀장으로 근무하면서 수많은 '개미'(개인주식투자자)들을 '먹어 치운다.' 그리고 필요하면 언제든지 '전량 매도'해버리고 떠난다. 때로 '개미'의 처지를 생각하기도 하지만 직장 내에서 자신의 자리와 이익을 위해 '개미'는 이내 '먹잇감'으로 전락한다. 이런 서석우는 '개미'들의 입장 그리고 시장의 안정성과 파장을 생각하는 부하 식원 김진모 대리(김장환)에게 "너 개미 입장까지 생각하면서 일하냐"라고 몰아친다.[11]

집단적 이기심은 주인공 일행이 좀비를 뚫고 9호 칸에서 사람들이 모여있는 13호 칸으로 이동했을 때, 사람들은 그들이 좀비에 물렸을 수 있다는 두려움 때문에 문을 열어주지 않고, 또, 그들을 추방하는 장면에서 더욱 직접 전달된다. 영화는 내가 속한 집단의 이익을 위해 나 이외의 인간에 대한 비정한 행동이 정당화되는 현대 사회의 특징을 보여준다. 즉, 개인이 축소되고 집단이 강조되는 현대 사회는 인간을 공격하는 좀비들이 득실거리는 사회와 다를 바가 없다.

이런 점에서 좀비 시대는 기성세대의 문화적·이데올로기적 산물이며, 그 속의 폭력성은 남성중심 세대를 지배하는 가치관이다. 영화는 기성세대가 만들어낸 소통의 부재, 불신, 전체주의, 사물화, 이기심, 폭력성, 남성성들이 다 사라진 세계를 낭만적으로 꿈꾼다. 감독이 어린아이와 임산부를 최후 생존자로 살려둔 것은 이것 때문이다.[12]

---

11) 이철, 같은 논문, 224쪽.
12) 양종근 등, 위의 논문, 491-510쪽.

기차

『부산행』에서 기차는 국가적 재난 상황에서 인간으로서 생존할 수 있는 마지막 지역인 부산으로 갈 수 있는 중요한 이동수단으로 표현된다. 이것은 기차가 근대의 불편함을 극복하고 현대인의 생활과 매우 밀접한 관계를 형성하고 있다는 것을 의미한다.

부산행 촬영을 위해 만들어진 기차 세트

근대의 기차는 열차에 타고 있는 동안 승객이 할 수 있는 일이 없다. 승객은 점점 더 빨라지는 기차속도 때문에 밖의 풍경을 바라보는 것도 힘들다. 그렇다고 좁은 열차 안에서 만나게 되는 타인은 서로 불편한 존재다. 그래서 과거의 기차는 인간의 사회성을 극도로 억압한다. 하지만 부산행의 현대 기차는 이런 한계성을 극복하고 있다. 현대인은 외부와 시시각각 소통할 수 있는 문명의 기기를 지니게 되면서, 기차를 타고 있는 동안에도 사회적 관계를 유지할 수 있게 되었다.

또, 근대의 기차가 움직이는 쇳덩이라는 비인간적 모습을 보였다면, 현대의 기차는 외면적으로는 인간에게 더 친근한 모습으로 변화했다. 과거 엄청나게 많은 사람이 좁은 역사에서 기차 시간을 기다렸다면, 『부산행』은 기차를 타기 위해 기다리는 모습이 사라진 현대적 기차 대기 모습을 보여준다. 그리고, 과거의 기차가 근대의 상징으로 권력적인 모습을 보였다면, 『부산행』의 기차는 철저하게 도시민에게 서비스를 제공하는 이미지로 나타나고, 기술의 진보를 통해 같은 거리를 더욱 짧은 시간에 이동할 수 있게 되어 닫힌 공간에 대한 불안감과 불편함을 시간적으로 감소시켰다.

하지만, 일정 시간에 정해진 장소로 이동하는 기차의 기본 시스템은 여전히 존속하고 있다. 현대 기차의 승객은 비록 쾌적해 졌지만, 여전히 좁은 공간의 규제를 받게 되어 인간은 여전히 기차에 대한 주권을 상실한 상태이며, 고가의 물건을 판매하는 잡지나 변화하는 풍경을 창문을 통해 바라보는 수동적이며 무기력한 위치에 존재하는 것은 변함이 없다.

『부산행』에서 기차는 영화적 긴장감을 높이는 도구로 활용되고 있다. 기차의 역과 역 사이에 정차가 불가능한 상황은 외부와의 단절성과 고립성을 가져오고, 기차 호차 사이의 구분은 생존 가능 지역과 생존 불가능 지역을 구분한다. 즉, 좀비가 득실대는 기차 칸을 뚫고 사람들이 모인 곳을 향해 전진하는 설정은 기차의 공간 분리성, 그리고 멈춤 없이 달리는 기차의 이동성과 맞물려 밀실 탈출이란 오락 요소를 증대시킨다. 쉽게 열지 못하는 기차의 문, 터널을 통과할 때 사라지는 시야, 좁게 붙어있는 좌석 등의 기차 환경은 모두 인물들의 생존을 위해 활용되었다.

나가며

『부산행』에서 가장 공을 들인 부분은 좀비를 뚫고 나가는 밀실탈출 액션이다. 각종 영화 평론가들은 이 액션에 대해 "쾌속"(박평식), "열어주지 않는 문'의 공포. 넘치는 에너지와 호쾌한 스피드"(이동진)라는 말로 이 부분에 대해 찬사를 보내고 있다.

하지만, 좀비의 사회적 서사가 약하다는 단점이 있다. 좀비를 지배하는 주술자의 사회적 정의에 대한 서사를 '집단'으로 규정한 점은 현대 사회를 반영하는 점이라고 할 수 있지만, 여기에 집중하는 대신 좀비 퇴치 액션과 주인공의 영웅적 행동에 집중함으로써 좀비의 사회적 의의에 대한 서사가 약화되었다.

또한, 인간에 대한 서사에 있어, 인물형상화를 위해 영화가 선택한 사건들이 신파를 벗어나지 못하고 있으며, 이 사건을 통해 드러나는 인물들의 성격이 도식적인 틀에 갇혀있다는 점은 아쉬움으로 남는다.

제11장

국가와 소시민

: 이리 멘젤 『가까이서 본 기차』

이리 멘젤과 보후밀 흐라발

『가까이서 본 기차(Closely Watched Trains)』
는 체코(Czech) 작가 '보후밀 흐라발(Bohumil
Hrabal)'의 동명 소설(1965년 체코 출간)을 이
리 멘젤(Jiri Menzel, 1938-)이 영화로 만든 것
이다. 본래 소설의 제목은 '엄중히 감시받는 기
차'이고, 영국에서는 'Closely Observed Trains'
이란 이름으로 번역됐지만, 한국어로 번역되
면서, 제목이 '가까이서 본 기차'로 순화되어
표현되었고, '전쟁보다 사랑이 어려워'라는 카
피가 붙었다. 이는 예술 영화라는 측면을 강조

이리 멘젤(Jiri Menzel)은 체
코가 낳은 세계적인 감독 가
운데 한 사람이다.

하기 위해 시적 표현을 통해 영화적 정보를 전달한 것이지만, 엄밀히
말하면 영화의 소재를 모호하게 만들고, 영화의 이해에 부정적 요소
로 작용될 수 있다.

체코 영화는 우리에게 생소한 영화다. 막강한 자본력에 의지한 미국 영화가 세계 영화시장을 좌우하고, 또, 프랑스, 독일, 영국 등과 같은 국가의 영화가 전통적 예술성의 영역을 장악하고, 동아시아와 라틴 아메리카 영화가 앞에 언급한 두 주류 진영의 변두리에서 간헐적인 두각을 드러내고 있는 현재의 영화적 흐름 속에서 동유럽 영화 작품에 접근할 기회는 많지 않다.

지역 영화의 초창기는 대체로 자기 지역 스토리텔링으로 시작한다. 체코슬로바키아공화국 시대(1918~1939) 후기인 1930년대에 영화를 생산하기 시작한 체코 영화 역시 이 법칙을 비슷하게 따랐다. 제2차 세계대전이 끝나고, 1945년 4월 소련의 영향력 아래 공산당이 집권한 이후, 다른 사회주의 국가처럼 체코의 영화는 사회주의를 선전하는 도구가 되었고, 공산당 영웅을 묘사하는 작품을 생산한다. 그리고, 1968년 '프라하의 봄'이란 민주 자유화 운동이 일어나던 시기, 잠깐 자유로운 예술 활동 기풍이 흘러나왔으나, 뒤이어 소련이 주도하는 바르샤바조약 5개국의 무력간섭(1968.8.20)으로 예술은 다시 더 혹독한 검열 아래 놓이게 된다.

정치 권력이 예술을 지도하는 경우 작품의 예술성이 하락한다는 것은 명백한 사실이다. '용비어천가(龍飛御天歌)'가 아무리 훌륭한 형식과 내용을 갖고 있다고 하더라도, 모든 사람의 마음을 울리고 공감을 끌어낼 수 있는 작품은 아니다. 설사 작품의 의도가 일반 보통 사람과 사회적 모순을 겨냥한 사회 합리적 선의에서 출발했다 하더라도, 예술적 감화력이 있는 작품을 생산할 가능성은 높지 않다. 체제 선전을 목적으로 삼는 사회주의 국가의 영화 작품은 영화가 만들어진 당대에도 좋은 평가를 받기 힘들며, 이런 작품 가운데 시대를 관통하는 명작으로 인정되는 작품은 극히 소수에 불과하다.

강력한 국가적 검열 속에서 솔직한 이야기를 진지하게 표현하는 길이 막힌 예술 작품은 대체로 과거 속에 매몰되어 현실적 의미를 포기하거나, 코미디 형식을 통해 쾌락을 추구하며 현실적 고통을 피한다.[1] 하지만, 이리 멘젤(Jiri Menzel)의 이 영화는 과거 속에서 현실을 보여주고, 코미디 속에 진지함을 감추고 있다. 그는 어떤 감독보다 역사적 변화에 민감하고, 영화를 통해 야유와 공격, 그리고 외면을 동시에 보여주는 적극적 대응방식을 보여주는, 체코의 대표적인 뉴웨이브 감독이다.[2]

체코는 프라하의 봄이라 불리는 1960년대 초부터 알렉산데르 둡체크(Alexander Dubček)가 물러날 때까지(1970), 비록 짧은 기간이지만 밀로스 포먼(Miloš Forman), 엘마르 클로스(Elmar Klos), 이리 멘젤이 국내뿐만 아니라 국제적 주목을 받는 영화들을 만들어내었는데, 클로스의 『중심가에 있는 상점(the shop on main street)』(1966), 이리 멘젤의 『가까이서 본 기차(losely wached trains)』는 아카데미 최우수 외국어 상을 받고, 밀로스 포먼의 〈뻐꾸기 둥지 위로 날아간 새(One Flew Over the Cuckoo's Nest)〉는 내로라하는 대가의 역작을 물리치고 아카데미를 휩쓸었다.[3]

---

1) 문관규, 〈체코 뉴웨이브와 이리 멘젤Jiri Menzel의 코미디 영화〉, 『현대영화연구』3(2), 2007, 67-88쪽.
2) 문관규, 위의 논문, 70쪽.
3) 이 영화는 아카데미 작품상, 감독상, 남우주연상, 여우주연상, 각본상을 모두 휩쓴다. 스탠리 큐브릭 감독의 『배리 린든』(Barry Lyndon), 로버트 알트만 감독의 『내쉬빌』(Nashville), 시드니 루멧 감독의 『뜨거운 오후』(Dog Day Afternoon), 스티븐 스필버그 감독의 『죠스』(Jaws), 페데리코 펠리니 감독의 『아마코드』(Amarcord) 등 거장들과 걸작들의 틈바구니 속에서[3] 등 주요부문 5개를 전부 쓸어 담는다.

프라하의 봄을 이은 소련의 체코 침공 이후, 체제 속에서 억압받던 다른 감독들이 체코를 떠나 외국에서 활동했던 것과 달리, 이리 멘젤은 계속해서 체코에 머무르면서 창작활동을 했다. 1969년에 발표한 『줄 위의 종달새』는 체코 국내 상영이 금지된다. 하지만, 이 영화는 1989년 벨벳 혁명(sametová revoluce) 이후 40회 베를린 영화제에서 황금곰 상을 받는다. 비교적 최근 작품으로 『나는 영국 왕을 섬겼다』(2007)가 57회 베를린 영화제 경쟁부문에 초청되어 국제 평론가상을 받았다.

보후밀 흐라발(1985) 그의 단골 맥주집에 가면 그의 얼굴 소묘상이 있다. 이것은 대중과 소통하는 작가라는 사실을 전달하고 있다.

보후밀 흐라발(Bohumil Hrabal, 1914- 1997)은 체코 브르노(Brno)에 있는 지데니체(Zidenice)에서 태어났다. 어머니 마리(Marie Božena Kiliánová)는 미혼모인 상태에서 그를 낳았다. 그는 아버지가 오스트리아 – 헝가리 제국 군대에 지원해서 제1차 세계대전에 나가는 바람에 아버지를 평생 보지 못한다. 어머니는 그가 7살 때 맥주 양조공장을 하는 프란티섹 흐라발이란 사람과 재혼했고, 흐라발은 그의 양자가 된다.

그는 공부는 잘하지 못했다. 대신 맥주 양조장에서 일어나는 사건에 관심을 보였다. 1935년에 실업 학교를 졸업하고, 같은 해에 프라하의 카렐 대학교 법학부에 입학한다. 이후 세계 2차대전 등등의 이유로 1946년에야 졸업을 한다. 전쟁 동안 체코의 코스토믈라티(Kostomlaty)에서 철도원으로 일했던 적이 있는데, 이 경험이 『엄중히 감시받는 기차(Ostře sledované vlaky)』(1965)의 소재가 되었다. 영화에서 나오는 역이름이 코스토믈라티(Kostomlaty)다.

그는 35세 때(1948) 시인으로 문단에 발을 들여놓는다. 소설은 49

세의 늦은 나이로 시작했는데, 첫 소설집인 『바닥의 작은 진주』는 50세에 출간된다. 이듬해 장편소설 『엄중히 감시받는 기차』가 출간된다. 1970년대 소련이 체코를 장악하면서 그의 책은 정식 출판이 금지되었고, 사미즈다트(samizdat)라는 지하출판사에서 출간된다. 하지만, 생활고로 인해 1975년에 공개적인 자아비판문을 쓰고 국가 검열에서 해제된다. 1989년 벨벳 혁명 이후 자유로워진 분위기 속에서 그는 작가의 권리를 회복했고, 작가로서 대단히 높은 국제적 명성을 쌓는다. 빌 클린턴 미국 대통령이 체코 방문 때, 흐라발의 단골 술집을 찾은 일화는 유명하다. 더 인상 깊은 점은 그가 대중 술집에서 즐겨 사람들과 섞였다는 것이다. 1997년에 병원에서 치료를 받던 그는 비둘기의 모이를 주다가 5층 높이에서 추락해 사망한다.

이리 맨젤의 『가까이서 본 기차』 영화의 포스터. 밀로시와 마샤의 닿을 듯 말 듯 한 틈 사이에 기차가 있다. 즉, 비정상적 시스템을 상징하는 기차가 연인을 갈라놓고 있다.

줄거리와 등장인물

초반부의 서사는 밀로시를 소개하고, 그가 주변 인물들과의 관계를 보여주는 형태로 서사화된다. 주인공 밀로시는 독일 점령 하의 체코에 살고 있다. 그는 코스토믈라티(Kostomlaty)에서 열차의 출발을 담당하는 역무원(railway dispatcher) 견습생이다. 그는 자신의 일터에서 비둘기를 좋아하는 역장 막시와 바람둥이 조차계장 라디슬라프 후비츠카(Ladislav Hubička)를 만난다.

후반부의 서사는 밀로시가 조루를 괴로워하며 자살을 시도하는 사건과 후비츠카가 즈덴카 스바타(Zdenka Svata)의 엉덩이에 스탬프를 찍는 사건이란 두 가지 이야기 흐름으로 전개된다. 밀로시는 자신과 연인 관계를 형성하고 있는 마샤라는 차장(conductor)과 사랑하는 사이다. 하지만, 그는 마샤와 남자로서 잠을 잘 수 없다. 이것을 고민하다 결국 그는 자살을 시도한다. 한편, 후비츠카는 야간 근무 중 여성 전신기사 즈덴카 스바타의 엉덩이에 스탬프들을 찍고, 이 일로 철도청 징계위원회의 감사를 받는다. 이 두 가지 사건은 별일 아닌 일을 심각하게 생각하는 사회 풍자 코미디로 표현되고 있다.

독일의 패전이 점차 가시화될 무렵, 후비츠카는 이틀 후에 지나갈 나치 군수물자 열차를 폭발 계획을 세우고 밀로시에게 말해준다. 레지스탕스 비밀 요원 빅토리아 프라이예(Victoria Freie)가 시한폭탄을 가져온다. 그녀는 밀로시의 문제를 듣고 같이 잠자리를 해서 그의 병을 치료해주고, 밀로시는 자신감을 회복한다. 후비츠카가 징계위원회의 조사를 받아서 열차에 폭탄을 던지지 못하자, 밀로시는 폭탄을 들고 신호대를 올라가서 폭탄을 열차로 던진다. 하지만, 그는 독일군의 총을 맞고 떨어져서 기차와 함께 폭발한다.

밀로시 흐르마

철도원 견습생으로 담이 작고 수줍음이 많다. 철도원 미사와 사랑하는 사이지만, 발기불능으로 잠자리를 할 수 없다. 괴로움 끝에 그는 자살을 시도하다 구조된다. 자신의 문제를 여러 사람에게 물어보지만 해결하지 못하다가, 폭탄을 전달하는 빅토리아 프라이예의 도움으로 남성성을 회복하고 독일 탄약 열차에 폭탄을 던지고 죽는다.

라디슬라프 후비츠카

코스토플라티 역에서 배차계장을 맡고 있다. '후비츠카'의 의미는 'a little kiss'이다. 이름과 달리 그는 엄청난 여성 편력을 가지고 있고, 이 때문에 막시 역장으로부터 미움을 받고 있지만, 밀로시의 우상이 된다. 독일 열차를 폭파하려는 극의 서사로 유추해 볼 때, 그는 독립운동가다.

막시

코스토플라티 역의 역장이다. 지루한 가정생활을 하고 있으며, 후비츠카의 방탕한 생활을 못마땅하게 여긴다. 비둘기를 좋아하며, 킨스키 백작부인과 조사관에게 충성하며 신분 상승을 꿈꾸지만 어느 것도 이루지 못한다.

마샤

그녀는 기차 차장이며 밀로시와 연인 사이다. 밀로시가 남성으로서 모자란 부분에 실망하지만, 다시 그를 만날 결심을 한다.

빅토리아 프라에

열차를 폭파할 폭탄을 전달한다. 전쟁 이전에는 서커스 곡예사였다. '빅토리아 프라에'의 의미는 '자유의 승리(Victory Freedom)'이다.

즈덴카 스바타

코스토플라티 역에서 전보를 받는 역할을 하고 있다. 야근 도중 심심해서 후비츠카와 사랑을 나눈다. 이 일을 알게 된 어머니가 법정을 찾아가고, 철도 징계위원회에 고발한다.

제드니체크

제드니체크(Zednícek)는 철도청 조사관이며, 독일의 나치 사상을 대변하는 인물이다. 체코 사람들을 무시하고 있지만, 이름이 체코어라는 점에서 독일인이 아니라 체코인 중 친독일파라고 할 수 있다.

주제

이 영화는 인간의 정당한 욕구를 억압하는 체제에 대한 저항과 자유에 대한 열망을 성적 코메디로 표현한 영화다. 영화에서 주인공인 밀로시의 남성성 회복에 대한 희구는 체코인의 진정한 내적 욕망을 의미하고, 시대적 의미에서 보면 체코가 독일로부터 독립하는 것을 원한다는 의미다. 인간에게서 성욕은 많은 경우 문화성과 상반된 동물성을 의미하기 때문에, 저열한 것으로 인식되는 경향이 있다. 그래서, 밀로시가 발기부전으로 괴로워하고, 자신의 이 문제를 만나는 사람마다 물어보는 모습이 코미디로 보인다.

하지만, 이 영화에서 성욕은 불합리한 현실 속에 만족할 수 없는 인간의 정당한 욕망을 의미한다. 밀로시가 발기부전이란 병을 앓고 괴로워하는 것은 인간의 자연스러운 모습을 인정받지 못하는 불합리한 체제 아래에서 그의 참된 자유 의지의 실천 방법을 찾지 못하기 때문이다. 즉, 밀로시의 성불구는 독일 점령 하의 체코를 살아가는 체코인이 삶의 정당하고 자연스러운 행동과 욕망을 억압받는다는 것을 의미한다. 따라서, 이 영화는 주인공 밀로시가 '성'을 회복해서 열차를 폭파하는 것을 보여줌으로써, 비합리적 체제하의 인간이 자유를 실천하는 방법이 무엇인가를 보여주고 있다.

서사

영화를 해석하는 키워드는 '성(性)'과 '게으름'이다. 이 두 가지는 각각 비합리적 사회체제 아래에서 인간이 소망하는 '자유'와 체제에 대한 '저항'을 의미한다. 영화에서 이 두 가지는 체코를 점령한 독일로부터 비난받는 행위로 인식되는데, 제드니체크 조사관은 성과 게으름에 대해 비난하고, 히틀러의 '유럽의 평화를 위해'라는 선전을 통해 이들의 성과 게으름을 독일에 대한 충성으로 돌려놓고자 한다.

철도역은 체코 정부를 상징하고, 막시 역장은 체코의 정치인이다. 막시는 예절을 중시하고, 휘장에 신경을 쓰는 등 사소한 일에 신경을 쓰고, 비둘기를 기르면서 비둘기 똥을 뒤집어쓴 우스꽝스러운 모습으로 등장하고, 독일 체제하에서 진급을 기대하는 모습으로 나타나지만, 그는 나름의 방식으로 시대에 저항하는 인물이며, 권력자의 눈치

미리 만든 자신의 검사장 진급 옷을 만지는 막시.
우습기도 하고 슬프기도 이 장면은 강대국 사이에
낀 체코와 그 속에서 존재의 지속을 바라는 인간적
갈등을 보여주는 장면이다.

를 보지만 체코의 독립을 희망하는 정치
인을 상징한다. 그가 기르는 비둘기는
체코인을 상징한다.4)

그는 조사관의 요구에 다 응하는 것
같지만, 조사관이 "특별 엄호하는 기차
에 특히 신경 써주시오"라며 독일을 위
해 일하라는 조약서에 도장을 찍으라는
요구에 대해, 옷을 바꿔 입고 오겠다며
시간을 끌고 거부하는 모습을 보이며,
역에서 돌아가는 조사관을 향해 경례를 하지만 반대편을 보고 있다.
또, 후비츠카가 징계위원회의 조사를 받을 때도 후비츠카를 도와준
다. 그가 독일 치하에서 감독관으로 승진하려고 하는 것 같지만, '감
독관의 정원은 지옥에나 가라(Inspector's garden shot to hell)'라는 말
은 아쉬움에서 하는 말이 아니라 진심을 담은 말로 해석된다.

영화에서 종소리는 체코의 역사 정신이 된다. 종소리는 과거에서
현재까지 이어지는 소리이기 때문에, 종소리의 의미는 시간적 연속선
상에 끊임없이 이어지는 체코의 전통성을 간직하고 있다. 노박 아저
씨는 "이 종소리가 정말 아름답다"라고 말한다. 그리고, 마지막 장면
인 열차가 폭파된 뒤에 울리는 종소리는 밀로시의 사회적 자아 회복
이자 체코의 해방을 울리는 종소리다.

'게으름'에 대한 정당성은 조사관이 역사에 와서 독일 나치의 전쟁
사상을 전파하는 장면에서 증명된다. 조사관이 지도에 독일 작전을 설

---

4) Josef Kren, 『Birds of the Czech Republic』, Christopher Helm, 2001. Czech
nationalists of 19th century liked to compare czechs to 'dove-holubici povaha',
dove-ish.

명하는 도중에 후비츠카·밀로시·막시는 계속해서 "왜요"를 질문한다.

> 검사장 : 완전히 포위하는 거지
> 후비츠카 : 왜요?
> 조사관 : 모두의 행복을 위해! … 총통은 늘 체코 국민의 안위를
> 걱정하고 계시며, 앞으로도 체코를 포기하지 않으실 것
> 이오. … 쓸데없는 허례허식에 시간을 낭비해선 안 되오.
> 밀로시 : 왜요?
> 막시 : 왜요?
> 조사관 : … 그야 우리가 인류를 구원해야 하니까.
> 막시 : 왜요?
> 조사관 : 총통의 희망이니까! … 우리끼리 똘똘 뭉쳐야 해. 모두
> 같은 배를 탔으니까

독일 점령 하의 체코는 계속해서 독일의 무리하고 불합리한 요구에 동의해야 한다. '왜요'는 독일의 불합리한 요구에 대한 의문이고, 그 불합리를 조사관이 스스로 답하도록 만든다. 그리고, 이것이 그들이 게으름을 피우는 이유다.

'성'이 자유를 의미하고, '게으름'이 저항을 의미하며, 그 종착역이 죽음을 상징하게 되는 것은 후비츠카와 즈덴카 스바타가 나누는 사랑 이야기에서 나타난다. 즈덴카는 코스토믈라티 역에서 전보를 받는 역할을 하고 있다. 그녀는 야근 도중 심심해서 후비츠카와 사랑을 나눈다. 여기에는 사랑과 게으름, 그리고 죽음이 모두 들어있다.

후비츠카가 즈덴카의 엉덩이에 기차역 도장을 찍는 것은 표면과 다른 상당한 상징성이 있다. 역의 도장은 조사관이 독일의 작전을 설명할 때 사용된다는 점, 역의 기차 출입을 허가하고 금지하는 역할을 한다는 점에서 '국가적 공무'의 의미를 지닌다. 이 도장이 남녀 사랑

엉덩이에 기차역 도장을 찍는 후비츠카

에 사용되기 때문에, 후비츠카와 즈덴카의 행위는 자유와 저항의 행동을 동시에 보여준 것으로, 곧 독일의 정보를 빼돌리는 레지스탕스 활동으로 해석될 수 있다. 이 일을 알게 된 즈덴카의 어머니는 그녀가 만나는 모든 사람에게 그녀의 행적을 이야기하고 다닌다. 그리고, 후비츠키를 법정과 철도 징계위원회에 고발한다. 그녀의 어머니가 그녀의 행동을 만천하에 공표하는 것은 분명 신고를 의미할 것이다.

체코의 법관들은 후비츠카와 즈덴카의 연애를 젊은 사람들이 파티에서 하는 일이라고 하며 자유로운 행동으로 인식하지만, 독일 지배 하의 철도청 징계위원회는 이 문제를 독일에 대한 도전과 의무 불이행으로 해석한다. 이것은 도장을 찍는 행위를 통해 사랑과 같은 감정이 모두 검열 대상이며, 동시에 독일에 대한 모독적 행위가 된다는 것을 보여줌으로써 체코인의 자유와 저항을 억압하는 독일의 행동으로 해석될 수 있다.

이 사건으로 후비츠카나 즈덴카가 죽지는 않지만, 죽음이 연상되는 이유는 그녀의 이름 '즈덴카 스바타'가 '성 스테파노(Saint Stephanie)'라는 기독교 역사상 첫 순교자를 의미하기 때문이다. 즉, 그녀는 이름을 통해 주인공의 죽음을 찬미하고 있다. 그녀가 조사관의 질문에 시의 형식으로 답하면서 주인공의 죽음과 탄약 기차의 폭발을 미리 알려주는 것에는 이런 순교자적 성인의 형상과 일정한 관계를 맺고 있다.5)

---

5) A crow flies, a child flies, time flies, trains fly, a soldier flies, seconds fly, death flies, everything flies.

밀로시

영화 첫 부분에서 사람들이 밀로시의 이름을 듣고 비웃는다고 이야기한다. 그 이유는 '흐르마(Hrma)'가 체코 속어로 여자 성기 부위인 불두덩이(mons veneris)를 의미하기 때문이다.[6)]

영화의 첫 부분에는 주인공 밀로시가 자신의 가족에 대한 서사를 진행하는 부분이 있다. 그리고, 그가 이야기하는 그의 증조부, 조부, 아버지가 살았던 시대는 모두 체코 근대 역사의 격동기와 맞물려 있는데, 모두 체코 역사의 굴곡과 깊은 관련을 맺고 있다.

증조부 '루카시'는 군대에서 북을 치는 일을 했다. 증조부가 살았던 시기는 확실하게 나타나지는 않는다. 영화에서 남겨준 단서는 "프라하 찰스 브릿지 전투에서 북을 쳤다"와 이 일로 다리에 상처를 입고 연금으로 생활했다는 것, 그리고 조부가 죽은 시기가 1930년대 이전이라는 것이다. 즉, 조부는 오스트리아-헝가리 제국 지배하의 체코(1867~1918)와 체코슬로바키아 공화국 시대(1918~1939)"를 살았고, 오스트리아-헝가리 제국에 충성한 사람이다.

체코에서 친오스트리아 슬라브주의가 제1차 세계대전 마지막까지 상당한 지지를 받고 있었다는 것은 이미 논증된 사실이다.[7)] 영화에서 '오스트리아 – 헝가리 제국'에 대한 향수는 킨스키 백작부인으로 상징된다. 백작 부인은 특이하게 말을 타고 등장하고, 성당을 다시 건설하

---

6) Hrma means mons veneris. Peter Hamrs, 『The Cinema of Central Europe』, Wallflower Press, 2004, 120쪽.

7) 김신규 〈합스부르크 제국의 영향과 체코 – 슬로바키아의 문화적 자기 이해 – 체코슬로바키즘의 실제와 허상을 중심으로〉, 『동유럽발칸연구』26(–), 2011, 379-408쪽.

려고 하며, 막시 역장은 그가 보헤미아 왕가의 귀족인 초테크(Chotek) 백작과 실바 왕자를 직접 모셨다는 이야기를 들려주는데, 초테크 (Chotek) 백작은 과거 보헤미안 귀족이자 오스트리아-헝가리를 섬기는 외교관이었다.[8] 따라서, 백작부인은 체코의 과거 정부였던 '오스트리아-헝가리 제국'과 긴밀한 관련을 맺고 있다.

영화에서는 노박 노인이 과거 백작부인이 그들에게 준 것은 "맥주 두 상자와 럼주 한 병이"라고 했지만, 이것은 기쁨을 주었다는 의미다. 후비츠카는 백작부인을 보고 '환상적인 몸매'를 가진 여성이며, "저 여자만 내게 온다면 온 세상이 암흑에 빠져도 좋아"라고 말하는데, 이것은 체코의 친오스트리아 슬라브주의를 충분히 보여준다. 조부 루카시가 1920·1930년대 채석장 인부들을 놀리다 이들로부터 매를 맞고 죽었다는 것은 오스트리아-헝가리 제국에서 체코 제1공화국으로 변화한 이후 비난을 받았다는 의미다. 하지만, 오스트리아-헝가리 제국을 벗어난 체코 제1공화국은 친 독일 정책을 통해 민족적 불만을 잠식시켰으나, 결국 나치 독일의 지배 하로 이르는 지름길이 되어버렸다는 평가를 받고 있다.

할아버지 '빌렘'은 최면술사다. 그가 1930년대 후반 독일이 프라하를 점령할 당시 독일 탱크를 최면술로 막으려 했던 사건의 핵심은 그의 황당무계한 행동이 주는 코믹함이 아니라 그가 독일의 점령에 반대했다는 것이 핵심이다.

---

8) 『Wikipedia』: Bohuslaw Graf Chotek von Chotkow und Wognin; 4 July 1829 – 11 October 1896) was a Bohemian nobleman and a diplomat in the service of Austria-Hungary. He was the father of Sophie, Duchess of Hohenberg, the morganatic wife of Archduke Franz Ferdinand of Austria.

우리 할아버지가 그저 바보 멍청이일 뿐이라고 말하는 사람도 있었고, 모든 사람이 우리 할아버지처럼 독일군 앞을 막아서되, 손에 무기를 들고 대항했더라면 독일이 어떻게 됐을지 누가 알겠느냐고 말하는 사람도 있었다.9)

- 보후밀 흐라발 『엄중히 감시받는 열차』 17쪽

사람들로부터 바보 멍청이라고 불리는 것은 표면적 이유일 뿐, 그 내면적 의미는 체코의 저항정신을 북돋우는 역할이다. '최면술'은 사상적 세뇌를 의미할 수 있어서, 여기서는 할아버지가 애국적 사상을 고취했다는 것을 역설적 표현한 것이다.

주인공의 아버지는 철도 기관사였고, 48세에 은퇴했다. 그는 퇴직 후 20-30년 동안 일하지 않고 연금으로 생활했고, 이것을 사람들은 부러운 눈으로 바라보았다고 서술하고 있다. 밀로시가 첫 출근하던 날, 그와 막시 역장의 대화 속에서 밀로시의 아버지가 증기 기차에 석탄을 집어넣는 삽을 던져버렸다는 사실을 알 수 있다. 여기에 대해 조사관은 밀로시에게 "아버지는 나치를 돕긴커녕 집에서 빈둥거린다"라고 했지만, 막시 역장은 같은 말을 하면서 "자네 아버지는 훌륭한 철도원이셨지"라고 한다.10) 즉, 그의 아버지는 현 체제에 대해 저항적인 인물로 해석될 수 있다. 이상의 서술을 통해 밀로시가 자기 집안을 "뼈대 있는 집안"이라고 한 것은 일리가 있다.

주인공 밀로시는 자신의 남성성을 발견하는 과정에서 인격의 변화

---

9) 보후밀 흐라발 지음, 김경옥·송순섭 옮김, 『엄중히 감시받는 열차』, 버티고, 2006, 17쪽.

10) 번역에서 "자네 아버지는 철도를 너무 빨리 달리게 하셨다"라는 것은 오역이다. 영어 번역은 "He once threw his Stoker off a moving train."이다.

를 경험한다. 밀로시의 첫 등장은 그가 철도원 옷을 입는 장면으로 묘사된다. 그가 입는 옷은 철도원 옷이다. 유니폼은 그가 하는 일이 국가적 일이며, 그의 신분을 상징하는 모자는 영화적 서사에서 계속 강조되는데, 철도를 파괴한 다음에 연인인 마샤가 줍는 그의 모자는 그가 버린 자신의 현실적 신분이 된다.

그가 옷을 입을 때, 밀로시의 어머니가 하는 말은 모두 현실 안주적 의미를 전달한다.

"밀로시, 정말 잘 되었다. 제복이 잘 어울려"
"큰 사고만 치지 않으면 아무 문제도 없을 거야"
"마을 사람들이 모두 부러워해"

그는 "누구나 부러워하는" 직업을 가진 인물이다. 그는 이미 배차 교육을 마친 상태이므로, 어머니의 말처럼 사고만 치지 않는다면, "역에서 표지판을 들고 폼 잡고 서 있기만" 한다면, 국가적 고난에도 불구하고 생계의 걱정뿐만 아니라, 고된 일을 안 해도 되는 안정된 삶을 보낼 것이다. '안정된 삶'은 마치 그의 할아버지와 아버지처럼 사는 것으로 보여 마치 이것이 집안의 특징인 것처럼 보이지만, 실제로는 독일에 순응하는 삶을 사는 것이며, 할아버지와 아버지의 삶과 정반대의 길을 가는 것이다. 하지만, 그의 내적 고민인 발기부전을 철도원이라는 직업이 해결해 줄 수 없다는 점을 스스로 인식하고 있다는 것은 그가 자기 인생에 대해 진지하게 고민한다는 의미다.

주인공 밀로시는 남성성을 표현하지 못해 괴로워한다. 이 고민은 단순히 생물학적 문제가 아니다. 앞서 언급했듯이 영화에서 성(性)은 체코의 자유를 위한 욕망을 상징하기 때문이다. 밀로시가 마샤와 키스 하려고 할 때, 후비츠카는 열차를 출발시킨다. 그의 이 행동을 밀로시와 마샤 사이를 갈라놓는 행동으로 볼 수는 없다. 왜냐하면, 밀로시는 그녀와 함께 있어도 남성성을 현실화 시키지 못하기 때문이다. 후비츠카가 밀로시에게 마샤에 관해 물어보는 장면을 통해 밀로시를 좀 더 알아보자.

> 후비츠카 : 그녀는 어떤 여자야?
> 밀로시   : 멋진 여자
> 후비츠카 : 그리고?
> 밀로시   : …
> 후비츠카 : 멋지다, 멋지다…, 멋지기야 하겠지. 그리고?
> 밀로시   : …

후비츠카가 묻는 말에 밀로시는 '멋진 여자'라는 말만 할 수 있을 뿐 다른 이야기를 할 수 없다. 후비츠카의 이 질문을 짓궂은 질문으로 볼 수도 있지만, 좀 더 생각해 보면, 밀로시는 마샤가 어떤 여성인지 구체적으로 모른다. 즉, 밀로시의 여성에 관한 생각은 모호하다. 다시 말해서, 그는 자유를 원하기는 하지만 그것을 구체화하는 실천에 대해 알지 못하며, 자유에 대한 욕망을 표현하는 것에 대해 두려움을 갖고 있다.

밀로시와 사랑하는 관계에 있는 마샤는 기차 차장이다. 즉, 그녀는 독일이 운전하는 기차에 타고 있고, 이것은 밀로시에게 있어 현실적 안주를 의미한다. 밀로시가 그녀와 결혼한다면 독일 치하에서 무던한 삶을 살면서 평범한 인간으로 살게 될 것이다. 하지만, 밀로시는 그녀와 함께 있으면 남성성을 발휘할 수 없는데, 이것은 그녀가 그의 자유에 대한 열망을 실현해줄 수 없다는 의미로 해석될 수 있다. 영화에서

'잡히면 죽을거야!(Zachvátí-li Tě, zahyneš
/ If You're Caught, You're Going To Die!)
Antonín Hradský의 작품(1944)

마샤의 사진사 삼촌은 가족관계를 상징한다. 가족이란 존재는 밀로시가 자유에 대한 추구하는 열망의 실현에 있어 걸림돌이 된다. 그리고, 이런 행복한 가정은 전시상황 속에서 언제든 파괴될 수 있는 허상과도 같다.

자살은 인간이 현실적으로 자신의 꿈을 실현할 수 없는 절망을 표현하는 것이며, 자기에 대한 실망과 외부에 대한 좌절을 의미한다. 그가 자살 전에 모자를 벗는 행위는 자신이 지금까지 그려왔던 삶에 대한 부정이다. 밀로시가 자살 시도 이후 병원으로 이송되는 장면에서 "잡히면 죽을 거야!(Zachvátí-li Tě, zahyneš)"라는 표어가 붙은 포스터가 보인다. 소련 공산주의 망치와 낫 기호가 프라하 성(Prague Castle)에 닿는 모습을 그린 이 포스터는 체코의 친독일 나치 그룹이 만든 반소련 선전 포스터다. 따라서, 이 포스터의 작가와 포스터에 그려진 무서운 손은 모두 체코를 장악하려는 외부세력이다. 이 포스터의 속뜻은 "우리는 무섭지 않다, 우리는 거기에서 살지 않을 것이다."이다.[11] 즉, 이 포스터는 영화에서 밀로시의 자살이 체제적 원인임과 동시에 체제에 대한 저항임을 상징적으로 보여주고 있다.

밀로시는 구조받은 다음 자신의 고민과 자살 문제로 여러 사람을 만난다. 그의 고민은 성의 문제를 통해 어떻게 살아야 할 것인가를

---

11) Czech League WWII Anti Communist USSR(Antonin Hradsky)(https://www.abeb
ooks.com/Czech-League-WWII-Anti-Communist-USSR/30305832750/bd)

질문하는 형태이다. 조사관은 그의 문제에 귀를 기울이지 않고 그의
게으름을 문제 삼는다.

> 독일의 젊은이들이 전쟁터에서 피를 흘릴 때, 견습생인 자네는 호
> 텔 욕실에서 피를 흘렸군

이후 그는 후비츠카, 역장, 역장 부인, 신부 등에게 이야기하지만
아무도 그의 문제를 해결해 주지 못한다. 자유의 의미와 실천 방법에
대한 해답은 스스로 찾을 수밖에 없다.

후비츠카가 윤리위원회의 질책을 받는 동안 밀로시는 역에 서 있
다가, 독일군이 죽은 체 기차에 널려있는 모습을 목격한다. 2명의 독
일 장교 군복을 입은 레지스탕스가 밀로시를 납치해서 기차에 태우
지만, 밀로시의 손목에 그어진 자상을 보고 놓아준다. 자살은 체제에
대한 반역을 생명으로 표현한 것이기 때문이다. 멀리 보이는 아름다
운 체코의 농촌 풍경은 대지를 통한 민족적 애국심을 고취하는 부분
으로 이해될 수 있다.

그가 소심하고 형편없는 존재에서 독일 기차를 폭파하는 행동을
하는 저항적 열사로 거듭날 수 있었던 것은 빅토리아 프라이에와의
관계를 생각하지 않을 수 없다. 빅토리아
는 독일 탄약 기차를 폭파할 폭탄을 배달
하는 레지스탕스다. 밀로시가 연인인 마
샤와 불가능했던 남성성을 빅토리아 프라
이에게서 회복하는 설정은 주의 깊게 바
라보아야 한다. 빅토리아는 과거 서커스
를 하던 여성이다. 밀로시는 그녀와의 만

가위로 머리를 자르는 시늉을 하는 밀로시. 이 장
면은 과거와 자아와 단절을 상징하는 장면이다.

남을 통해 평범한 소시민적 인물이 체제에 저항하는 행동을 할 수 있다는 것을 깨닫게 되며, 이를 통해 저항의 의지를 직접 행동할 수 있다는 자신을 가지게 된다. 그녀와의 만남은 그가 남성성을 회복하도록 했고, 탄약 열차를 폭파할 힘을 주었다. 그가 가위를 머리 위로 들고 자르는 장면은 과거와의 단절을 의미한다. 또, 빅토리아 프라이예란 이름이 의미하는 것은 'victory-freedom'이란 의미며, 이는 곧 그가 그토록 원했던 자유에 대한 열망에 닿았다는 것을 의미한다.

기차

기차는 탄약과 군대, 그리고 간호사를 운송하는데, 이것은 모두 독일을 위한 것이다. 주인공 밀로시는 열차에 대해 거수경례를 하지만, 후비츠카는 거의 경례를 하지 않거나 대충 얼버무려 버린다. 이것은 이 두 사람이 열차에 대한 마음가짐이 다르다는 것을 의미한다.

우선, 기차는 독일의 체코에 대한 수탈을 의미한다. 이런 점은 간호사 기차 차량에서 직접 드러난다. 밀로시가 간호사를 태운 기차 객차

안에서 바라본 것은 독일인과 몸을 섞는 체코 간호사 여성들이다. 이 서사는 열차가 금지하는 욕망을 보여주기도 하지만, 한 여성이 그가 바라보지 못하도록 커튼을 치는 장면에서 '수치'라는 이미지를 전달한다.

특히, 간호사를 태운 기차가 코스토믈라티 역에 내리기 전에, 후비츠카와

기차에 대해 경례를 하는 밀로시, 그리고 그를 지켜보는 후비츠카. 이 장면은 기차를 대하는 두 사람의 상반된 이해를 보여준다.

동료는 '소와 양'을 언급하는데, 이는 모두 체코 여성을 비유하는 언어다.

> 가축 다루는 것만 봐도 나치의 잔인함을 알 수 있어. 어미 소랑 죽은 송아지를 같이 수송하더라니까. 반쯤 썩은 채 뒤에 걸려 있었지. 잔인한 놈들 동물들도 알 건 다 알아요. 소가 몸부림치니까 발로 차서 열차에 싣고 칼로 눈을 찔러 버리더군요. 그랬더니 온순해졌죠.
> 양이 얼마나 굶주렸는지 서로 털을 뜯어먹었더군.
> 나치는 야만인이라니까요,

이 대사는 모두 독일인의 체코 여성에 대한 폭력성을 둘러 표현한 것이다.

영화 제목인 '엄중히 감시받는 기차'는 중의적 의미를 지닌다. 조사관이 "특별 엄호하는 기차에 특히 신경을 쓰라"라는 말에서 기차는 독일의 관점에서 보호받아야 할 기차다. 하지만, 밀로시는 후비츠카로부터 독일군 탄약을 실은 기차 폭파 계획을 듣고 난 다음 "우리의 임무는 특별 엄호받는 기차를 주시하는 거군요"라고 말한다. 즉, '엄중히 감시받는 기차'는 폭파해야 하기에 특별히 주시 되어야 한다. 이런 점에서 기차는 독일의 압제와 체코의 저항이 동시 드러나는 국가 체제로서의 상징이 형성되고 있다.

제12장

은하철도와 꿈

: 마츠모토 레이지『은하철도 999』

들어가며

『은하철도 999』는 마츠모토 레이지(松本零士)의 만화로, 우주여행을 소재로 '철이'라는 소년의 성장을 담은 만화이며, 기계에 대한 고찰을 그린 만화다. 이 작품은 일본의 동화작가이자 시인인 미야자와 겐지(宮沢賢治, 1896-1933)의 미완성 동화『은하철도의 밤(銀河鉄道の夜)』(1933)에서 모티브를 얻었다고 알려져 있다.

마츠모토 레이지의『은하철도 999』는 미야자와 겐지의『은하철도의 밤』에서 중심소재가 되는 '은하열차'라는 상상뿐만 아니라, 인물과 작품 구성, 그리고 주제를 많이 참고하고 있다. 두 작품 모두 어머니는 병들거나 죽음에 가까운 존재다. 또, 캄파넬라와 메텔은 모두 주인공을 도와주는 역할을 하며, 주인공이 가까워지고 싶지만, 주인공이 자신의 감정을 숨기는 존재다. 그리고, 캄파넬라와 메텔은 모두 여행 도중에 주인공과 이별하게 된다. 또, 은하열차를 타고 별에서 별로 이동하면서 사람들을 만나 인생을 경험한다는 동화의 설정은 만화에서 그대로 차용되고 있다. 그리고, 원작 작품의 주제인 여행을 통해 인생의 진리와 진정한 행복을 찾는다는 설정도 만화에서 그대로 이어지고 있다.

아래에서는 미야자와 겐지의 『은하철도의 밤』에 관해 서술하고, 이어서 『은하철도 999』를 서술하도록 하겠다.

미야자와 겐지와 『은하철도의 밤』

미야자와 겐지

미야자와 겐지는 이타적으로 살아가는 이상적 인격을 통해 행복을 추구했던 인물이다. 그는 일본 사회가 전체주의와 극우주의라는 국가주의가 팽배한 시대와 어울리지 않았기 때문에, 당시에는 아무도 주목하지 않았던 작가였다. 그는 전당포를 하는 부잣집 아들로 태어났지만, 아버지의 직업을 가난한 자를 착취하는 직업으로 생각했다. 그는 가족의 도움을 거부하고 농업학교 교사가 되었으며, 허름한 집에서 농사를 직접 지었다. 그러나, 그의 이런 활동은 아무도 알아주는 사람이 없었고, 심지어 농부들도 부잣집 도련님의 일탈로 생각하고 비웃었다.

결국, 그는 이상과 현실의 부조리가 가져온 가난과 영양실조 때문에 폐렴으로 37세의 나이로 죽는다. 전쟁이 끝나고, 그의 작품이 재평가되면서 주목받는 작가가 되었으며, 그의 문학 작품이 교과서에 실린다. 그의 작품은 마츠모토 레이지, 미야자키 하야오(宮崎駿), 스기이 기사부로(杉井ギサブロー), 호소다 마모루(細田守) 등과 같은 대가 애니메이션 감독들에게 많은 영향을 주었다.

『은하철도의 밤』은 겐지의 유작 동화이며, 그 줄거리는 다음과 같다.

주인공 조반니는 소심하고 내성적인 성격을 지닌 소년으로 주변과 잘 소통하지 못한다. 그의 아버지는 오랫동안 집을 비우고 돌아오지 않고 있고, 어머니는 병이 들었다. 그는 인쇄소에서 일하며 번 돈으로 우유를 사서 어머니에게 드리고 있다.

조반니는 내성적 성격 때문에 학교 수업에도 잘 참여하지 못하고, 자넬리를 비롯한 친구들에게서 따돌림을 당한다. 이런 조반니를 캄파넬라는 늘 도와준다. 하지만 조반니는 캄파넬라에게 고마움과 우정을 느끼지만, 자신의 마음을 제대로 표현하지 못한다.

어느 날 조반니의 집으로 우유가 배달되지 않는다. 조반니는 우유를 받으러 갔다가 오랫동안 기다리게 되는데, 그만 잠이 들고 만다. 정신을 차리고 보니, 그는 캄파넬라와 함께 망자의 영혼을 태우고 은하수를 따라 북쪽에서 남쪽으로 달리는 은하철도를 타고 있었다. 두 사람은 은하철도를 타고 북쪽에서 남쪽으로 은하수를 따라 별자리를 순회하는 여행을 통해서 여행 전의 현실에서 바라마지 않던 캄파넬라와의 우정을 확인하고, 여행 중에 만난 많은 인물의 삶과 그들의 외로움을 통해 이타적인 삶의 가치를 확인한다.

은하철도 여행의 종착역인 남십자성 도착한 이후 열차에 같이 탔던 사람들이 모두 내리고, 조반니와 캄파넬라만 남겨진다. 두 사람은 '진정한 행복'을 위해 끝까지 갈 것을 맹세하지만, 전갈자리의 이야기를 회상하던 캄파넬라는 우주 밖으로 보이는 들판을 보며 저곳이 엄마가 있는 곳이라고 하며 조반니를 떠난다.

꿈에서 깨어난 조반니는 우유를 받아들고 집으로 돌아가지만, 캄파넬라가 강에 빠진 자넬리를 구하다가 목숨을 잃었다는 소식과 아버지가 곧 돌아온다는 소식을 듣는다. 조반니는 꿈의 은하철도 여행을 되새기며 이타적 삶의 가치를 깨닫는다.

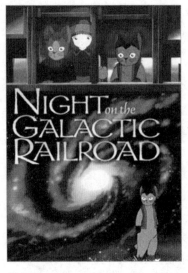

은하철도의 밤은 1985년에 스기이 기사부로
(杉井 ギサブロー)가 애니메이션으로 제작했
고. 큰 호평을 받았다.

고한범의 연구에 따르면, 이 동화는 겐지가 27살 때 발생한 여동생 토시코(敏子)의 죽음(폐렴)과 토시코의 죽음으로 시작된 그의 사할린여행 체험에 기반하고 있다. 겐지의 〈바람의 숲(風林)〉이란 시에는 여동생이 사후에도 하늘 어디에 살아 있을 것이라고 쓰고 있는데, 그는 인간의 죽음을 이승과 저승의 공간 이동 같은 것으로 생각하게 된다. 결국, 그는 지구에서 사후 영혼이 존재하는 공간까지 가장 가까운 곳이 북극이기 때문에, 북극으로 여행을 결심하게 되는데, 당시 일본영토 가운데 북극에 가장 가까운 곳이 사할린이었다.[1]

이처럼 행동하는 것은 얼핏 과도한 자의식의 발로처럼 보이지만, 여동생 토시코는 겐지의 아무도 알아주지 않는 무모한 도전을 지지했던 사람이다. 또, 모리 소이치(森莊己池)는 "미야자와 겐지에게는 행위와 말, 행동과 문학이란 오직 하나이고 둘이 아니었다"[2]라고 했다. 이 말을 통해 그의 이 여행을 해석한다면, 그의 여행의 목적을 여동생에 대한 문학적 애도라고 해석해도 무리가 없을 것이다. 그렇다면, 이 동화에 등장하는 인물 역시 자신과 여동생의 투영이 된 결과로 탄생한 것일 것이다. 그래서, 조반니는 겐지의 문학적 형상으로,

1) 고한범, 〈켄지의 『은하철도의 밤(銀河鉄道の夜)』에 대한 고찰 - 사할린여행의 영향을 중심으로〉, 『일본어문학회 국제학술대회』, 2006, 346-349쪽.
2) 고한범, 〈『은하철도의 밤(銀河鉄道の夜)』의 '고독'〉, 『日本研究』, 28, 2010, 246쪽.

그리고 캄파넬라는 여동생 토시코의 문학적 형상이라고 이해되고 있다.3) 즉, 동화에서 주인공 조반니와 캄파넬라가 영원한 여행을 약속하지만, 그들이 타고 있던 은하철도가 남십자성이란 종착역에 이르자, 캄파넬라가 사라진 것은 토시코가 젊은 나이로 죽어버린 것을 의미한다.

즉, 동화에서 조반니와 캄파벨라가 함께 떠나는 '은하여행'은 현실에서 여행을 여동생을 애도하며 떠난 '사할린 여행'이 되며, '은하철도'는 자신이 사할린 여행을 위해 선택한 이동 수단인 기차가 된다. 그리고, '은하'는 겐지의 상상 속에서 펼쳐진 문학적 가공의 세계이자, 그의 세계관을 설명해주는 공간이 되며, 동화의 여행 목적과 실제 여행의 목적은 모두 삶과 죽음이 존재하는 인생의 참된 의미를 전하는 것에 있다.

그가 지향한 인생의 목적은 무엇일까? 겐지는 가업인 전당포에 대해 가난한 사람들을 수탈하는 직업이라고 생각했고, 생활과 종교 문제로 아버지와의 갈등과 대립을 겪으며 불교적 신앙생활에 온몸과 마음을 바치고자 했다.4) 그의 유작시 『비에도 지지 않고(雨ニモマケズ)』를 보면서 그가 지향한 곳이 어디쯤인지 살펴보자.

비에도 지지 않고
바람에도 지지 않고
눈에도
여름 더위에도 지지 않는

---

3) 임유희, 『미야자와 겐지(宮沢賢治)작품의 공간배경 〈숲〉의 상징성 연구』, 중앙대학교 대학원, 2014. 학위논문. 21쪽.
4) 고한범, 위의 논문, 254쪽.

튼튼한 몸으로 욕심은 없이
결코 화내지 않으며 늘 조용히 웃고
하루에 현미 네 홉과
된장과 채소를 조금 먹고
모든 일에 자기 잇속을 따지지 않고
잘 보고 듣고 알고 그래서 잊지 않고
들판 소나무 숲 그늘 아래
작은 초가집에 살고
동쪽에 아픈 아이 있으면
가서 돌보아 주고
서쪽에 지친 어머니 있으면
가서 볏단 지어 날라 주고
남쪽에 죽어가는 사람 있으면
가서 두려워하지 말라 말하고
북쪽에 싸움이나 소송이 있으면
별거 아니니까 그만두라 말하고
가뭄 들면 눈물 흘리고
냉해 든 여름이면 허둥대며 걷고
모두에게 멍청이라고 불리는
칭찬도 받지 않고 미움도 받지 않는
그러한 사람이 나는 되고 싶다

– 미야자와 겐지의 미발표 유작 시『비에도 지지 않고』

　시에서 화자는 욕심 없이 주어지는 대로 살아가는 사람이다. 즉, 작가는 사람들을 도와주며, 또, 사람들의 평판에 흔들림 없이 묵묵히 살아가는 존재를 시로 묘사하고 있다. 특히 "잘 보고 듣고 알고 그래서 잊지 않고"라는 구절은 평범해 보이지만, 인생에 대한 참된 의미에 대해 진정으로 접근하는 인간의 모습을 강인하고 진지하게 전달한다. 이 시는 본성의 자연에 따라 사는 인간을 이상적 인간으로 그리고 있다. 군국주의가 팽배한 일본에서 철저히 외면당하며 궁핍한 생활고로 죽어간 한 시인의 모습은 광기의 길로 들어선 사회를 증명하고 있다.

마츠모토 레이지와 『은하철도 999』

마츠모토 레이지(1938-)는 일본 기타큐슈시(北九州市) 출신으로 아버지가 육군 비행 전대 소속 육군 소좌였고, 어머니는 교사였다. 아버지는 제2차 세계대전시 전투기 조종사로 전쟁에 참여하였으며, 전쟁이 끝난 이후 그의 아버지는 "적의 전투기에 탈 수 없다"라고 하며 자위대 입대를 거부하는 바람에, 그는 어린 시절 빈한한 생활을 한다. 하지만, 작가는 이런 사무라이 같은 아버지를 대단히 존경했고, 아버지의 이미지는 그의 작품인 『우주 해적 캡틴 하록(宇宙海賊キャプテンハーロック)』에 담긴다.[5]

초등학교 시절 레이지는 데츠카 오사무(手塚治虫) 만화에 심취하였고, '규슈 만화 연구회'를 조직하여 만화전을 여는 등, 열정적으로 만화가를 꿈꾼다. 고등학교 1학년인 17세 때(1954) 만화잡지 『만화소년(漫画少年)』의 만화 공모전에 『꿀벌 대모험(蜜蜂の冒険)』이 당선되었지만, 정식 만화로 연재되지는 않았다. 그의 출세작은 1971년(34세)부터 『주간 소년 매거진(週刊少年マガジン)』에 연재했던 『사나이 오이동(男おいどん)』이다. 이 작품은 1972년 고단샤출판문화상(講談

---

5) 『ウィキペディア』: この「本当のサムライとしての父のイメージ」は、後にハーロックや沖田十三のモデルとして、松本の作品に生かされていった。https://ja.wikipedia. org/wiki/%E6%9D%BE%E6%9C%AC%E9%9B%B6%E5%A3%AB

社出版文化賞)을 수상한다. 또, 저페니메이션 붐을 일으킨 TV 시리즈『우주전함 야마토(宇宙戦艦ヤマト)』(1974)에 감독으로 참여했고, 1977년에는 이 시리즈를 극장판 애니메이션으로 제작한다. 이어서 자신이 기획한『은하철도 999(銀河鉄道999)』,『우주 해적 캡틴 하록(宇宙海賊キャプテンハーロック)』이 TV 시리즈로 방영되어 큰 성공을 거두게 되었고, 마즈모토 레이지는 일약 대작가의 위상을 굳히게 된다.

『은하철도 999』는 1977년에서 1981년까지『주간 소년 킹(週刊少年キング)』이란 만화잡지에 연재된 작품이다. 이 작품은 1977년 제23회 쇼가쿠간 만화상(小学館漫画賞)을 수상하였고, 1978년 후지 TV에서 TV 애니메이션 시리즈로 방영되면서, 그를 대표하는 작품이 된다. 다소 교훈적인 내용과 상징적인 내용이 암울한 분위기 속에서 서사화되지만, 철이, 메텔 뿐만 아니라 각 에피소드에 등장하는 인물들의 형상화가 크게 성공하면서 대작의 지위를 얻게 된다.

『은하철도 999』 줄거리

『은하철도 999』는 만화와 TV시리즈, 그리고 극장판의 이야기가 조금씩 다르다. 이 글은『은하철도 999(銀河鐵道999)』극장판(1979)을 중심으로 진행하고, 필요에 따라 TV판의 내용을 가미하도록 하겠다.

영화의 시간적 배경은 서기 2221년인 미래다. 이 시기의 지구는 항공교통의 발달로 우주 열차가 은하계 끝까지 갈 수 있으며, 혹성 간을 왕복하는 열차도 운행되고 있다. 지구의 메갈로폴리스는 최첨단 근대 도시이며, 쾌적한 환경을 제공하고 있는데, 여기에는 부유한 사람들이 막대한 돈을 들여 육체를 기계로 바꾸어 쾌적한 삶을 누리고 있다. 그리고, 몸의 기계 부품만 바꾸면 영원히 살아갈 수 있다.

하지만, 지구의 빈부 문제는 여전히 해결되지 않고 있다. 메가로폴리스에서 살 수 있는 사람은 부자뿐이며, 가난한 사람들은 메가로폴리스에서 쫓겨나 빈민촌에서 힘든 삶을 살아간다. 이들은 비싼 기계 몸을 살 여력이 없기 때문에, 영원한 생명을 얻을 수 없다.

그런데, 언제부터인지 빈민촌에서는 은하철도 999호를 타면 공짜로 기계의 몸으로 바꿔주는 행성으로 갈 수 있다는 소문이 돈다. 빈민촌에서 사는 철이와 어머니도 은하철도 999를 타기 위해 기차역이 있는 메갈로폴리스로 향하지만, 인간을 사냥하는 기계 백작이 철이의 어머니를 총으로 쏘아 죽인다.

혼자 살아남은 철이는 은하철도 역에서 은하철도 999 차표를 훔치려고 하다가 쫓기는 신세가 된다. 메텔의 도움으로 위기를 벗어난 철이는 메텔이 주는 기차표를 받고 열차에 오른다.

철이가 처음 도착한 곳은 행성 타이탄이다. 이곳은 행성 주민의 피와 땀으로 황무지였던 곳을 녹색의 별로 변화시킨 곳이지만, '낙원법'에 의해 모든 행위가 허용되는 곳이다. 인간의 힘으로 무에서 유를 창출한 이곳에 '낙원법'은 논리적으로 어울리지는 않지만, 이곳은 납치와 살인도 허용되는 곳이다.

철이는 "아무리 환경이 좋더라도 하고 싶은 일을 멋대로 해도 된다니 인간은 결국 어처구니 없는 곳을 만들었다"라고 하며, 환경이 아무리 좋더라도 인간의 행동을 규제하지 않는 타이탄의 낙원법을 비판한다. 그리고, 이곳에서 기계인간에 대한 부정적 인식을 가진 포도 계곡의 산적 안타레스를 만나게 된다. 그는 기계인간에게 동정을 베풀지 말 것을 요구한다. 영화는 이 요구를 증명하는 존재로써 기계백작에게 부모를 잃은 고아들을 등장시킨다.

999 열차는 두 번째 역인 명왕성에 도착한다, 모스크바를 연상시키는 이곳은 기계몸을 가진 인간이 육체를 얼려 보존하는 얼음묘지가 있다. 이곳에서 철이는 얼음묘지를 관리하는 얼굴 없는 여인 '섀도우'와 만난다. 셰도우는 기계인간이지만, 인간의 육체를 그리워한다. 그녀는 철이에게 그 이유를 말해준다.

> 기계의 몸은 원래의 나 이상으로 만들지 못했어. 어떤 얼굴로도 만족할 수 없어서 결국 얼굴은 만들지 않았지.

그녀가 인간의 육체를 그리워하는 이유는 기계가 완전히 인간의 육체를 대체할 수 없다고 생각하기 때문이며, 얼굴을 만들지 않은 이유는 기계가 자신의 얼굴을 대체할 수 없다고 믿기 때문이다.

섀도우는 자신이 진정으로 인간의 몸을 원한다면 돌아갈 수도 있다. 즉, 그녀는 영생과 인간적 미를 동시에 가지기를 원하지만, 이것을 동시에 이룰 수 없으므로 영원한 고통의 딜레마에 빠지게 된 것이다. 메텔은 "너는 원래의 몸으로 돌아갈 용기가 없어. 영원한 생명이든 유한한 생명이든 그 어느 것도 선택할 용기도 없어" 라고 말하며, 그녀의 욕망을 비판한다.

혹성 헤비멜더에 도착하기 전에 두 가지 이야기가 전개된다. 하나는 철이가 메텔 과거에 대해 궁금하게 여기는 이야기와 열차의 식당 칸에서 웨이트리스로 일하는 '크레아'의 이야기다.

철이가 메텔에 대한 과거를 궁금하게 여기는 이유는 자신의 감정 문제도 있고, 자신의 미래에 대한 문제도 있다. 하지만, 그가 드림센서(Dream Sensor / 잠든 사람의 꿈을 통해 과거를 알 수 있게 해주는 장치)를 메텔에게 사용하지 않는 것은, 그가 인간적 신뢰를 메텔에게 보여준 것이다.

'크레아'가 크리스탈의 몸을 가진 기계인간이 된 이유는 어머니의 허영심 때문이다. 그녀는 자신의 크리스탈 기계 몸을 버리고 피가 흐르는 따뜻한 몸을 되찾고자 한다. 그녀의 행위는 철이와 정반대의 목적을 가진다. 즉, 그녀는 철이와 비슷한 계층의 인물이지만, 기계에 대한 확실한 저항의식을 보여준다.

헤비멜더에 도착한 철이는 기계백작을 찾아다닌다. 이 과정에서 토치로를 만나 기계백작이 과거 인간이었을 때는 좋은 사람이었다는 말을 듣는다. 여러 사람의 도움을 통해 그는 백작을 죽여 어머니의 복수에 성공한다. 철이는 기계백작의 연인인 '류즈'로부터 "기계백작의 소망대로 기계의 몸으로 바꾸고, 개조에 개조를 거듭한 후에 나는 나 자신을 잃었다"라는 말을 듣는다. 즉, 기계백작은 인간의 몸을 기계로 계속 바꾸면서 점차 몸의 아이덴티티가 소실되는 인간, 즉 기계화되어가는 과정에서 상실해가는 인간성을 의미한다. 복수에 성공한 철이는 자신의 여행에 좀 더 큰 의미를 부여한다. 즉, 그는 기계제국을 파괴함으로써 인간을 불행으로 이끄는 기계 행성을 파괴할 목적을 세운다.

종착역인 안드로메다에 도착한 철이는 별의 진짜 이름이 기계화 모성(母星) '메텔'이라는 것과 메텔이 인간 기계화의 창조자이자 지배자인 프로메슘 여왕의 딸이란 것을 알게 된다. 그리고, 기계 인간이 된 다음, 자신은 영원히 별의 기계 부품으로 살아야 한다는 사실을 알게 된다. 이런 서사는 기계가 되어 영생을 얻지만, 기계의 부품으로 살 것인지, 아니면 유한한 생명을 지닌 인간으로 자유롭게 살 것인지의 문제를 제시한다.

철이는 메텔과 다른 친구들의 도움으로 프로메슘의 기계제국을 파괴하고 무사히 탈출한다. 하지만, 메텔은 자신이 과거의 몸을 되찾기 위해 명왕성의 얼음묘지로 간다.[6] 하지만, 그녀가 과거의 몸을 받게 되면, 철이와의 추억은 사라지게 된다. 이들은 새로운 출발을 위해 이별하고 각자 다음 여행을 시작 한다.

서사 구조

이 영화의 서사 구조는 철이의 은하여행을 통해 기계에 대한 인간의 승리를 구가하는 구조다. 이 구조를 풀어가는 서사는 기계인간이 되어 영생을 얻는 서사와 어머니를 죽인 기계 백작에 대한 복수 서사의 2중 구조로 되어있다.

타이탄의 서사에서는 모든 자유를 허용하는 '낙원법'에 대한 비판, 그리고, 기계백작의 비인도적 행위가 등장한다. 하지만, 낙원법에 대한 비판은 영생의 주제와 깊은 일관성을 가지기 힘든 독자적 서사로서 작품의 주제와 큰 관련성이 없는 독립된 개별 서사다. 이것은 마치 『서유기』에서 인도로 불경을 구하러가는 '취경(取經)'이란 큰 틀에 각종 별개의 이야기가 붙어서 이야기를 이루는 구조와 같다. 주 서사는 기계 백작의 비인도적 행위를 통해 영생에 대한 반성과 처절한 복수를 위한 정당성을 부여하는 부분이다.

명왕성의 서사에는 셰도우란 인물을 통해 유한한 삶의 인간과 영

---

6) 그녀가 명왕성 얼음묘지에서 앉아서 바라본 것은 그녀의 이전 육체였음을 알 수 있다.

원한 삶의 기계에 대한 인간의 욕망이 일으키는 갈등을 서사화한다. 이 갈등은 그녀의 미완성 얼굴로 상징된다. 그녀가 다른 부분은 기계로 다 바꾸었지만, 얼굴만 남겨둔 이유는 기계 얼굴이 마음에 들지 않기 때문이다. 즉, 셰도우의 갈등이 존재하는 곳은 미적 차원에 속하며, 그 갈등은 기계로 실현할 수 없는 인간의 욕망에서 기원하고 있다.

"혹성 헤비멜더"는 철이의 복수가 이루어지는 곳이다. 기계백작이 기계가 되기 전에는 좋은 사람이었다는 것은 기계가 인간의 인성에 미치는 영향을 이야기하면서, 철이가 기계제국을 파괴하는 대의를 품는 서사로 확장된다. 하지만, 기계로 인해 변화한 인성에 대한 서사를 제대로 보여주지 못하는 문제가 있어서, 기계에 대한 맹목적 부정으로 이어진다.

안드로메다 종착역에 대한 서사는 비록 기계 인간이 된다는 것이 기계별을 위한 "살아 있는 기계 부품"이 된다는 참신한 발상을 하고 있지만, 작품의 주제와 이어지는 철이가 기계와 인간 사이를 고민하는 서사가 부족하다는 한계를 보이고 있다.

주제

『은하철도 999』의 원작에 해당하는 『은하철도의 밤』의 주제는 전갈자리에 대한 이야기와 조반니의 마지막 말에 집약되어있다. 전갈자리는 이타적 삶의 실제에 대한 자각에 대한 우화다.

아빠가 예전에 나한테 발도라 초원에서 작은 벌레들을 먹으며 살던 전갈 얘길 해주신 적이 있는데, 그 전갈이 어느 날 족제비한테 쫓겨서 우물에 빠졌을 때 말했대. "아, 난 지금까지 얼마나 많은 생명을 죽였을까? 그런 내가 지금은 족제비한테 먹히려고 하니까, 걸음아, 날 살려라 도망치다가 이 신세가 되고 말았어. 아, 누구도 날 도와주지 않아. 어째서 난 내 몸을 그냥 족제비한테 주지 못 했을까? 그랬다면, 족제비도 하루 더 살 수 있었을 텐데. 하느님, 부디 내 마음을 알아주세요. 이렇게 허무하게 목숨을 버리지 않고, 부디 다음에는 정말 모두의 행복을 위해서 내 몸을 쓰게 해주세요." 그러자 갑자기 전갈은 자기 몸이 새빨간 아름다운 불이 되어 어둠 속을 밝히고 있는 걸 보게 되었대.

캄파넬라는 자넬리를 위해 자신의 목숨을 바친다. 자넬리는 조반니를 괴롭히던 아이다.

난 캄파넬라가 저 은하 너머에 있는 걸 알고 있어. 난 캄파넬라와 함께 걸었어. 이제 저 전갈처럼 모두가 정말 행복해진다면 내 몸 같은 건 백 번 불에 타도 상관없어. 어디까지든 같이 갈게.

조반니의 이 말은 인간 존재의 본질을 무수히 펼쳐진 은하수에 있는 한 개의 별빛으로 인식한다. 이 많은 각기 다른 별빛이 모여 은하수를 이루듯, 인간 존재는 개별자로 존재하지만, 근본에 있어서는 하나로 이어져 있다. 이런 인식에 기초해서 그는 이타적 삶이 인간의 본질적 삶이라고 생각하고 인간세의 선악과 미추를 초월해 버린 이타적 삶을 살고자 한다. 이런 모습은 종교적 해탈의 경지를 추구한 그의 인생관과 이어진다.

『은하철도의 밤』은 서로를 이용하고 이용당하며, 내가 살기 위해서 타인을 죽여야 하는 물질적 인간세계의 고통을 나를 희생함으로써,

궁극적으로는 자신의 생명을 바침으로써 종교에 가까운 해결책을 제시하고, 이로써 나와 타인이 본질에 있어서는 하나라는 관념으로 나아갔다.

『은하철도의 밤』이 정신적 영생을 추구했다면, 『은하철도 999』는 인간이 기계를 통해 물리적 영생을 얻을 수 있다면 그것이 옳은 방법일까에 대한 질문에 집중한다. 주인공 철이가 기계인간이 되려는 이유는 어머니의 유언, 어머니를 죽인 기계백작에 대한 복수도 있지만, 근본적 욕망은 영원한 생명을 통해 은하를 여행하려는 자신의 꿈 때문이다. 앞의 두 가지는 기계인간이 됨으로써 끝나지만, 마지막 문제는 영원히 지속되는 문제다.

이렇게 본다면, 기계인간은 자신의 욕망을 실현할 방법이 된다. 영화에 나타난 기계인간의 이미지는 사실 고전적 동양의 상상에서는 '신선'의 존재와 같다. 신선은 수련과 약물을 통해 영생, 즉 '불사'의 육체를 가진다. 실제 동양의 역사에서 무수히 많은 황제와 귀족들은 불사약을 얻기 위해 노력했고, 그 대표적 인물이 진시황이다. 즉, 진시황이 불사약을 구한 것이 현세의 욕망을 영원히 이어가고 싶기 때문이듯이, 영화에서 영생을 추구하는 목적은 진시황과 동일하다.

현실적 욕망을 가진 인간에게 영생이 주어진다면 어떠할까? 영화에서 나타나는 가장 기본적인 비판은 도덕성이다. 영화에서는 기계부품을 교환할 능력이 되는 사람만이 육체적 영생을 얻을 수 있다. 다시 말해서, 부유한 자들이 기계로 몸을 바꾸면서 영생을 추구하는 이유는 평온하고 안락하며 쾌락적인 현실의 삶을 계속 누리기 위함이다. 철이는 종착지 프로메슘 행성 번화가에서 무절제한 향락에 젖어있는 기계인간을 만난다.

철이   : 저 사람들 한가로이 놀고 있지만, 언제 일하고 공부하는
           거죠?
기계인간 : 일해?
기계인간 : 공부해?
철이   : 뭐가 우습냐?
기계인간 : 우리 기계인간은 죽지 않아. 영원히 살 수 있지. 골치 아
           프게 일하거나 공부 같은 건 안 해도 돼.
철이   : 시간이 있으니까 할 수 있는 것도 많지 않나요?
기계인간 : 불쌍하구나 너도 참.
기계인간 : 우리들한테는 무한의 시간이 있어. 하고 싶을 때 하면 된
           다구.

- 『은하철도 999』 112화

기계를 통한 '영생'이 가지는 의미는 인간의 자기 생존을 위한 노력에서 해방된 것을 의미하게 된다. 철이는 "영원히 사는 기계인간이 왜 공부와 노동을 해야 하는가"라는 질문에 대답할 수 없지만, '이대로 좋은가'라는 반성에 이른다.

영화에서 영생을 얻은 기계인간은 영생을 누리지 못하고, 인간에 집착하게 되는 아이러니한 서사를 보여준다. 명황성의 셰도우는 기계의 몸 보다 인간의 몸이 아름답다고 생각하고, 완전한 기계화를 멈춘다. 또, 기계백작은 인간을 사냥하지만, 그 속에는 인간에 대한 질투가 존재한다고 해석할 수 있다. 기계백작 곁을 지키던 류즈라는 가수는 "개조에 개조를 거듭한 끝에 나는 내 자신을 잃었어"라고 말한다. 이들은 육체를 통해 자아를 인식하는 것에 오류를 발생시켜 더이상 자신을 자신으로 인식할 수 없었고, 그 잃어버린 자아를 인간에 대한 폭력을 통해 구하고자 한 것이다.

철이는 높은 건물에서 뛰어내려서 자살하는 프로메슘 기계인간을

만난다. 자살한 기계인간을 기계인간들은 무덤덤히 스친다. 그들에게
는 죽음에 대한 존중이 사라질 수밖에 없지만, 철이는 삶과 죽음 사이
의 존재이므로, 죽음에 대해 민감하게 반응한다. 그는 자살한 기계인
간으로부터 다음과 같은 이야기를 듣는다.

> 철이　　　: 왜 자살 같은 걸.
> 기계인간: 영원히 산다는 건, 쓸모없고 지루하고 고통스러운 거야.
> 　　　　　죽는 편이 나아.

　기계 인간은 영생을 얻음과 동시에 죽음의 가치를 상실한다. 즉,
무한한 삶을 얻음으로써, 상실로부터 생성되는 인간의 노력과 성취와
같은 가치도 동시에 사라져서 만족이 없는 삶이 이어진다.

철이와 메텔

　철이는 이 영화를 이끌어가는 주인공으로, 기계인간이 되기 위해
은하철도 999를 타지만, 자신의 결정에 대해 늘 반성하고 의심하는
존재다. 기계제국은 전 인류를 기계로 변화시켜 죽지 않은 인간세계
를 만드는 목적을 가지고 있고, 이 이상을 위해 앞장서 싸워줄 사람,
즉 기계인간의 초인(超人)이 필요했다. 철이가 이 제안을 받아들였
다면, 그는 기계인간 영웅이 되었을 것이지만, 철이는 기계인간이 영
생 때문에 존재의 가치를 상실하고, 만족 없는 삶을 사는 것을 보고
인간성을 선택한다. 즉, 그는 기계에 대한 인간의 승리를 의미하는
존재다.

메텔(Maetel)의 경우 작가는 "메타(meter, 기계)와 메테르(그리스어로 엄마란 뜻)의 어원 둘을 합친 것이다"라고 밝혔다.[7] 이것은 성장기 소년인 철이가 가지는 어머니에 대한 의존적 정서, 그리고 철이의 성장 과정에서의 어머니의 역할을 동시에 수행하는 역할을 부여받았다고 보이며, 실제로 철이를 위기에서 구해주고, 별의 규칙을 설명해주는 사회적 보호자 역할을 하고 있다. 하지만, 이런 어머니의 역할에서 점차 연인의 관계로 발전되는 모습을 보여주고 있다.

두 인물에게는 공통적으로 '철'과 철로 이루어진 '기계'란 의미가 상징적으로 부여되고 있다. 철이의 일본식 이름은 '테츠로(鉄朗)'인데, 여기에는 '철'이란 의미의 한자가 있고, 또, 메텔의 경우 '메타(meter, 기계)'라는 의미를 부여하고 있다. 이런 설정은 이들의 이동수단인 '은하철도'가 '철'과 '기계'로 이루어진 점과 이어지고 있는데, 이것을 아래 기차의 상징 분석에서 논의하도록 한다.

은하철도

마츠모토 레이지는 방한 이후 인터뷰에서 다음과 같이 이야기했다.

> 도쿄에서 일하고 싶었지만, 기차표를 살 돈조차 없었죠. 그런데 도쿄의 편집자가 기차표를 보내줬어요. 기차를 타고 도쿄에 가는데 터널을 빠져나가며 마치 우주세계에 온 것 같은 느낌을 받았어요. 그 때 우주로 날아가고 싶다고 생각한 것이 은하철도 999를 구상한 계기가 됐죠. 아마 그때 기차를 타지 않았으면 오늘날 이런 자리는 없었을 겁니다.[8]

---

7) 2002년 10월 30일 零時社 인터뷰.(https://m.blog.naver.com/mirejet/110176743633)

그렇다면 그에게 있어 '은하'는 펼쳐진 미래가 될 것이며, '은하철도'는 미래의 꿈으로 다가가는 수단이다. 하지만, 영화에서 '은하철도'는 철이가 가진 꿈의 실현과 반대되는 방향으로 진행된다. 이것은 근대화가 진행되면서 나타난 철도에 대한 부정적 시각과 긍정적 시각의 상반된 견해에서 그 해답을 얻을 수 있다.

양종근의 논문에는 근대화 초기 사람들이 바라보던 철도에 대한 상반된 인식을 잘 요약하고 있다.

> 폴 존슨(Paul Johnson)에 따르면, "도시로부터 멀리 떨어진 곳에 있는 가장 사랑하는 호수지방에 철도가 침입해오는 것을 본 워즈워스 같은 시인은 마침내 기계를 예술에 대한 위협으로 여겼다. (…) 그러나 근대가 태동하는 시점에 사람들은 이런 견지에서 생각하지 않았다. 그들은 예술과 과학, 산업과 자연을 창조와 지식탐구라는 공동성을 지닌 활동, 화학자와 시인, 화가와 기술자, 발명가와 철학자가 함께 공유하는 공동 활동의 의미로 동일 선상에 놓고 보았다. (…) 바이런, 셸리와 그의 아내가 제네바호숫가에 앉아 있을 때면 전기의 아름다움과 전기를 주제로 한 시가 그들의 테마였다. 사람들은 '기계 제작의 예술'에 대해 얘기했고, 거대한 신형 기관차와 건조물을 건설하는 사람들은 종종 우리가 오늘날 이해하는 의미에서 예술가이기도 했다"고 적고 있다.9)

위의 서술을 통해 기계에 대한 인간의 거부와 호기심이 근대화와 상당히 밀접한 관련성이 있다는 것을 알 수 있다. 하지만, 철이는 맹목적으로 기계인간이 되려 하지만, 나중에는 인간성을 긍정하며 기계

---

8) 『연합뉴스 : '은하철도 999' 원작만화가 "꿈을 좇는 이야기 계속하고 싶어"』 https://www.yna.co.kr/view/AKR20170326048300005(2017.03.26)

9) 양종근, 위의 논문, 491-510쪽.

를 부정하는 쪽으로 선회한다. 그 이유는 일본의 경제 발전과 관련을 지어 설명될 수 있다.

70년대 중반까지만 해도 일본 애니메이션에서 로봇으로 상징되는 철로 만들어진 기계는 인간과 공생을 이야기하며 정의를 실현하는 도구로 나타난다. 일본 애니메이션에서 기계에 대한 반성적 사고는 『은하철도 999』에서부터 시작된다.[10]

김세훈의 연구는 이런 점을 잘 시사한다. 그의 문제 제기 부분을 인용하면 다음과 같다.

> 일본은 전쟁 후 폐허 속에서 화려한 재건을 이룩하는데, 이것은 일본 국민이 전후 근대화의 성공이란 목적을 향해 무비판적으로 매진한 결과이며, 실제로 1968년 GDP 세계 2위에 오르는 성과를 보여주었다. 그러나, 일본이 경험한 그 경험의 끝은 공허와 허무였다. 즉, 일본은 '고도경제성장' 시기를 지나면서 전후 패망을 딛고 고도의 성장을 이룩한 자부심을 얻었지만, 동시에, 도시로의 인구 쏠림 현상, 1차에서 3차로의 산업구조 변화, 핵가족화 정착 등 급격한 사회변동을 경험함으로 인해 미래에 대한 막연한 불안감을 가지게 되고, 미래에 대한 회의감을 가지게 된다.[11]

김세훈은 결론에서 "『은하철도 999』는 1,000에서 1이 모자라는 불완전성을 보여주고 있는데, 이것은 철과 기계가 가지는 한계와 실패를 의미할 것이다"[12]라고 하였다. 따라서, 철이가 보여주는 기계인간

---

10) 김세훈 《〈은하철도 999〉의 니체적 읽기 – 정신의 세 변화를 중심으로》, 『문화콘텐츠연구』17, 2019, 97쪽.
11) 김세훈, 같은 논문, 97쪽.
12) 김세훈, 같은 논문, 125쪽.

에 대한 거부는 일본의 근대 역사에 대한 반성을 보여주고 있다.

　다만, 이 영화가 근대화에 매몰된 사회에 대한 반성적 비판을 간직하고 있지만, 철이의 기계에 대한 적대적 거부는 지나친 부분이 있다. 그가 기계인간이 되고 싶어 하는 사람의 욕망을 거짓으로 규정하는 것은 자신의 기준을 절대적으로 생각하고 타인의 선택을 부정하는 것이다. 기계인간을 선택하는 일과 그 결과를 받아들이는 일은 모두 개인에게 돌려주어야 할 것이다.

······················
책을 나오며

이 책에서 살펴본 동아시아 모빌리티는 중국을 그 중심 관찰의 대상으로 삼고 있다. 그 이유는 과거 동아시아 역사에서 중국은 동아시아 문화의 중심이었으며, 또한, 우리와 밀접한 관련성을 가지고 있기 때문이다.

전근대의 동아시아 국가는 모빌리티에 대해 비교적 커다란 거부감을 드러내었다. 여기에는 농경사회가 발전시킨 정주문화의 영향이 컸다고 보인다. 살던 곳에서 다른 곳으로 이동해서 새로운 시작을 하기에는 정주가 가져다주는 경제적 사회적 기반이 너무나 컸고, 이동을 제약하는 요소가 너무 많았다. 『논어(論語)·이인(里仁)』에는 "부모가 계시면 멀리 가지 않는다. 만일 멀리 나가게 된다면 반드시 확실한 장소가 있어야 한다.(父母在, 不遠遊, 遊必有方)"라고 기록되어 있다. 부모와의 관계를 중시하는 유가로서는 당시 불편했던 이동이 가져오는 불안 요소가 가족관계를 해치는 것에 대해 부정적 견해를 보인 것이다. 하지만 인간의 정적 관계를 통해 이동을 제약한 결과를 가져왔다는 점도 부정할 수 없다. 또한 『노자(老子)·제 80장』에는 새로운 사물의 유입과 같은 모빌리티가 거의 없는 사회를 꿈꾸는 "소국과민(小國寡民)"이 나타난다.

> 국토가 작고 국민이 적어서, 설사 수백 가지 기기가 있어도 사용하지 않으며, 백성들이 생명을 아끼도록 해서 멀리 나가지 않게 한다. 배와 수레가 있어도 탈 일이 없고, 갑옷과 무기가 있어도 진열할 일이 없다. 백성들이 문자 대신 다시 간단한 표식을 사용하도록 한다.

자기 음식을 맛있게 먹고, 자기 옷을 좋다고 여긴다. 자기가 있는 곳을 편안하게 생각고, 자기 풍속을 즐긴다.

이웃 나라가 마주 보이고, 닭과 개 짖는 소리가 서로 들려도, 백성들은 늙어 죽을 때까지 서로 왕래가 없다.[1]

일반적으로 노자의 위의 서술은 실현 불가능한 도가식 유토피아에 관한 서술로 이해된다. 즉, 춘추전국시대와 같은 생존이 어려운 시대에는 최소한의 모빌리티로 자급자족하며 천수를 누리며 살아가는 것이 그 시대를 살았던 사람들의 꿈인 것이다.

모빌리티는 인간의 욕망과 결합한 움직임이며, 길은 이 움직임이 일어나는 장소다. '실크로드'라는 명칭 자체가 이미 '비단'에 대한 욕망을 담고 있다. 그리고 욕망의 실현에는 늘 전쟁이 따랐다. 중국의 역대 왕조는 서역의 오아시스 국가에 대한 지배권을 강화했고, 중국 문인들, 특히 당나라 문인들은 자신들의 신분적 특수성과 시대적 특수성 때문에, 서역에서 공을 세워 출세하려는 공명심에 불타올랐다. 하지만, 민초의 입장에서 서역으로의 종군은 이별과 죽음의 코드로 다가왔다.

중국에서 통일 제국이 성립된 이래, 천하는 천자가 다스리는 지역이란 의미가 있는 정치적인 공간이 되었고, 본래 전 세계를 의미하는 '천하'라는 말은 중국 강역을 지칭하는 개념으로 사용된다. 중국 철학에서 우주를 논하지만, 이 우주의 영향력도 정치적 천하에 그칠 뿐이었다. 시간이 지나면서 '천하'는 점차 구체적 한계를 드러냈지만, 중

---

1) 『老子 · 第80章』: 小國寡民, 使有什伯之器而不用, 使民重死而不遠徙。雖有舟輿, 無所乘之, 雖有甲兵, 無所陳之。使民復結繩而用之。甘其食, 美其服, 安其居, 樂其俗。鄰國相望, 雞犬之聲相聞, 民至老死, 不相往來。

국은 이런 한계를 인지하고 새로움에 뛰어드는 대신 세계를 자기중심으로 변화시켰다. 16세기 마테오리치가 찾아와서 유럽식 세계지도를 바쳤을 때, 중국은 이 지도를 중국 중심으로 바꿔버렸으며, 18세기 매카트니 사절단이 중국을 방문했을 때 건륭제의 이에 대한 인식은 조공 관계였다. 이 사건을 읊은 건륭제의 시에서 우리는 중국적 자민족중심주의(ethnocentrism)가 가진 문화적 밀도를 느낄 수 있다. 하지만, 19세기 말이 되면, 이런 중국식 전근대적 인식은 서양에 의해 철저하게 파괴된다.

서구에서 증기기관을 심장으로 삼고 철로 만든 기계 몸이 된 기차가 등장했을 때, 열광적인 찬양도 존재했지만, 비판적 인식도 출현했다. 이런 비판은 기차에 대한 전근대적 인식과의 비교를 통해 이루어졌다. 하지만, 근대 산업사회가 태동시킨 흐름은 전지구적 범위로 확장되었고, 대량수송, 기계에 종속된 인간, 프로토콜의 일치, 미래에 대한 확정성 등과 같은 현상은 자연과 인간의 관계를 전근대적 순응에서 근대적 극복으로 변화시켰다. 그리고, 이런 현상은 인간 사회를 전근대적 후진과 근대적 발전으로 구분시켰다.

산업사회가 되면서 경제를 구성하는 생산의 힘은 정주에서 이동으로 그 중심이 옮겨갔다. 농경 정주문화를 중심으로 발전한 동아시아 사회가 근대 사회로 변화하기 위해서는 문화의 근본적인 변화가 필요했다. 하지만, 이를 실현하기 위해서는 과거의 방식이 현실 속에서 철저히 실패한다는 증명이 필요했다. 전근대적 민의와 정부의 힘이 하나로 나타난 의화단 운동이 완전히 실패한 이후, 1919년에 발생한 중국의 "5·4운동"이 내건 구호는 대내적으로는 "공가점(孔家店)을 타도하자"였고, 대외적으로는 "덕선생(德先生, democracy)"과 "새선생(賽先生, science)", 그리고 "혜선생(慧先生, freedom)"을 영접하는 것이었다. 이 혼란의 소용돌이를 거쳐 중국이 영접한 것은 농민혁명이라는 중국화 된 마르크스-레닌주의를 주장한 모택동이었다.

　이 책에서 살펴본 영화는 기차를 그 중심소재로 삼고 있고, 영화마다 기차를 대하는 눈은 각기 다른 모습을 하고 있다. 『아, 시앙쉬에』는 농촌 공동체의 시각으로 도시의 기차를 바라보며, 전근대적 가치의 승리를 보여주고 있다. 『동경 이야기』의 기차는 전근대와 근대가 공존하는 사회 속에서 전근대의 가치를 인정하지만, 그것이 근대 사회 속에서 점차 사라지고 있다는 것을 서사하면서, 이 둘의 공존을 인간적 힘으로 극복하리라는 희망의 메시지를 담고 있다. 하지만, 『부산행』에 나타난 기차는 근대가 발전하면서 집단이 개인을 지배하는 현상을 보여주는 장소로 형상화되고 있다. 『까이서 본 기차』에 나타난 기차는 인간의 본질적 욕구를 억압하는 존재로 나타나고 있으며, 『은하철도 999』의 기차는 미래의 유토피아를 향해 쉬지 않고 달려가는 근대 산업사회를 상징하고 있고, '999'라는 표현 속에는 그 종착지가 과연 인간에게 어떤 의미가 있는가에 대한 깊은 회의를 표현하고 있다.

....
참고한 책과 논문들

강지현, 〈미국서부와 프런티어 신화〉, 『외국문학연구』(70), 2018.

고한범, 〈『은하철도의 밤(銀河鉄道の夜)』의 '고독'〉, 『日本 硏究』(28), 2010.

고한범, 〈켄지의 『은하철도의 밤(銀河？道の夜)』에 대한 고찰 – 사할린여행의 영향을 중심으로〉, 『일본어문학회 국제학술대회』, 2006.

김규진, 〈체코 신 필름 운동기의 영화 『엄중히 감시받은 열차들』과 동명의 원작 소설의 상호관계〉, 『외국문학연구』(29), 2008.

김려실, 〈〈동경 이야기〉의 공간 표상 연구〉, 『코기토』(75), 2014.

김세훈, 〈〈은하철도 999〉의 니체적 읽기 – 정신의 세 변화를 중심으로〉, 『문화콘텐츠연구』(17), 2019.

김신규, 〈합스부르크 제국의 영향과 체코 – 슬로바키아의 문화적 자기 이해 – 체코슬로바키즘의 실제와 허상을 중심으로〉, 『동유럽발칸연구』 26, 2011.

김호동, 『(아틀라스) 중앙유라시아사』, 파주, 사계절출판사, 2016.

로버트 E. 하워드 등, 『좀비 연대기』, 서울, 책세상, 2017.

문관규, 〈영화와 도시_영화 '만춘' 일본다움 장소와 풍경, 가마쿠라(鎌倉)〉, 『국토 : planning and policy』444, 2018.

문관규, 〈오즈 야스지로 영화의 편집 미학〉, 『영화연구』0(62), 2014.

문관규, 〈체코 뉴웨이브와 이리 멘젤Jiri Menzel의 코미디 영화〉, 『현대영화연구』3(2), 2007.

박경연, 『미야자와 겐지(宮澤賢治)의 초기동화연구』, 同德女子大學校, 2005.

박광훈, 〈메를로 퐁티의 현상학을 통한 신체에 대한 해석〉, 『움직임의철학 : 한국체육철학회지』6(2), 1998.

박선양, 『미야자와 겐지(宮澤賢治) 동화와 이계(異界)』, 高麗大學校, 2006.

박우성, 〈오즈 야스지로 영화에 나타난 일본 근대의 풍경 비판〉, 『씨네포럼』 9, 2008.

발레리 한센 저, 류형식 역, 『실크로드』, 서울, 소와당, 2015.

볼프강 쉬벨부쉬 · 박진희 옮김, 『철도 여행의 역사』, 파주, 궁리, 1999.

성정희, 〈영화 〈동경이야기〉와 효행설화의 비교를 통해 본 노부모의 부양문 제와 그 해결 방안 모색〉, 『문학치료연구』32, 2014.

쉬 이매뉴얼 C. Y 저, 조윤수 역 『근-현대 중국사』, 서울, 까치글방, 2013.

심종숙, 〈미야자와 겐지의 『은하철도의 밤』과 쌩 떽쥐뻬리의 『어린 왕자』 비교 연구〉, 『한국아동문학연구』-(15), 2008.

애디 피터 · 최일만, 『모빌리티 이론』, 서울, 앨피, 2019.

애디 피터 · 최일만, 『모빌리티 이론』, 서울, 앨피, 2019.

양종근 등 〈동아시아 영화들에 구현된 폭력의 상징으로서의 기차와 그 극복 -『오, 시앙쉬에』, 『동경 이야기』, 『부산행』을 중심으로〉, 『中國人 文科學』(74), 2020.

양현철, 〈예이츠 시에 나타난 존재의 조화〉, 『영어영문학연구』40(4), 2014.

오승은, 임홍빈 『서유기』, 서울, 문학과지성사, 2010.

우철환, 〈「비잔티움」-예이츠의 해명이란?〉, 『한국예이츠 저널』22, 2003.

윤수인, 〈코엔형제가 그린 미국 현대사회의 기원〉, 『한국콘텐츠학회논문 지』17(8), 2017.

이다혜, 『발터 벤야민의 산보객(Flaneur) 개념 분석』, 서울대학교 대학원, 2007.

이승재, 〈일본 애니메이션 작품에서 보여지는 기호학으로서의 텍스트 연 구〉, 『한국콘텐츠학회지』6(3), 2008.

이원곤, 〈「오즈 야스지로의 영화세계」〉, 『공연과 리뷰』(7), 1996.

이윤주, 〈영화에 나타난 가족의 의미와 재현 양상-『동경이야기(東京物

語)』와 『동경가족(東京家族)』속 가족모델 재현의 정치〉, 『日本語
　　　文學』1(78), 2018.

이인경, 〈『幽明錄』의 사랑·혼인 관련 이야기에 반영된 六朝時期 사회풍
　　　조와 여성형상〉, 『東洋學』64, 2016.

이재성, 〈아프라시아브 궁전지 벽화의 '조우관사절(鳥羽冠使節)'이 사마
　　　르칸트[康國]로 간 원인, 과정 및 시기에 대한 고찰〉, 『東北亞歷史
　　　論叢』(52), 2016.

이징국, 〈코엔 형제의 연출 스타일 분석〉, 『한국콘텐츠학회논문지』10(6),
　　　2010.

이지현, 〈'이리 멘젤' 영화의 희극성 고찰-〈가까이에서 본 기차〉와 〈줄 위
　　　의 종달새〉를 중심으로〉, 『씨네포럼』(15), 2012.

이철, 〈좀비가 자본주의를 만났을 때-영화 〈부산행〉에 나타난 주인공들의
　　　역할 분석을 중심으로〉, 『신학사상』(178), 2017.

임유희, 『미야자와 겐지(宮沢賢治)작품의 공간배경 〈숲〉의 상징성 연구』,
　　　중앙대학교 대학원, 2014.

임철희, 〈외화면과 내화면, 두 영화 공간의 변증법〉, 『인문콘텐츠』(27),
　　　2012.

전건호, 〈은하철도 999〉, 『시와세계』(33), 2011.

정수일, 『실크로드 사전』, 파주, 창비, 2013.

조너선 스펜스 저, 김희교 역 『현대중국을 찾아서』, 서울, 이산, 2011.

최범순, 〈전후 일본영화 속 가정 이미지-오즈 야스지로(小津安二郎)의
　　　『동경 이야기』(東京物語)를 중심으로〉, 『日本語文學』1(42), 2009.

최용성, 〈특집 2 : 2009, 아시아 영화의 새로운 발견 ; 세계화 속의 아시아
　　　영화 : 지역성 안에서의 일상성의 발견〉, 『영화』2(2), 2009.

최재식, 〈신체개념을 통한 메를로-퐁티 현상학과 후설 현상학 연구〉, 『철
　　　학과 현상학 연구』40, 2009.

편집부, 〈우주를 여행하는 소년의 성장기 애니메이션 〈은하철도999〉〉, 『월

간교통』2015(8), 2015.

前野直彬,『中國文學史』, 上海, 復旦大學出版社, 2012.

卜正民(Timothy Brook),『哈佛中国史』, 中信出版社, 2016.

姚缘,『信息获取、职业流动性与新生代农民工市民化』, 2013.

慧立·彦悰著, 赵晓莺译,『玄奘法师传』, 华文出版社, 2019.

戴玄之,『义和团研究』, 北京, 北京大学出版社, 2010.

止庵,『神拳考』, 华东师范大学出版社, 2016.

王人博,『中国的近代性』, 广西师范大学出版社, 2017.

程俊英,『诗经译注』, 北京, 中华书局, 1991.

费正清(J.K Fairbank)·中国社会科学院历史研究所编译室,『剑桥中国
　　　晚清史, 1800-1911年』, 中国社会科学出版社, 1985.

邢超,『义和团和八国联军真相』, 中国青年出版社, 2015.

马勇, 袁伟时,『从晚清到民国』, 现代出版社, 2017.

黄克武, 王建朗,『两岸新编中国近代史·晚清卷』, 社会科学文献出
　　　版社, 2016.

곽소우, 『中國學術叢書』, 서울, 학술정보센타, 1995.

김원중, 『唐詩鑑賞大觀』, 서울, 까치, 1993.

김태희 등, 『모빌리티 사유의 전개』, 서울, 앨피, 2019.

류종목 등, 『시가』, 서울, 명문당, 2011.

리쩌허루 저, 정병석 역, 『중국고대사상사론』, 파주, 한길사, 2005.

막려봉 저, 최석원 역, 『당시(唐詩), 그 아름다움에 대하여』, 대구, 경북대학
　　　교 출판부, 2016.

모리스 마테를링크, 김주경 역, 『파랑새』, 서울, 시공주니어, 2015.

박지원, 민족문화추진회, 『(신편 국역) 열하일기』, 파주, 한국학술정보, 2007.

벤저민 엘먼, 양휘웅, 『성리학에서 고증학으로』, 서울, 예문서원, 2004.

서복관 저, 이건환 역, 『중국예술정신』, 서울, 白選文化社, 2000.

수잔 휫필드 저, 김석희 역, 『실크로드 이야기』, 서울, 이산, 2001.

쉬지린, 『20세기 중국의 지식인을 말하다』, 서울, 길, 2011.

신야지륭광, 『동아시아 고전학과 한자세계』, 서울, 소명출판, 2016.

앤거스 그레이엄, 『도의 논쟁자들』, 서울, 새물결 출판사, 2003.

앵거스 찰스 그레이엄, 김경희, 『장자』, 서울, 이학사, 2014.

이택후 저, 임춘성 역, 『중국근대사상사론』, 파주, 한길사, 2005.

이택후 저, 김형종 역, 『중국현대사상사론』, 파주, 한길사, 2005.

장치췬 등, 『중국 현대 미학사』, 서울, 성균관대학교 출판부, 2013.

전목(첸무), 섭룡(예룽) 저, 유병례, 윤현숙 역, 『전목의 중국문학사』, 서울,
　　　뿌리와이파리, 2018.

전야직빈 저, 윤철규 역, 『천지가 다정하니 풍월은 끝이 없네』, 서울, 학고재,
　　　2006.

정수일, 『문명담론과 문명교류』, 파주, 살림출판사, 2009.

정수일, 『문명의 루트 실크로드』, 서울, 효형출판, 2002.

정수일, 『실크로드학』, 파주, 창비, 2013.

정수일, 『초원 실크로드를 가다』, 파주, 창비, 2010.

조너선 스펜스, 김희교, 『현대중국을 찾아서』, 서울, 이산, 2011.

조너선 스펜스, 주원준, 『마테오 리치, 기억의 궁전』, 서울, 이산, 1999.

존 킹 페어뱅크, 멀 골드만 저, 『東洋文化史』, 서울, 乙酉文化社, 1980.

존 킹 페어뱅크, 멀 골드만 저, 김형종, 신성곤 역 , 『新中國史』, 서울, 까치, 2009.

주광잠 저, 이화진 역, 『아름다움이란 무엇인가』, 파주, 쌤앤파커스, 2018.

주훈초 등, 『중국문학비평사』, 서울, 이론과 실천, 1992.

진경환, 『집 잃은 개를 찾아서』, 서울, 소명출판, 2015.

진고응 등, 『(진고응이 풀이한) 노자』, 경산, 영남대학교출판부, 2004.

진인치 저, 문현선 역, 『장자의 말』, 고양, 미래문화사, 2020.

피터 메리만, 린 피어스 저, 김태희, 김수철, 이진형, 박성수 역, 『모빌리티와 인문학』, 서울, 앨피, 2019.

피터 홉커크, 김영종, 『실크로드의 악마들』, 서울, 사계절, 2001.

호적 등, 『중국문학 50년』, 서울, 서울대학교출판문화원, 2018.

후쿠나가 미츠지, 『난세의 철학 莊子』, 서울, 민족사, 1991.

| 지은이 소개 |

서주영_대구대학교 인문과학연구소 연구교수

중국을 무엇이라고 말하기는 정말 어렵지만, 크고 넓다는 것으로 정의해보고 싶다. 즉, 중국은 다양한 가치를 허용하는 문화적인 겸용성(compatibility)을 가지고 있어서, 고대와 근대의 가치가 뒤섞여 있고, 동서양을 아우르는 다양한 삶의 방식이 혼재해 있다. 이런 문화혼종성(Cultural Hybridity)이 강한 사회에서 살아야 했던 중국인은 이러한 세계를 해석하기 위해 변화와 불변의 가치에 대해 숙고하게 되었고, 나아가 개인의 행복과 삶의 의의에 대해 고민하지 않을 수 없었다. 저자는 중국 고전문학 전공자로서 중국인들의 이러한 고민에 공감하고, 이들이 발견하고 창조한 가치들의 현재 의미를 이해하고 실천하기 위해 노력하고 있다. 저자는 중국 문학과 선진 문헌에 대한 연구와 한국적 수용에 대한 연구를 하고 있으며, 또, 중국 영화를 통해 중국 사회와 문화에 대한 고찰을 하고 있다. 논문으로는 '朝鮮道家隱者文学 与《庄子》接受研究', '朝鮮書目書의『莊子』書目 考察', '〈齊物論〉에 대한 玄學 과 宋學의 해석 비교', '남명(南冥)의 『장자(莊子)』 수용 형태 고찰', '동아시아 영화들에 구현된 폭력의 상징으로서의 기차와 그 극복', '현대 한·중 리얼리즘 영화 의 사회적 시선'이 있다.

동아시아 모빌리티, 인간, 그리고 길

초판 1쇄 인쇄 2020년 8월 16일
초판 1쇄 발행 2020년 8월 30일

지 은 이 | 서주영
펴 낸 이 | 하운근
펴 낸 곳 | 學古房

주   소 | 경기도 고양시 덕양구 통일로 140 삼송테크노밸리 A동 B224
전   화 | (02)353-9908   편집부(02)356-9903
팩   스 | (02)6959-8234
홈페이지 | http://hakgobang.co.kr
전자우편 | hakgobang@naver.com, hakgobang@chol.com
등록번호 | 제311-1994-000001호

ISBN 979-11-6586-102-5 93820

값 : 17,000원